# 夢の扉（とびら）

HOASHI Masaaki
帆足正明

文芸社

# 目次

# 夢の扉（とびら）

# 嘆願書

どうか、私の大事な巣を壊さないでください。通り道でじゃまだとか、家が古くさくなってしまうなどと言って、簡単に払い壊されたら、衰弱している私の体には、糸のひとかけらさえも、ありはしません。――（クモ）

私の姿を、ちょっと見ただけで、悲鳴をあげたり、石をぶっつけたり、棒などで叩いたりしないでください。私だってせいいっぱい、低姿勢のまま、生きているのですから。――（ヘビ）

私は今まで一度も、自分の子を、私のおなかで温め育てたことはありません。せまいせまい小屋の中で、ホレ、この通り、何度も卵を産んでいるはずなのに。――（めんどり）

水が汚れて、くさくてひどくても、我慢に我慢を重ねて、やっと陸に逃れたと思ったら、今度は肺を、わずらってしまった。――（カエル）

私たちの愛の歌の、じゃまをしないでください。そんなにうるさい音を、昼夜まわりで立てられた

ら、私の声が彼女には聞こえません。——（コオロギ）

ええっ！　私をだれだか、知らないってえ？　まあ、今の若い人は、なんて冷たいのでしょう。昔なんかだれもが、肌身はなさず、私を育ててくれたのに。——（しらみ）

いろんな物を腹いっぱい食べられて、楽しいだろうってえ？　冗談じゃあない。行く末の地獄を忘れる、唯一の便法じゃないか。——（ブタ）

庶民には高価なんだけど、縁起物なんぞと言って、まだ卵のまま、産まれる前から、いじめないでください。——（にしん）

私たちは、あなたたちと共に、生きていきたいのです。だからどうか、お願いです……。

ほれ、この通り、我々の所に、手紙が続々と舞い込んできます。それでは我々の、この嘆願書は、一体だれに提出すれば、よいのだろうか。——（にんげん）

# ふうりん

タタミのへやで、ママと坊やが、すわっていました。ママは赤ちゃんをだいて、オッパイを飲ませています。そのそばで坊やは、白い紙にクレヨンを、走らせながら、何度も赤ちゃんに目をやります。坊やは、モグモグおいしそうに、オッパイを飲む赤ちゃんが、うらやましいのです。半びらきのガラス窓の外に、ふうりんが一つ、ぶらさがっていました。ふうりんには、軒下からつるされたひもの先に、屋根と壁を持ったカネツキドウがあります。すぐ下には湯のみヂャワンを、さかさまにしたような、ツリガネがあります。ツリガネの中には、丸いカネタタキが、のぞいていました。カネタタキは短いひもで、ピンク色の紙のタンザクと、むすばれていました。その日ふうりんは、風が弱くて、なかなか鳴りません。

「さあ、たまった衣服の、せんたくをしなくっちゃあ。坊や、赤ちゃんを見ていてね」

ママはふかふかのタオルをのせて、赤ちゃんをタタミの上で寝かせます。

「うん、わかった」

坊やはうなずきました。ママはへやを出ていき、坊やは再びクレヨンを動かします。

「チチン……」

ふうりんが、かすかに鳴りました。その音で坊やは、ふうりんに目をむけました。

「ハア、ふうう」

坊（ぼう）やはふうりんに向かって、息を吹（ふ）きつけました。そんな風では、ふうりんは鳴りません。もう一度大きく、ほほをふくらませたら、一番上にある、カネツキドウの壁（かべ）が左右に、ゆっくりと開きました。

「アア、なんてたいくつなんでしょう。安らかなひよりで、眠（ねむ）ってしまいそう。フワア」

カネツキドウが、あくびをしました。

「まあ、たいくつだなんて、うらやましいわ。わたしなんか、いつもおなかを、くすぐられて、こらえきれずに、こまっているんですよ」

ツリガネが、おなかをかかえて、チリリンと、笑いころげています。

「あらあ、悪気があって、くすぐっているのではないわ。下にいるタンザクさんが、わたしを、けしかけるのです」

カネタタキが、もうしわけなさそうに、からだを、フラフラゆらしています。

「とんでもない。わたしだって、このんでカネタタキさんを、あおっているのでは、ありません。これは自由で、きまぐれな、風さんのせいですよ」

タンザクが、ユラユラいいわけをしました。

「いやだなあ。それじゃあ、まるっきり、わたしのせいみたいじゃ、ないですか。わたしだって、かってきままに、あっちへ行ったり、こっちへ来たり、しているのではありません。みんな、お天気さんのせいですよ」

「あれ、あれ、とうとうわたしを、悪者にするのですか」

　空から天気があわてて、口をはさみます。

「そりゃあ、わたしは、お天気屋ですから、好きなように、お日様に、おねがいしたり、雨さんを、踊（おど）らせたり、風さんを、呼んだりしますわ。だけどね、いくらわたしが、ねっしんに、ゆうわくしても、さそいにのらないひとも、いるんですよ」

「へへえ、お天気さんでも、どうしようもないひとが、いるんですか」

　風がササアと、小さくうずをまきました。

「いますとも、いますとも。それはみなさんも、ごぞんじの、ホレ、一番上で、すましている、カネツキドウさんですよ」

　みんな、びっくりして、見上げました。

「カネツキドウさんが、家のまわりをガッチリ囲み、戸じまりをきちんとしたら、いくらわたしが、かんしゃくを、おこしたってだめですよ。ツリガネさんも、カネタタキさんも、タンザクさんも、びくともしないでしょう。いえ、風さんだって、カネツキドウさんの中へはいるのは、よういでは、ないでしょう」

「ああら、それじゃあ、一番悪いのは、ぼんやりしている、わたしだったのね」

　カネツキドウが、壁（かべ）をヒラヒラゆらしながら、おどけた顔をしたら、みんな大声で、

「ゲラ、ゲラ、ゲラ、ゲラ」

　笑いだして、しまいました。

「ひゃあ、おっかしい。アッハッハア」

坊やもいっしょに、笑いころげます。

「ヂリリン、ヂリリン」

外の風は強くなっていて、ふうりんは、さかんに鳴りだしていました。ふっと気がついた坊やは、赤ちゃんを確かめます。赤ちゃんは口を小さく動かしましたが、スヤスヤ眠ったままでした。坊やはすぐに立ち上がり、ガラス窓を、ゆっくりとしめました。それで、ふうりんの音は、だいぶ小さくなりました。

「坊や、お昼ごはんに、しましょうね」

ママの声で、坊やは笑みをうかべました。やっとママと、二人きりになれそうです。

# おかしなキッチン

ママは、げんかんぐちで、きんじょの、おばさんと、たちばなしに、むちゅうです。

「いまあのみせで、おニクと、おサシミの、ねびきセールを、やっているわよ」

「アラ、さっそく、かいにゆかなくっちゃ」

ひとりになったぼくは、そっとキッチンに、はいってみました。

「アイスクリームは、のこってないかなあ」

れいぞうこを、あけてみて、がっかりしました。ながしだいを、のぞいたら、チャワンやサラやハシやスプーンが、よごれたまま、みずのなかに、しずんでいます。そうそう、ぼくのチャワンはね、しろいはだに、サカナのタイがひとつ、えがかれているんだよ。

「ワアッ！　あかいタイのえが、きえている。みずにとけて、しまったのかなあ。あれえ？」

「ピチャッ、ピチ、ピチ」

チャワンのすきまを、あかいタイが、およいでいました。

「うっへえ、タイがにげちゃったあ」

みずのなかのタイを、さがしていると、

「ブブブ、ブル、ブル、ブル」

れいぞうこのモーターが、まわりだし、

「ズッズ、ズズ、ズズ」

おおきなはこが、ふるえだすと、

「コオオ、コットト、コッソ、コッソ」

すべてのとだなが、ささやきだして、

「フウラ、フウラ、フラ、フラ」

かべにつるされた、ママのエプロンが、すそをゆらしはじめたよ。

「チッ、チャカ、チッ、チャカ」

ハシがうきあがって、うちならしだし、

「ボンボコ、ボボン、ボン」

ゆかが、こきざみに、ゆれだすと、ぼくのからだも、つられてうごきだす。

「タアンタカ、タアンタカ、タンタンタン」

キッチンは、ゆかいなおんがくで、いっぱいになって、ぼくも、たのしくなってきたあ。

「ヒャッホウ、ヒャッホウ」

ぼくが、おさるのダンスをはじめたら、キッチンじゅうが、うたいだしました。

「パックパク、チャワンのタイだって、ひろいうみで、なかまのサカナと、およぎたあい」

「チャッカ、チャカ、チャカ、あらいものは、はやく、きれいに、いたしましょう」

「プルプル、ブンブン、れいぞうこは、いれすぎないように、いたしましょう」

「コトコト、コットトト、ふるいサラやチャワンも、たまには、つかってくださいな」

「あらら、アブラがはねてる。ショウユがついてる。エプロンのせんたく、おねがいね」

「そろそろ、ゆかのおそうじ、たのみます」

ぼくもまけずに、うたいだしました。

「おいしいおやつを、たくさんくださいな。もっとゲームで、あそびたあい。ゆうえんちの、ジェットコースターに、のりたいよお」

みんな、めちゃくちゃに、うたっているよ。

「それでは、またあした……」

ママがパタンと、げんかんのとをしめると、

「ピッタリ、ヒッソリ……」

キッチンは、しずかになっていました。

「あっりゃ……」

ぼくも、うたいかけのくちを、とじました。

「アラ、すっかり、はなしこんじゃったわ」

ママはサイフを、さがしています。もういちど、ながしをのぞいたら、ぼくのしろいチャワンに、あかいタイが、もどっていました。

「さあ、おかいものに、ゆきましょうね」

ぼくはママと、きんじょのみせに、でかけることになりました。いえをでるときに、そうっとキッ

チンを、ふりかえったら、

「クッス、クス、クス……」

だれかが、わらったみたい。だれもいなくなったキッチンは、いまごろみんなで、うたったり、おどったりしているかも、しれないね。

# 町なかのポスト

車道近くの歩道に、赤色にぬられた四角い郵便ポストがありました。郵便屋さんが、ついさっき郵便物を運び出したから、ポストの中はカラッポです。

「次はどんな郵便物を、まかされるのかなあ」

ポストは楽しそうに待っています。

「クウ、クワン、クワン」

いつもの通りに、おじいさんが小犬をつれて、散歩にやってきました。小犬はイチョウの木の根もとにオシッコをかけて、おじいさんの足にからみながら歩いていきます。少したって、幼児を抱(だ)いたお母さんが近づいてきました。

「どうか保育園に、はいれますように。入園できたらね、ママは働くことができるのよ」

胸の幼児に話しかけて、封筒(ふうとう)をポストにいれました。眠(ねむ)そうな幼児を見て、ポストはおかしくなりました。近くのバス停にとまったバスに、おばあさんがゆっくり乗りこみます。走りだしたバスと行きちがいに、男の子が走ってきました。

「これを、病院にいるユキちゃんに届けてね。大好きなユキちゃん、早く元気になって、もどってきてほしいんだあ」

ハガキをいれると、パタパタ靴音をたてて、もどっていきます。

「ウン、ウン、ユキちゃんはね、きっとだいじょうぶだよお」

ポストは、投入口の舌をゆらしました。

少したって、若い女の人が歩いてきました。ポストの前に立つと、両手で胸におさえてきた手紙を、じいっと見つめています。口をむすびながら、うなずいて、手紙を投入口に、押しいれました。小さくため息をついて、その人は思い切ったように、はなれました。

「これは恋人に書いた手紙かしら」

ポストは手紙のあて名が気になりました。

そのあと、何人もの人が、歩道のポストに目もくれずに通り過ぎました。

キッズダンス場から女の子が三人、バッグを手に、はしゃぎながら出てきました。

「キャアア、キャッ、キャッ」

「ダンスのレッスンで、おなかペコペコだ」

「買っておいた駄菓子、食べようよ」

女の子は、それぞれダンス用の衣装をいれたバッグを、そばのポストの、たいらな頭の上に置きます。女の子は笑顔で菓子袋に手をいれて、食べ始めました。

「ちょっぴりからくて、あまくて、おいしい」

袋はたちまち、からっぽになります。それを三人は、ゴミ箱にいれて歩きだしました。

「オオイ、大事なバッグを忘れているよお」

ポストは、あわてて舌をカチ、カチならします。（うん？）女の子の一人が何かを感じて、振り返りました。

「イヤダア！　大事な物、置きっぱなしよ」

女の子は、それぞれバッグを手にして、小走りで帰っていきました。

町のざわめき音の中から、

「ペイホー、ペイホー、ペイホー」

救急車が、サイレンを鳴らしながら大通りを横切っていきます。

「ああ、救急車だよ。急病人かな、怪我人かな。大事にいたらなければいいのに」

ポストは、その音が消えるまで聞いていました。

建物の日陰が長くなった頃、自転車でやってきた青年が、ポストのそばでブレーキをかけました。わきにはさんだ封筒を、投入口に勢いよくいれます。封筒の「履歴書在中」という字が、ポストの目に、はいりました。青年はポストの頭をトンとたたいて、ペダルに力をこめて走りだしました。

「あの青年は、これで何通目だったっけ。こんどこそ、就職うまくゆくといいのに」

ポストは静かに、青年を見送ります。

日が沈んで街灯に、あかりがつきました。夜がふけてから、ヨッパライが三人、ヨタヨタ歩いてきます。その一人が、ポストの頭に両手をつき、だらしなく顔を落としました。

「オイ、しっかりしろ。だいじょうぶかあ」

その男は足をふらつかせてグゲエッ！と、ヘドをはきました。

「ウッへエ、アッラッラア」

ポストはあわてました。男は二人に支えられ、ユラユラ去っていきます。

「いやあ、くさくって、かなわないなあ」

ポストは舌を、ピッタリとじます。

深夜になって、酒のにおいをさせた男が、ポストの近くで片手を上げました。タバコの火が、手とともに左右に動いています。タクシーが何台も、男の前を通り過ぎていきます。（チイッ！）おこった男は、走り去る車に向かって、片足をけり上げました。

「ゲゲッ、なんだあ。ヒイッ、きったねえ」

男の靴（くつ）は、ヘドをふんづけていました。

「クッソオ！」

男はポストをババンとたたき、指のタバコを投入口におしこみ、歩き出しました。

「うわあ！　なんてことをするんだあ」

ポストは真っ赤になって、おこりました。投入口に、タバコの灰が残っています。

「大事な手紙だ。大変だあ！」

ポストは舌で投入口をぴったりふさいで、中にはいったタバコの火を消そうとします。中がどうなっているのか、ポストは気がかりでしかたがありません。

（パラッ、バラバラバラ）

暗闇（くらやみ）の空から、雨がふりだしました。

やがてビルの間から、朝日がまぶしく顔を出します。夜中にふった雨で、足もとのヘドは、道路わきのみぞに流されていました。

「バッバッバッ」

いつもの時刻に郵便屋さんが、オートバイでやってきます。ポストの扉をあけて、手をさしいれたとたん、

「フエッ……」

声をあげました。朝までずっと心配していたポストは、ドキリとしました。

「だれかがタバコを投げこんだな。火事になったら、どうするんだ」

さいわいなことに、吸いがらが少しもえただけでした。郵便屋さんは、投入口の灰と、箱の中を掃除して、走っていきます。

「ウッハア、良かったなあ」

ポストは舌を大きく上げて、あんどの息をはきました。

通りの人々は、しだいにふえてゆきます。今日のポストには、どんな郵便物がいれられるのでしょう。

# みんな好きなのに

家の近くに広い公園があって、入るとすぐそばにお花畑がありました。友達と広場で遊ぶその前に、いつもぼくはお花畑に入ります。

「少し前はツボミだったのに、花びらが大きく開いているねえ」

彩り豊かな花は、きれいですてきだけれど、ぼくの本当の目当ては、虫をさがすこと。

「あの虫は、りっぱな触覚だね」

花や葉っぱに集まる虫たちの、不可思議で可愛い仕種がとても面白い。まわりの雑草だって、虫のすみかです。

「どこに隠れて、いるのかな」

落ちている枯れ木を割ってみたり、落ち葉を裏返して、虫をさがします。だからね、ぼくは広場にいる友達のことは、すっかり忘れてしまいます。

「オオイ！　サッカーやるから、集まってくれえ！」

友達が手を振って、呼んでいます。

激しく降った雨が、ようやくやんで、カラリと晴れたから、ぼくは一人、お花畑に入りました。

「ヤヤッ、あれはヘビかな、トカゲかな、なあんだ、ミミズかあ」

お箸くらい長い太ったミミズが、通り道で、つやつやした姿を見せておりました。

「身を伸ばしたまま、弱っているみたい」

ミミズは雨水で息苦しくなり、土から、にじり出たのでしょうか。

「そのまま横たわっていたら、太陽熱でカラカラに乾いちゃうし、鳥などに襲われてしまうよ」

ぼくは柔らかいお花畑の土を、手で掘り始めました。

「あれれえ？」

土の中から、体を丸めた白い幼虫が出てきました。

「ややあ、カブトムシの幼虫だな」

指でつかむと、プヨプヨしてて、柔らかいお菓子みたい。ぼくは、二つの穴を掘って、それぞれミミズと幼虫を入れて、土をかぶせてやりました。

「うちの畑にモグラがいるんだよ。あちこちトンネルを掘りまくり、野菜の生長が悪くて、困ったもんだ」

近所の野菜畑で働いているおじさんたちが、話していたっけ。近くにモグラがいるってことは、お花畑のミミズだって、幼虫だって、うかうかしていられないでしょう。

今日もぼくは、お花畑を、あちこち探り回ります。

「ヤア、いた、いた」

蟻たちが花と葉っぱを目指して、登って下ります。葉の裏と表を、忙しく行ったり来たり。

「ヘエエ、落ちそうで、落ちないねえ」

時には蟻は、アブラムシのお尻から甘いミツをもらいます。だけどね、丸いヨロイを持ったテントウムシは、そのアブラムシを食べるのです。だから蟻たちは、テントウムシを見つけたら皆で脚をつかんで、引きずり下ろします。

「ぞろぞろ、蟻たちの行進だあ」

通り道で、（オットト）蟻が互いの頭をぶつけたら、短く挨拶を交してすれちがう。蟻はいつも、せっかち屋。

「何を急いで、いるのかな」


雨が降ったあとの葉っぱの上に、小さなカタツムリ。

「体の中は、あれと、そっくりだねえ」

さっきゴミ箱で見つけたナメクジと似ているけれど、君はマキガイの仲間だね。のの字の殻の渦巻きを、ゆっくりふやしながら、大きくなってゆく。

「今は昼寝の最中なの？」

カタツムリは殻の中で、じっと何か、考えているようです。

「どちらの目玉を出そうか、出すまいか。歩きだそうか、やめようか」

渦を巻いた殻のおうちを、ちょっぴり傾けて、やはり動くのはあきらめた。カタツムリは、世界一、のんびり屋さん。

「きっと、居心地がいいんだね」


カマキリは、お気に入りの場所で、一度体をとめたなら、むやみやたらに動かない。そおっと、そっと顔を寄せたぼくは、カマキリと、しばらく、にらめっこ。

「カマキリさん、いつになったら、背中の羽を使って、飛び出すの？」

ぼくが、三角の顔に草の葉っぱを寄せたなら、ササッと、素早く鎌を振り下ろす。鎌を戻した、そのあとは再び石になってツウンと、すまし顔。鋭い目玉のカマキリは、居合抜きのお侍。

「生まれつき、おこりん坊なんだよね」


ミノムシが、植え込みの枝から枝へと、引っ越しの真っ最中。ミノムシのおうちはね、細い小枝や葉っぱを、自分の糸でつなぎ合わせた袋です。

「それは、移動式の、おうちだねえ」

出口の穴から、そおろりと、頭と身を乗り出して、次の枝へと移動する。そのたびに、薄黒くて、つやっぽい肌をのぞかせます。次の枝まで遠ければ、ズズズウッと、体を大きく乗り出して、

「ヨイショット」

前脚で小枝をつかみます。あらわになった肌を恥ずかしそうに、すぐにミノを引いて、体を包み込むんだよ。

「ウッフフ、ぼくが、ずり落ちたズボンをたくし上げるのと、おんなじだあ」

蝶やミツバチが、お気に入りの花を選んで、フンワリとまります。おしべの林を、サワサワかき分けたら、花粉が体のあちこちに、くっつきます。長い口のストローで、めしべのまわりの蜜を、

「ツツイ、ツイ、ツイ」

そこの蜜がなくなれば、おしべの花粉を体にくっつけて、

「ハイ、ハイ、さようなら」

蝶やミツバチは、花の蜜や花粉の受け取り屋さん。

「商売、繁盛やなあ」


お花畑の端っこに、梅の木がありまして、クモが長い枝の間に、糸を張りました。尻からせっせと糸を繰り出して、

「とっても器用だねえ」

網を丸く広げたようなすてきなクモの巣が、できました。クモの巣の真ん中で、静かにとまった小さな黒いクモ。

「ふわあ、やあれ、やれえ」

長い時間をかけて、仕事が終わった今のクモのおなかはペコペコで、からっぽでしょう。八本の細い脚で、自由自在に糸を操ったクモは、上手な編み物屋さん。

「その糸で、ぼくの着物は、できないの？」

ある日クモの巣に、アゲハチョウが、引っかかり、一本のクモの糸を長く引いて、

「バッタ、バタ」

死に物ぐるいで、広い羽根を、

「バッサ、バサ」

すぐそばで、クモが蝶に飛びかかろうと、脚を構えてじいっと狙ってる。

「わああ、どうしよう、どうしよう」

ぼくは、あわてて走りだし、公園の竹ぼうきを取りに行く。クモの巣を、竹ぼうきで、上から下に、サアッと払ったら、糸は楽に切れました。アゲハチョウは、（ふうら、ふうら）命からがら、飛んでいく。羽根に糸が残っているようで、糸の粘りを、重そうに、ゆっくり波を打って、飛んでいく。

「まずは、これで一安心」

アゲハチョウを見送って、梅の木に顔を向けました。クモの巣は、大きく破れて消えていた。あのクモは、枝の裏にひそんで動かない。大事な巣がなくなって、おなかがすいて困るだろう。餌も捕れずに衰えて、そのまま飢え死に、しちゃうかな。枝陰で脚を縮めたクモは、ゴマのようにちっちゃくて、なおのことのかわいそう。

「ぼくは、なんてことを、したんだろう」

その日から、ぼくは、お花畑に行くのは、やめました。巣をなくしたクモが気の毒で、弱ったクモ

の姿を、見るのがつらくって、お花畑に入りません。

長雨がようやくやんで、お日様が、駆け去る雲から、笑顔を見せました。

「良い天気だあ。広場に行って、遊ぼうよ」

友達に誘われて、久し振りに、公園へ行きました。

「あれれえ、なんだろう」

お花畑の方で、光る物があります。

「チラチラ、チラッ」

と小さく輝いて、ぼくにおいで、おいでと、手招きするように。思わず梅の木に近寄ると、枝の間に、糸の傘が大きく、開いておりました。

「うわあ、きれい……」

それは、数珠のような水球が、虹色に連なった、立派なクモの巣でした。真ん中に、小さな黒いクモ。細い脚を目いっぱい、広げておりました。

「やあ、元気で、生きていたんだね」

とたんに、うれしくなりました。

ぼくは公園で、友達と遊ぶその前に、お花畑に入るようになりました。いそいそと、花の香りを嗅ぎわけて。

「だけどねえ……」

一つだけ、心配なことが、あるのです。

「クモの巣に、再び蝶などが、からまったら、どうしようか」

クモも蝶も、虫はみんな好き。

「そんな時、ぼくは、どうしたら、良いのでしょう」

悩みながら、お花畑に入ります。今まで見たこともない、珍しい虫にも出会うため。

# ランニング・コーチ

ぼくは百メートルを、十秒以内で駆(か)けぬけるような、トップランナーに、あこがれています。今の自分は、ガリガリにやせているし、脚力(きゃくりょく)も腕力(わんりょく)もありません。仲間と競走しても、あきらかに遅(おそ)いのです。だけどいつかは、オリンピック競技大会に出て、世界のランナーと、競走してみたいのです。

「去年と同じく、今年もぼくが、チームの足をひっぱりそう」

運動会のリレー競走で、いっしょに走る、リーダー格の上級生に言われました。

「おまえの走り方はなあ。腰(こし)が落ちて背すじが丸まり、頭の上下動が大きいんだ。だから足の回転力も弱く、キック力を効率よく推進力に変えられないんだよ」

欠点をそう言われても、ぼくは身体で理解できません。すっかり気落ちして、練習の帰り道を、トボトボ歩いていました。

「サラ、サラ、サラ」

深く流れる川の土手で、のんびり休んでいるカメに出合いました。それを見てぼくは、

「やあ、カメさん、こんにちは。石のように重いコウラを背負ったカメさんは、あしの遅(おそ)い動物の代表ですねえ」

同じ仲間の気持ちで話しかけると、カメは首をのばして、けげんそうに言いました。

「なんだあ、オイラは、あしが遅いってえ。おい、おい、バカにしちゃあいけない。カメは万年と言ってなあ、昔から長寿のシンボルとして、人様にあがめられているんだ。オイラのご先祖様はなあ、すばしこくって、有名なウサギにだって、競走で勝ったんだぜ」

「それはね、おとぎ話で、ウサギがレースの途中で、いねむりしたからなんだけどなあ」

「フン、レースに対する、心がけの問題だと言っているんだ。まあ、いいや、よく見ていろよ。オイラの実力を見せてやるからな」

カメは土手のはしに寄ると、片側の二本のあしを、コウラの中に縮め、反対側の二本のあしをのばして、グッとふんばりました。

「ゴロリ」

一度横にたおれたカメは、

「ゴロッ、ゴロ、ゴロ、ジャッポン」

土手の坂を勢いよく、ころげ落ちて、川へとびこみました。

「ウッハア！　あんな進み方もあるのかあ。でも百メートルコースには、下り坂がないから、参考にはできないなあ」

ぼくは、がっかりして歩きだしました。とつぜん、目の前の地面を、すばやく横切るものがいました。

「スルッ、スル、スル、スル」

「あっ、ヘビ、ヘビだ。すごく早い。うん、そうだ、待って、待ってえ！」

ぼくはあわてて、ヘビをよびとめました。

「ヘビさんは、あしもないのに、どうしてそんなに、早く動けるの」

ヘビは頭を高く持ち上げ、舌をチチッと見せて、えらそうに言いました。

「オイラの裏腹を見てくれ。いくつものフシ状のウロコがあるだろう。この腹板というウロコと胴の筋肉を、ビシビシ動かして前進するんだよ。それだけじゃない。全身をくねらせ、腹板を支えとして振動させながら、前方を少し浮かして、スピードを上げるんだ」

「すごいなあ。でもね、そのからだに、あしがあったら、もっと早いだろうな」

「ヘヘッ、そいつは蛇足と言ってな。アシデマトイになるから、いらないんだよ」

「ふうん、ヘビさんの走り方を、ぼくに教えてくれませんか」

「へへっ、その体形では、むりだろうな。やめとけ、やめとけ」

「冷たいことを言わずに、どうか一つ」

「フフン、まあ、ためしてみようか。ウウム、そうだなあ。おしりを左右に振りながら、足をこきざみに動かしてごらんよ」

ぼくはヘビの指示どおりに、身体を動かしてみました。

「ウハア、横にぶれるだけで、前に進むのが遅れてしまうよ」

「ふふん、人間はまったく、だめだねえ」

ヘビは草のしげみに消えました。

「ゾロッ、ゾロッ、ゾロッ」

道の反対側から、何かが進み出ました。

「うへえ、ムカデだあ。おう、おう、すばやい歩み。ちょっと待ってえ」

ぼくはムカデを、よびとめました。

「ムカデさんのあしは、全部で何本あるんですか。たくさんのあしを、どうしてじょうずに、動かせられるの」

ムカデはあしをそろえると、シッポから頭の方へ、体をザワザワ波立たせ、えらそうに言いました。

「オイラのあしの数だってえ？　ふん、めんどうくさくて、数えたことはないさ。世界にすむオイラの仲間にゃ、百本以上のあしを持っているやつも、いるらしい。ほうれ、見てくれや。この通り、あしたちが隣どうし連結して、リズミカルに動いているのさ」

「だけど、密にならんだあしでは、歩幅が小さくなって、走るのに損していませんか」

「損だってえ？　損とは聞きずてならん。昔からオイラたちは、多脚であることから、商売上では、客足がつく、おあしが入ると言われて、えんぎがいいんだぞ」

「ふうん、それは同じ多脚のヤスデさんと同じですね」

「ヤスデと同じにしてはいかんぞ。ヤスデはレース中にな、他のものが体にさわると、すぐ体を巻いて丸くなり、ストップしてしまうんだ。ヤスデは、レースには向かないんだ」

「そうですかあ。うん、そうだ、運動会でやるムカデ競走のために、足の動かし方を、教えてもらいたいなあ。ぼくなんか、二本足なのに、もつれそうになるんだから」

「へへん、人間はまったくだめだ。かまっていられないよ」

ムカデは、ぼくを無視して、そそくさと、くさった丸太の割れ目に消えました。

「フハア」

ぼくはため息をついて、さらに道を進んでいると、何かがとび出しました。

「ピョッコン、ピョッコン」

「わあっ、カエル、カエルのジャンプだあ。うん、うん、ハードル競走か、ハイジャンプみたい。ちょっと待ってえ」

ぼくはカエルを、よびとめました。

「カエルさんは、丸く太っているのに、どうしてそんなに、高いジャンプができるの」

カエルは一度口をあけ、目玉をむいて、えらそうに言いました。

「オイラのうしろあしを、見てくれよ。太くて、たくましい筋肉だろう。このあしに、瞬時（しゅんじ）に力をためこみ、一気にけり出している。それと同時に前あしの誘導（ゆうどう）で、跳（と）びたい方向を、決めているんだ」

「うーん、ぼくの足と、交換（こうかん）したいくらい、すてきなあしですねえ。そうだ、昔の日本の鳥獣戯画（ちょうじゅうぎが）には、カエルさんが、うしろあしで立って、歩いている姿がありましたよ」

「へえ、そうかねえ。だがなあ。オイラの眼（め）は、頭部についているから、立ち上がったら、前方が見えないはずなんだがな」

「うっふふ、それでもカエルさんの、ジャンプ力には、あこがれます。ぼくにジャンプのコツを、教えてほしいな」

「へっ、その体形じゃねえ。まあ一つ、ためしてみるか。ウウム、うしろあしをたたみ、手をふり上げて、ジャンプしてごらん」

　ぼくはカエルの指示どおり、息をウウッと止めながら、手足を動かしました。

「ウハア、三度目のジャンプで、すっかり息が切れてしまった。体力がもたないよう」

「ふふん、人間はまったく、だめだねえ」

　カエルは数度はねて、小川に消えました。

　少し歩くと、道のかたわらに大きな石が積み上げられていました。

「チョロッ、チョロ、チョロ」

　石の上やすきまを、すばやく動くものがいました。

「やっ、トカゲ、トカゲだ。わあ、すばやい。ちょっと待ってえ！」

　ぼくはトカゲを、呼びとめました。

「トカゲさん、どうして早く移動できるの」

　トカゲは首をグッとそらし、目玉を光らせて、えらそうに言いました。

「オイラの引き締まった四本のあしを見てくれ。指先のカギ状の爪を立てて、すばやく前後に動かすんだ。それだけじゃだめなんだ。左右のあしが、横に開いているからな。体がぶれないように、シッポの反動力を使って、まっすぐ進むんだよ。もう一つ、敵をあざむく、奥の手があるんだぞ。いざとなったらな、再生可能なオイラのシッポを、切り放して、チョロチョロ動かすんだ。それで敵がびっくりしているうちに逃げていくのさ」

「ふうん、ぼくには、シッポがないから、その手は使えないね。でもトカゲさんの走り方は、ぼくにも応用できませんか」

「へっ、その体形じゃねえ。まあ一つ、ためしてみようか。ウウム、そうだなあ。シッポのかわりに、頭を前につき出してね。足と手を横に開き、すばやく動かしてごらんよ」

ぼくはトカゲの指示どおりに、動かしてみました。

「ウハア、手足を動かすのに、せいいっぱいで、前に進みにくいよお」

「ふふん、人間はまったく、だめだねえ」

トカゲは、石のすきまに消えました。

「サアッ、サアッ、サアッ」

向こうから、丸っこい体が走ってきます。

「おう、おう、犬だ、犬だ。犬はやっぱり、スマートで、かっこういいなあ」

犬はすぐ前でとまり、舌を長く出して、

「ハアハアハア」

激しく息をしています。

「ぼくも犬さんみたいに、走れないかなあ」

犬はけげんそうに、ぼくを見てから、シッポをつんと立て、えらそうに言いました。

「オイラはな、狩(か)りや攻撃(こうげき)用として、すばやく動くよう進化したんだよ。筋肉質の四本のあしを、きんとうに繰(く)り出してな。背筋と腹筋も使って、駆(か)けぬけるんだあ。ごらんのとおり、オイラの体全体には、毛がはえているから汗(あせ)は出ない。それで激しい動きの場合は、長く舌を出し、舌の水分を蒸発させて、体温の上昇をおさえているんだよ」

「ふうん、そうかあ。犬も歩けば棒にあたると言うけれど、さらに高速で走ったならば、何にぶちあたるのかしら」

「おい、おい、悲しいことを言っちゃいけないよ。動けば時には、わざわいに出合うかも知れないけれど、じっとしているよりも、幸いなことに出合う機会も多いってことだぜ」

「ごめん、ごめん、その軽やかな走り方は、ぼくにもできるかなあ」

「へっ、そのヒョロヒョロの体形じゃなあ。ウウム、まあ一つ、ためしてみようか。まずは四つんばいになるんだ。軽く舌を出して、前の手二本と、後ろ足二本をそろえ、こうごに強く、けり出してごらん」

　ぼくは犬の指示どおりに、地面に手足をかまえて、動かしてみました。

「ウハア、とたんに、舌をかみそうだし、手と足の長さがちがいすぎて頭から、つんのめりそうだあ」

「ふふん、人間はまったく、だめだねえ」

　犬は一声ほえて、走り去りました。

「ハハア、地球上では、人間だけが二本足で動いているのかあ。やれやれ、走り方の参考になる動物は、いそうもないなあ」

　あきらめていたら、足もとをすばやく、通りすぎるものがいました。

「コケッ、コケッ、コケエエ」

「ややっ、ニワトリ、早い早い。あっ、そうか。ニワトリも、二本あしで動くんだった。ちょっと、待って、待ってえ！」

ぼくは急いで、うしろを振り返って、ニワトリをよびとめました。

「ニワトリさんは、すてきな走り方をしていますね。でもね、羽根があるんだから、それを使ったらいいのに」

「なあに、いざとなりゃ、短い距離ならば、低く飛べるんだぞ。オイラたちはな、人間がそばにいて、エサをくれているうちは、むだなエネルギーは、使わないのさ」

「ニワトリさんの、かろやかな二本あしの走法を、ぼくに教えてくれませんか」

ニワトリは、胸の羽根をふくらませて、えらそうに言いました。

「そうか、よろしい。オイラの活動的な走り方はな。まず第一に、両羽根で体をおさえて、ぶれないようにする。次に頭と首を自由にさせて、前にたおした姿勢を保ちながら、爪を立てたあしを、うしろへすばやく、けり出しているんだ。さあ、ためしてごらんよ」

ぼくは羽根のかわりに、両腕で身体の横をおさえて、足をバタバタ動かしてみました。

「あっれえ、上体が不安定になって、前より足をける力が、ちっとも出ないよう」

ぼくを見ていたニワトリは、

「ふふん、人間はまったく、だめだねえ」

うしろを向いて、歩きだしたけれど、

「うん、待てよ。ああ、そうかあ」

ニワトリは、すぐにふりかえり、

「君の両手は、足の形とにているね。そんなら、手を両わきに固定しないで、前後に振（ふ）って、バランスをとってごらんよ」

ぼくはその場で、両腕（りょううで）をフリフリさせて、足をバタつかせました。

「おう、おう、これなら、両足に力がはいりやすくて、上体も安定しているよ」

身体が軽くなったぼくは、うれしくなり、

「イチニイ、イチニイ」

かけ声を出して、ニワトリのまわりを、走り始めました。

「ウッハア、いいぞお。その調子だあ。けっこう、ケッコウ、コケコッコウ！」

ニワトリは、一度翼（つばさ）を広げて、大またで歩いていきました。

「動物たちは、それぞれが、からだの機能を目いっぱい使いながら、生きてきたんだね。人間の自分ならば……」

いつしかぼくは、大きく手足を動かして走りながら、

「頭のてっぺんから、足裏まで一本の線をつくり、前傾姿勢（ぜんけいしせい）を保ち、体重を腰（こし）から足にのせて、地面を強くキックし、腕を振（ふ）る力を加えて、すばやく回転する」

有名なランナーの言葉を思い出し、脳の中と動作で、くりかえしていました。

「だいぶ調子よくなったあ。よおし、このランニングフォームで、がんばるぞお！」

それからは、トレーニングの合間に、オリンピック競技場の、百メートルトラックを、自分が先頭で、走っている姿を夢みています。

# くらべっこ

見上げると、はてしない大空に、わずかな雲が、ポツポツ浮かんでいるだけです。

「サッワ、サワ、サワ」

山のふもとまで続いた広い田んぼには、伸びざかりの薄青い稲の葉が、ゆったり揺れています。その田んぼの中央を、ゆるやかな曲線で、二つに切り分けた川がありました。

「今日は風も穏やかで、気持ちがいいなあ」

トンボが一匹、細長いハネで風を切りながら、ゆうぜんと田んぼを横切ります。

「スウラ、スッスス」

トンボは頭を下げて、川にかかった木の橋のへりに、音もなく降り立ちました。

「たっぷりエサを食べて、おなかが重たくなったから、ここで少し休んでゆこう」

薄いハネを下げて、トンボはひと息つきます。

「チッチロ、チャラ、チャラ」

すぐ下の浅瀬から、気持ちよさそうな水音が、聞こえてきます。

「トッポン」

「おおっ……」

トンボは突然の水音に、ハネと足をピクリと構えました。

「サッ、サッ、サッ」

音のした川面に、短い波が動いています。

「なあんだ、カエルさんかあ」

岸辺の草地を、ジャンプ台にして、深みへ跳び込んだカエルが、ゆったり横切り、浅瀬で止まりました。

「プックリ」

すぐに水上へ、頭と目玉だけを出します。

「カエルさんは、乾いた全身の肌に、水のうるおいを与えているのだな」

トンボが大きな目玉をクルリと回して、川上に目を向けますと、

「スッ、スイ、ススイ」

アメンボが、流れのゆるやかな岸沿いを、小さな水の輪に乗って、近づいてきます。

「いつもながらアメンボさんは、軽やかなフットワークだなあ」

そのあとトンボが、視線を戻して、深くよどんだ流れに、目を落としますと、

「ユウラ、ユウララ」

暗い川底から、黒い影が上がってきます。

「おう、おう、今度はナマズさんかあ」

太ったナマズが体をくねらせて、

「ガバッ」

と水面をつき抜けました。

「あっらあ！」

ちょうど浮かび上がったナマズの目の前に、カエルとアメンボの姿があります。

「やあ、こんにちは。いい天気ですねえ」

ナマズはまぶしそうな目で、カエルとアメンボに、挨拶をしました。

「あらまあ、ナマズさんに会えるなんて、これは珍しい」

アメンボが驚いて、小さく跳ねました。

「ここ数日は雨風もなく、穏やかな日よりが続いて助かります」

カエルも体を、水に平たく浮かしてこたえました。それをきっかけに、ナマズとカエルとアメンボは、岸に寄り添って、おしゃべりを始めました。簡単な挨拶が済んでから、お互いの体調を気遣い、日頃から各自が、心がけている健康方法を紹介します。

「私は朝一番に、足の上下運動をやります」

アメンボが、体を小さく動かします。

「オイラは首をねじり、前後の足を思い切り伸ばしてから……」

カエルが体を、一直線に伸ばします。

「ワシはヒゲを振り回してから、いくつかに分かれたヒレ体操を……」

ナマズが全身のヒレをくねくね動かします。川沿いで暮らす生き物同士、平和でなごやかな生活を保つために、失礼のないよう、親しみを込めて話をします。

「ふうむ、生き方もそれぞれ違っていて、話題も豊富そうだな。食後のたいくつしのぎに、ちょうどいいや」

　橋の上のトンボは、社会勉強のためにも、彼らの話に耳を傾けます。ナマズが丸く広がって、重そうな頭をひねり、うらやましそうに言いました。

「小さくて軽いからだのアメンボさんは、風に乗って川や池や沼を移動し、そのたびに珍しいものに出会い、頭には新しい知識をたくわえておられるんでしょうねえ」

　アメンボは、体をプルプル震わせてこたえます。

「いいえ、とんでもありません。薄っぺらな物ばかりで、ほとんどが、くだらない知識ですよ。カエルさんなんか、地上と水中の両方を、行き来しておられるから、きっとすてきな知識を、お持ちでしょう」

　カエルは大きな目玉をパチクリさせて言います。

「いやあ、オイラの動く範囲は、ごくせまいですから、ありきたりの知識だけですよ。むしろナマズさんの方が、大きな頭で、水中深く考えておられるから、発達したすばらしい頭脳を、お持ちのはずです」

　ナマズがヒゲを揺らして、こたえます。

「いや、いや、ワシは頭は大きくても、脳みそはからっぽです。わずかな脳で、ただいたずらに空想するばかりです。まるっきり世間を知らないから、役に立たない知識ですよ」

お互いに相手をうやまい、己をへりくだります。さらに自分の弱点まで、教え始めました。

「体が細くて身の軽いアメンボの私は、足先の短い毛と少しばかりの油で、水面に立っているんですよ。だけど水の動きが早いと、いっぺんに流されてしまうんです」

「オイラは、幼いオタマジャクシの時代は、楽に水中で暮らせました。しかしカエルとなったら、うまく泳げても、水中で楽に呼吸することは、できなくなりました」

「ナマズのワシは、かたいウロコのない魚ですから、岩などに体をこすると、ひどく傷つきやすいのです。だからドロ底などで暮らすことが多く、目もあまり良くありません」

トンボが大きな目玉をクルクル回して、つぶやきました。

「へへえ、だれでも一つや二つ、苦労や不自由は、あるもんだねえ」

枯れた笹の葉が一枚浮いてきて、彼らのそばを、すうっと流れ去りました。アメンボが、体をピクリと上下させて言いました。

「私は今、タップダンスの特訓をしています。私の夢はねえ、アメンボを大勢集めて、一緒にタップダンスを演じることです。静かな湖の舞台に立ち、すてきな音楽に合わせて、水面一杯に、ユニークな水の輪を描き出すことです。湖に集まった観客の大喝采を、浴びたいなあ」

「オイラの夢はね、世界中のカエル族を集めて、ジャンプを使った競技大会を開くことです。大会名をカエルンピックと称してね。立ち幅跳びや三段跳び、十段跳びもいいな。次にハイジャンプ競技を考えています。さらには背面ジャンプ競技があります。これは背中の方へ逆転しながら、一番高く、姿勢の良いものが、優勝となる競技です。考えるだけでも、わくわくするなあ」

「ワシも以前から、あたためている夢があります。ナマズの敏感なヒゲを使ったゲームです。全員目隠しをしてね。ヒゲで触った物の形を、当てっこするコンテストです。棒か三角か球か、どんな曲線の物体だとかね。さらにヒゲの察知力を利用して、触った物がどんな味のする食べ物なのか、どんな香りなのかを当てっこします。さらには美肌コンテストも考えているのです。肌のつやつやだとか、ヌルヌル具合や、体の曲線美、ついでにヒゲの長さやしなり具合、大口を競う大会も面白そうだな」

ともに輝いた目で、それぞれの夢を語っています。それらを聞いていたトンボも、ムズムズしてきました。

「あんな競技大会やコンテストがあったら、すばらしいだろうな。さまざまな生き物たちを招待して、みんなでワイワイ、お祭りを楽しみたいねえ。その時には、私が司会者となって、活躍したいものだ」

トンボはシッポを、ブルッと震わせました。みんなの心も打ちとけて、笑い声も混じり、おしゃべりは、次第に熱が入ります。大雨で川の水が溢れた時のあわて話から、動物たちのうわさ話に移り、人間の子供へと話題は広がりました。

「先日この川原へ、幼稚園の先生に連れられて、幼い子供たちが大勢、ピクニックにやってきたねえ」

「ええ、ランチを食べたあと、ゲームをしたり、歌ったり、ダンスをしたり……」

「オイラたちの子供もかわいいけれど、人の子も活発で、いいもんだねえ」

弁当を入れた、小さなバッグを肩につるして、にぎやかにやってきた子供たちのことは、トンボも知っていました。

「子供たちが、水上を自由に走る私を見て、アメンボは忍者みたいだって、手を叩いて騒いでいたわ」

「オイラの上手な泳ぎを見て、カエルは平泳ぎの先生だって、感心していたよ」

「子供たちが興奮ぎみに、町の建物を揺らした、地震の話を始めたろう。大地が動くのは、ナマズのワシが、地下で大あばれするせいだとさ。それを聞いたワシは、ぐうんと力持ちになった気分だよ」

トンボも一つ一つうなずいて、川原を元気に跳ね回って、遊んでいた子供たちの姿を、思い出していました。

「川辺の生き物の中で、人の子に一番人気があるのは、手の指にのるほど、ちっちゃいアメンボの、私じゃあないかしら」

「そうじゃあないさ。寒い冬がようやく終わって、暖かい季節に生まれるオタマジャクシは、四季の喜びを感じさせるそうだよ。オイラたちカエルの歌も、世界中で楽しく歌われているんだ」

「いやあ、一番人気は平たくて、ヒゲづらで、目がかわいくて、あいきょうのあるナマズのワシだろう。数少ないヌルヌル魚として、愛されているようだ」

人間と身近で暮らす生き物は、人にきらわれると、生きていくのが、むずかしくなります。それだからこそ、各自の人気は、いっそう気になります。

「時々、絵描きや写真家が池にやってきてね。水上の私を写し取ろうと、苦心していたわ。アメンボのタップダンスは、とっても器用だし、水面に描く波紋も、芸術的だとほめられたわ」

「いや、いや、夏の夜に低い調子で、のんびり遠くまで届くカエルの合唱は、人々を開放的な気分にさせて、感動ものだとさ」

「いやあ、どっこい、透明な水槽の中で、ナマズのしなやかで、おっとりしたヒゲダンスは、ストレスの多い人間に、いやし効果を、与えていると思うな」

アメンボとカエルとナマズは、話を続けているうちに、それぞれ自分が種の代表として、大いなる誇りと愛情をもって、自分たちが優れた生き物であることを、世間に知らしめたいと考え始めました。

そのためには、自分たちの特長を、強調する必要があります。それにつれて、相手の話を打ち消す言葉も、ふえてゆきます。

「いいえ、それは違うでしょう」

「オイラはその考え方は、おかしいと思う」

「やっぱりワシの方が正しいよ」

それぞれ、今までたくわえた知識を繰り出して、相手の話に反論します。みんなの話題は、あちこち飛んで、ついに人間の食生活にまで、およびました。

「栄養豊かなナマズの肉は、カバ焼きにしても、ナベものにしても、ウナギにおとらず、おいしいと評判だあ」

「肉の話なら負けちゃあいられない。オイラの仲間のウシガエルは、淡泊な味で、柔らかいと喜ばれているんだ」

「フウッ、私は食用には無理だけど、アメンボの名のゆらいにもなっているように、私の体から、おいしそうな飴のにおいを出してやれるわ。人々は甘味をかぐだけで満足するから、太りぎみの人には、ダイエット効果があるでしょうよ」

みんなの懸命な話を聞いているうちに、トンボはだんだんと心配になってきました。

「あれれえ、話に熱が入りすぎて、感情的になり始めたぞ。大丈夫かなあ」

彼らは言葉に力を込めるので、口を開くたびに、まわりに波の輪が立ちます。とうとう彼らは、語気を強めて、いばり始めました。カエルがヌヌウと、後ろの片足を水面から差し上げて、

「ほらあ、この太くて長い足を見てくれよ。陸上で休んでいても、素早く動く必要があれば、人も驚く大ジャンプが、できるんだぜ」

空に向けて、ツウン、ツンと蹴りました。

「うっふっふ、カエルさんのブクブクした、みにくいおなかに比べたら、私のスマートなスタイルは、うらやましいでしょう。この軽い体のおかげで、エサが水に落ちて、バタバタもがく、わずかな波の動きだって、感じることができるんだから」

アメンボが、左右にヒョイ、ヒョイ動いて、ステップを踏みます。

「ふん、アメンボさんは、少し強い風でも、簡単に吹き飛ばされるじゃあないか。ワシの立派なヒゲは、どうだい。ドロや物かげに身を隠していても、敏感なヒゲで、近くのエサを探し出すことが、できるんだぜ。細くて長くて、かっこういいだろう」

ナマズは誇らしげに、ヒゲを空中に差し出して、ピッ、ピッと大きく振りました。

「へへんだ。ナマズさんは、暗い川底にもぐってばかりいるから、世界の目まぐるしい変化には、全然ついていけないでしょうよ」

カエルが目をむき、口から泡を吹いて、言い返しました。

「ふうう、アッラ、アラ、アラ……」

トンボがため息をつきました。彼らは、互いに相手の弱みを突(つ)き、自分の良いところを示して、得意になっています。

「ううむ、こりゃあ、いけないぞ。最初のなごやかな雰囲気(ふんいき)から、おかしなことになってしまった」

トンボは落ち着かずに、足踏みをします。今度は、めいめいの泳ぎ方を、自慢(じまん)しだしました。カエルが後ろ足を、水面に沿って、ゆっくり動かします。

「オイラの泳ぎ方はな。水に暮らす仲間のうちでは、一番楽なんだよ。この通り水面すれすれに浮かんで泳げば、体に無理がなくて、一番速いのさ」

「いいえ、水面をすべる方が、水の抵抗(ていこう)は少ないし、だんぜん速いに決まっているわ」

アメンボが、足をそろえて体を傾け、スケーターの格好をします。

「いや、いや、水の底を泳ぐ方が、台風や大雨の時だって、強い波や流れにじゃまされないから、一番速いんだよ」

ナマズが大きな尾(お)ビレで、パアンと水を叩きました。それぞれが、生き物としての価値を上げようと、いこじになり、自分の意見を守って、一歩もゆずりません。

「こりゃあ、ますますいけないや」

トンボはあせりだして、シッポをピクピク振ります。

「そんなに言いはるんなら、だれが一番速いか、競走しようじゃあないか」

「ええ、はっきりと勝負を、つけましょう」

「おう、おう、ワシも望むところだ」

ついにみんな、いきり立ちました。

「ふわあ、やあれ、やれ」

トンボは全身の力が抜けて、シッポを落としてしまいました。カエルが頭を上げて、遠くを指差します。

「向こう岸の低い木に、赤い小さな花が咲いているね。花びらが散って、水ぎわでかたまって浮いている所を、目印としよう」

「ええ、あそこを中間点にして往復だわ」

「折り返し点に着いた印として、水に浮いた赤い花びらを、一枚ずつ持ってくることにしようよ」

「よおし、わかった」

みんな横一列に並びましたが、すぐあることに気がつきました。

「ややっ、困ったぞ。競技で大事な、しんぱん役がいない」

「だれかに、頼まなければ……」

「さあて、だれにしようか」

辺りをキョロ、キョロ見回します。それを知ったトンボは、腹を据えました。

「こうなっては、仕方がない。見すごすわけにはゆかないや。オオイ！　しんぱんは、私に任せてくれえ」

トンボが橋から、声をかけました。

「まあ、あれはトンボさんだわ」

「トンボさんなら、複眼で目が良さそうだから、しんぱん役に、うってつけだ」

「それじゃあ、よろしく頼みますよお」

「わかったあ」

みんな安心して、改めてスタートの構えを取ります。ところが、

（困った、困った。みんなと仲よくするためのおしゃべりだったのに、いつの間にか、変なことになってしまった。負けるのはいやだけど、明らかに勝ってしまうと、今後つき合いにくくなってしまいそうだ）

それぞれが心の中で、ためらいましたが、今さら引き下がるわけには、ゆきません。

「ヨウイ、ドン！」

トンボの号令で、競技が始まりました。

「さあ、大変なことになったぞ」

トンボは、一番高い橋の手すりに移り、彼らの勝負を、クリクリ目玉で見張ります。

「そおれ、それえ」

アメンボが、足先で水をしっかりおさえて、飛び出しました。

「オット、トットット」

アメンボの体が、波のうねりとともに、上下に激しく揺れます。

「体が細くて、かげろうのようなアメンボは、ほかの生き物たちから、いつも無視されがちだわ。だからここは、私が一番になって、きっちりと目立たなければいけない」

アメンボは、サーファーのチャンピオンのごとく大波を、上手に乗りこなします。

「スッスス、スッス」

川の流れが下りだったおかげで、アメンボは、赤い花びらの浮いた場所に、いち早く到着しました。

「バシッ、バッ、バッ」


重い体のナマズは、全身の筋肉を緊張させ、すべてのヒレをたくみに使って、力強く泳ぎます。

「地味で動きの少ないナマズは、ほかの生き物たちから、川底のドロみたいに思われている。ここでワシががんばれば、仲間たちが一躍、川の王者になれるんだ」

ナマズは、水草や渦をまいた岩を、うまく避けながら、

「スル、スル、スルリ」

布に糸をぬうように進んで、二番目に着きました。

「グワアッ」

カエルは、ひと息吸い込んでから、後ろ足で大きく水を押し出します。

「何事も器用なカエルは、ほかの生き物たちから、ただのはねっかえりだと思われている。そんなやつらに、見直させてやるためにも、ここ一番のほまれが欲しい」

カエルは今日の穏やかな流れなら、まっすぐ突き進む足の力に、自信があったので、

「グオウ、グオッ、グオッ」

ゆうぜんと泳いで三番目です。

さあて、ここからみんな、花びらを一枚ずつ持って、元の岸まで、泳いでいかなければなりません。

「アララ、こんなはずじゃ、なかったのに」

一番先に着いたアメンボは、立ち止まったまま困っていました。遠くから見た花びらは、小さくて軽そうだったのです。ところが背おってみると、自分より大きい上に、水に浸(ひた)った花びらは、アメンボには重すぎます。

「こりゃ、まずいな」

二番目についたナマズは、胸ビレで花びらを体に押さえつけて抱(だ)いてみました。けれども花びらは、なめらかな皮膚(ひふ)で、ヌルヌルすべって運べません。

「ヤヤッ、どうしたことだ」

少しおくれをとったカエルは、短い前足で花びらを握(にぎ)ろうとしました。だけど広げっぱなしの指では、薄い花びらを、うまくつかむことはできません。

「これなら、どうだ」

ナマズとカエルは、花びらを口にくわえました。だけどナマズは、大きな口がふさがると、水呼吸ができません。カエルも動きだすと、くわえた花びらに水が集まり、口の上にある鼻に入り込んだり、花びらがそりかえり、鼻の穴をピタリとふさいだりして、空気呼吸はできません。カエルは息苦しくなり、花びらを吐(は)き出してしまいました。結局ナマズとカエルは、すごすごと、中間点に戻るしかありません。

(ウヘエ、えらいことに、なってしまった。こんなバカなルールを、決めるんじゃなかったよ。だれ

かが先に、この競走をやめようと、言ってくれないかなあ）

みんな、とほうにくれながら、自分の方から競技の中止を、申し出ることはできません。とにかく何かいい方法はないかと、

「ウウン、ウン、ウン」

頭をひねり、ちえをしぼります。

「あれえ、みんな折り返し点に着いたまま、戻ってこないよ。どうしたのかしら?」

橋上のトンボが、背伸びをしていますと、

「よしっ、これで行こう」

カエルが先頭を切り、上流に向かって、泳ぎ始めました。カエルは花びらを、二本の前足でしっかり、胸におさえています。

「さあ、一着はオイラのものだ」

けれどもカエルは、花びらとともに、前足を胸にたたんでいるせいで、流れの波に押されて、方向性がなくなりました。後ろ足で水を蹴るたびに、角ばった前足に大きな渦ができて、右に曲がり、左に曲がって、苦労しています。その上、頭が水面下に沈(しず)みがちで、呼吸もしばしば途切(とぎ)れてしまいます。

「ウッムム……」

カエルの再出発を、ナマズはにがにがしく見送りながらも、頭に血液を集中させます。

「オオッ、そうだ」

ナマズに、うまい考えが、ひらめきました。

「ぜったい負けるもんかあ」

ナマズは、自慢の長いヒゲで花びらをクルクル巻きつけました。

「グウイ、グイ、グイ」

花びらを水中で、力強く引っ張りながら、カエルを追いかけます。

「わあ、わあ、どうしよう」

最後に取り残されたアメンボは、あせっていました。何度か花びらを背にして、

「ヨイコラ、ショッ」
一、二歩動きだしては、こらえ切れずに投げ出してしまいます。
「ああ、もう、だめだわ」

アメンボが、あきらめかけた時に、強い川風が吹き出して、自分の体をグイグイ押し出します。

「あっ、そうだわ」

良い考えが、キラリと浮かびました。アメンボは、後ろ側の四本の足を水面に構え、前側の足二本で、

「ウンショッ」

勢いをつけて、花びらを横に広げました。

「ブワアッ」

花びらとともにアメンボは、一気に水面をすべりだしました。川下から吹いてくる風に、花びらは

丸くふくらみ、ヨットの帆となって、グングンつっ走ります。

「おおい、しっかりい！　あと半分だあ」

中間点から、ようやく動きだした彼らを見て、トンボがハネをブルブル震わせて応援します。

「ややあ、なんだあ？」

「うわわ、すごおい！」

近くを泳いでいた小魚たちは、真っ赤な花びらが、目の前をビュウ、ビュウと高速通過するので、びっくりしています。

「パッサ、パサ、パサ」

川に三つの波筋が光って、トンボが待つ木の橋に向かって走ります。

「がんばれ！　がんばれ！」

さあさあ、みんな橋下のゴール近くまで、戻ってきました。

「ハハッ、ハアッ」

先頭のカエルは、左右に大きく流され、だれよりも長い距離を、それも細い呼吸で泳いできたので、もうヘトヘトです。

「ヒイッ、ヒヒイッ」

すぐ後ろのナマズは、水中の花びらが重たくて、ヒゲのはえ出た皮膚が痛くなり、ヒゲもちぎれてしまいそうです。

「ピッ、ピリリッ」

カエルとナマズのそばまで、追いついたアメンボは、花びらを支えた前足がしびれてしまい、今にも離（はな）してしまいそうです。

（なんてバカなことを、やっているんだろう。こんなに苦労してまで、仲たがいになりそうな競走を、してはいけなかったのだ。だけど負けたら、仲間に申し訳が立たないし。こうなりゃ、もう死ぬ気になって……）

　みんな苦しい息遣（いきづか）いの中で、くやみながらも、最後の力をふりしぼります。

「バッサアッ！」

元の川岸に、波と水しぶきが、白く高く上がりました。

「ヤヤッ！」

トンボが、目玉を突き出して叫（さけ）びました。

なんと彼らの姿は、一瞬間（いっしゅんかん）白い水の中に消えておりました。

「ワワッ、ゴール点が見えなかったあ」

目の良いはずのトンボにも、だれが一番だったのか、わかりませんでした。

「ヒュウ、ヒュウ」

「フハア、ハア」

「ヒヒッ、ヒイ」

　みんな花びらを前にして、激しく息をしています。すぐさま橋のトンボを見上げて、勝負の結果を、聞こうと待っています。

「ごめん、ごめん。ただ今の勝負は、だれが一番だったのか、わからなかったよ」

トンボが頭を、ペコペコ上下させて、あやまります。

「あああっ……」

みんな、ひょうし抜けして、へたり込んでしまいました。

「やあれ、やれ、やれえ……」

懸命に運んで来た花びらを、皆（みな）うらめしそうにながめます。赤くてきれいだった花びらは、色も変わって、しわくちゃになっていました。

「ヒイ、ヒイ、むだ骨だったねえ」

短い息遣いで、同じ言葉を吐きつつ、互いの顔を見回します。

「うっへへ、なんだあ？」

ひどく疲（つか）れた皆の顔は、その花びらと同じように、しわしわで、みにくくゆがんでいました。すると急におかしくなって、

「プハアッ！」

みんな吹き出してしまいました。

「ヒイッ、ヒャア、フワア、ハハッ、ハア」

トンボもつられて、シッポを振って大笑いします。カエルとナマズとアメンボは、体を揺すって笑い続けながら、

（勝ち負けなんか、どうでもいい。懸命にがんばった相手を、悲しませずに済んで良かった、良かっ

た。本当に良かった）

　心の底からうれしく思いました。

「ふわあ、とっても、おかしい」

「激しく運動したせいで、すっかりおなかが、すいたねえ」

「もう、ペコペコで死にそう」

「おなかが、グウグウなり出したあ」

なごやかな雰囲気に戻って、トンボは、すっかり安心しました。

「私の役目は、これで済んだよお。みんな、これからも仲よく、暮らしてねえ」

　橋下のみんなにひと声かけて、トンボはハネに力を込めて、さっそうと飛び立ちました。

「トンボさあん、お世話になりましたあ」

「どうも、ありがとう」

　みんな一斉に、トンボにお礼を言います。トンボは、それにこたえて、空中に大きく丸を描いて、
たちまち小さくなりました。

「それじゃあ、また会う日まで」

「体に気をつけてね」

「バアイ、バイ」

　それぞれが、午後のエサを手に入れるために別れます。カエルは空腹の体で、

「ヒコヒコ」

土手の上まで這(は)い上がりました。ナマズは大きな頭を下げて、

「トロトロ」

川底へもぐります。アメンボはいつもの池に向かって、

「スッスワリ」

ゆるい風に乗って、飛んでいきました。

「チッチロ、チャラ、チャラ」

いつもの通り、静かになった川に、平和なせせらぎが続きます。

# ようこそ庭へ

私のうちは、父さん母さんと、私と二つ下の弟の四人家族です。昔の畑地が住宅団地に変わり、そこに父さんが家を新築したのは、私が二歳で、弟が生まれたばかりの年でした。周辺の空き地に次々と家が建てられて、三年後には、ほぼ全世帯が入居したそうです。父さんの話によりますと、新築したての頃、家の周辺にモグラのトンネルが走っていたそうです。地表にできた盛り土をクワでならしたけれど、モグラの姿はなく、それっきりとなってしまったらしいのです。ところが数年後、突然庭のあちこちに、小さな富士山のような盛り土ができていました。

「父さん、父さん、来て、来て、庭に来て」

びっくりした私は、二階にいた父さんを庭に呼び出しました。

「あの土の山は、なあに?」

「あれれえ、ほほう、モグラだ。たぶんモグラが地中にトンネルを掘って、余った土を外へ押し出したんだよ」

「モグラ? わあ、おもしろぉい。モグラさん、今いるかしら」

私は手でいくつか、盛り土を払ってみました。でもモグラもトンネルも、確認できませんでした。盛り土を動かしているうちに、穴までつぶしてしまったようです。

数日後、父さんが庭木の枝切りで、はしご状の踏み台を登りかけたら、ズブリと踏み台の脚が、モグラのトンネルに沈み込んで、ヒヤリとしたそうです。いまだに、うちの庭にいるモグラの姿は、家族のだれも目にしていません。

もう一つ、父さんが入居前に、家を見回りに来た時の話です。わが家の土台に沿って一メートルくらいの黒っぽいヘビがいたそうです。父さんがそろりとヘビに近づくと、ヘビはゆっくりと動きだし、隣の敷地へ逃げていったとのことです。ヘビがいたことを話すと、家族が心配するからと、黙っていたそうです。新しい家に入居して間もない頃、夕方になって、「キャア！」という母さんの悲鳴で父さんは、一階の居間に駆けつけました。

「ほら、ほら、見て、見て」

青い顔をした母さんが、腰を引いたまま、雨戸を指差しています。少しばかり引き出された雨戸の下を見て、

「あれえ！」

父さんもとんきょうな声を出しました。雨戸の低部で、鉛筆大の子ヘビが、立ち上がりあえいでいました。

「シッポが挟まっているのか」

父さんが近づいて確かめました。

「雨戸を戸袋から引き出そうとしたら、子ヘビが目に入って、もう、びっくりしたわ」

母さんが後ろから、説明します。

「どうしようか」

二人が顔を見合わせていると、

「どうかしましたかあ?」

前の家で電気配線工事をしていた青年が、母さんの悲鳴を耳にして、立ち寄ってくれていました。

「これなんですけど」

母さんが子ヘビを示しました。

「やあ、ヘビかあ、ちっこいね」

青年は腰のベルトからペンチを取り出して、子ヘビの頭を挟んで、引っこ抜きました。子ヘビをペンチごと振り回して、

「そらあ」

空き地の雑草の中に、投げ飛ばしました。その後父さんは、懐中電灯で戸袋の中を照らして、ほかにもヘビがいないか、確かめていました。しばらくの間、母さんは雨戸を出し入れする時は、少しばかり動かしては、周辺を確かめる動作を、繰り返していたそうです。ヘビが家のまわりにいたら、私はこわくていやです。今は住宅地に、大勢の人が住んでいるのだから、もうヘビはすべて、団地の外へ行ってしまったと信じています。

家族が今の家に住み始めて八年経ち、私は小学五年生になりました。周辺の人たちは、初め知らない人ばかりが、寄り集まってきたのでした。父さんが何もない庭に、いろんな木の苗を植えてくれて

いたのが、今では庭いっぱい、それも家のそばまで枝葉を広げて、

「こんなふうになるとは、思わなかったなあ」

「せまい庭が、ジャングルになったわねえ」

母さんが父さんに笑いかけます。

団地の近くに、川幅百メートル以上もある利根川が流れていて、川岸にはえた林伝いに、山からいろんな鳥が飛んで来ます。庭木には甘柿、ブドウ、ミカン、ザクロ、スモモ、キウイ、グミなど、果樹もあるので、鳥以外でも、いろんな虫や蝶がやってきます。よく庭に来る鳥は、スズメ、ヒヨドリ、ムクドリ、オナガ、キジバト、メジロなどです。入居して数年後の春先に、ウグイスが庭木で初めて鳴いた時には、家族みんなで大喜びしました。まだ寒い春先に家の中にいて、ウグイスの鳴き声を耳にすることができるなんて、幸せなことです。でもね、初めてやってきたウグイスは、

「フォウ、フォー、ケキョ……」

としか鳴かず、あまり上手ではありませんでした。

スズメの朝は早いのです。雨どい辺りで、

「チチッ、チッ、チッ」

一羽が控えめに鳴きだすと、すぐにほかのスズメたちが、待ってましたとばかりに、

「チチ、クチュ、クッチュ、チチィチッチ」

と応じて、次第に鳴き声がふえていき、朝のおしゃべりが始まります。数分後にはエサを求めて、

一斉に飛び立ちます。その頃に私は、ようやく布団を抜け出るのです。

私が二階の窓辺の机で勉強していると、スズメが一羽、外の手すりの上をチョコチョコ歩いてきました。窓ガラス内の私と、目の前で顔が合いました。そのスズメはね、つと歩みをとめて、片方の目を向けたまま、首をスイと伸ばし、（あれえ、そこにいたのお）なんて表情をして、おもむろに飛び立ちました。


「クウクウ、ウッダダ、クウクウ、ウッダダ」

キジバトが、気持ちよさそうに鳴きだしました。キジバトの糞の量は多くて、葉っぱに白くべったりついて目立ちます。私が庭を歩きだしたとたんに、

「バサ、バサ、バサ」

足もとからキジバトが飛び出して、びっくりすることがあります。キジバトが藤棚の枝を寄せ集めて、卵を抱いている時は、私が顔を近づけても、目玉を左右に動かして警戒するだけで、巣から逃げようとはしません。


ヒヨドリは木の実のなる季節を含めて、つがいで庭にやってくる常連さんの一つです。

「ピッピイ、ピッピイ、ピイヨ、ピイヨ」

かん高く鳴きます。庭に遅れてやってきたほかのヒヨドリたちを見つけると、つがいで協力して追い払います。私や家族の者が、庭に姿を見せますと、

「キッ、キキイ」

鋭く鳴いて、つれあいに知らせ、用心します。晩秋にモチの木の実が、赤く鈴生りになると、ある日突然、ヒヨドリが数十羽集まってきます。一、二日のうちに木の実を食べつくし、地面にカケラや食べそこねた実が、たくさん散らばります。エサの少ない冬に、パンやリンゴやミカンの切れ端を枝に置いてやると、いち早くヒヨドリが寄ってきます。


オナガは鳩くらいの大きさで、薄青い羽と胴より長い尾羽根を持つ姿の良い鳥です。穏やかに木にとまっている時は、

「ジェイ、ジェイ、チュチュ」

と軽く鳴くのですが、何か追い払う時は、

「ギュウイ、ギギイ、ギイイッ、ギイイッ」

あまり上品とは言えない鳴き方をします。鳥の図鑑を調べたら、オナガはカラス科の鳥だそうで、納得しました。


ムクドリはスズメより少し大きめで、くちばしと脚の黄色が目立つ鳥です。穏やかな時は、

「チュッチュリ、チュッチュリ」

短めに鳴きます。ムクドリは数羽群れてやってきて、樹木や地面の虫を食べてくれます。

メジロは秋口に入ると姿を見せる鳥で、柔らかくなった柿の実などをついばみます。細い体形のメジロは、目に止まらないくらいの速度で、枝から枝へ移動します。

「鳥は庭の害虫を食べてくれるのだから、おどかさないように」

父さんが私たちに念を押します。

「鳥はかわいいいんだけど、干した布団や洗濯物に糞を落としそうで……」

母さんは心配しますが、幸い今のところ、その被害はありません。

「どうだい。庭の鳥とは、平和な暗黙のルールができているんだよ」

父さんは自分のてがらのように言います。洗濯物のように庭に人間くさい物が出ると、鳥の方で警戒して近づかないのじゃないかと思います。

私は鳥を見ると、自由に空を飛べる鳥になりたいと思うことがあるけれど、鳥は私を見て、人間になりたいと思うのかしら。

ミカンの木のまわりを、アゲハ蝶や黒アゲハが飛びかい、葉っぱに丸く太った青虫を見かけます。青虫を指でつまむと、ツンと青くさい香りを発します。木の幹にセミの抜けがらがあり、わが家育ちのセミもふえました。弟が庭で見つけたカマキリの乾いた卵を、私と共用の机の引き出しに入れっぱなしにして、

「あっちゃあ、忘れていたあ」

次の年に、そこから子カマキリが、ゾロゾロ溢れ出たことがありました。

「ブドウ棚が、やけに明るいなと思っていたら、大変なことになっていたよ」

父さんが怒っています。ブドウの葉が、カナブンの大群にたかられて食われてしまい、裸同然にされていました。特にいやなのは、庭にスズメバチや蚊がいたり、毛虫が落ちたり、あちこちクモに巣を張られることです。特に困るのは、イラガの幼虫で、葉の裏に隠れているので、うっかり肌に触れると、幼虫が持つ毒刺毛で痛い思いをします。皮膚が一円玉くらいに水っぽくはれて、痛みが数分間続きます。

団地に住む小学生と親しくなり、うちの庭にもよく遊びに来ます。

「このおうち、箱庭みたいね」

「さまざまな果樹があって、いいわねえ」

「ふわあ、いろんな蝶や虫がいる、いる」

「このおうちで、昆虫採集ができそうねえ」

友達が庭に来るたびに、うらやましがります。弟は女の子が遊びに来ると、張り切って庭木に登って見せたり、花や実をとってやったりします。弟はコジュケイの鳴きまねで、

「チョットコイ、ちょっと来い、来い来い」

同時にこっけいな動作を加えて、皆を笑わせます。お気に入りのヒロコちゃんが来ると、そばにくっついて歩き回ります。

「昨日、ヒロコちゃんの夢を見たんだよ」

「私の？　どんな夢？」

「あのね、ヒロコちゃんのお下げを、引っ張って泣かせちゃった」

「うわあ、悪いんだあ」

「ヒロコちゃん、今でも怒(おこ)っている？」

「うーん、今度だけは許してあげる」

「うわあ、良かったあ」

弟は手を叩(たた)いて喜んでいます。

「ウワン、ワン、ワン」

角の家の番犬が、道を通りかかった人に、ほえだしました。この犬は今では、私たち家族には、ほえることはしません。近くにすむ私たちの顔を、覚えてくれているようです。

「人間と同じように、犬も寝(ね)ている時に、夢を見るのかなあ」

弟が首をかしげて考えていました。

私が二階の窓辺で、勉強していると、

「コツン……」

窓ガラスに何かぶつかった音がしました。窓の外を探すと、小さな甲虫(こうちゅう)が、ひっくり返っていました。

あわてて起き上がり、脚を構え直し、きまり悪そうに飛んでいきました。

（失敗しちゃったなあ）そんな声が、聞こえてきそうです。外から見ると、窓ガラスが鏡になり、景色が広がるせいでしょう。

住宅地区で、猫（ねこ）を放し飼いしている人は多いみたい。うちの北側の家は、老夫婦二人きりで、ごはんの残りを庭に置いて、近所の猫が集まるのを楽しんでいるようです。それらの猫たちが垣根（かきね）の隙間（すきま）から、うちの庭にも寄りつき遊び回ります。さらに真夜中でも、

「ウウ、ウワオ、フギャア、クギャア」

鳴いてけんかをしたり、庭木を伝って、二階のベランダにも上がり、騒（さわ）いで睡眠（すいみん）のじゃまをします。庭に猫の丸い糞が一つ二つ残ったりします。父さんは庭の猫を、何度も追い払うのですが、ききめはありません。

「またやられたあ」

朝の出勤時に、父さんが口をゆがめています。庭に停めた車体上に、猫の足跡（あしあと）が、ハンコを押したようにつき、フロントガラスに、オシッコがきたなく垂れていました。

「居間の戸を開けていたら、こっそり猫が入ってきて、台所の物を食べられそうだわ」

母さんも心配顔です。スズメたちが声高に、

「ジッ、ジッ、ジッ」

と警戒声で鳴いている時は、たいてい猫が庭をうろついているのです。

地区の住人の数がふえるとともに、寄りつくカラスもふえました。

「カウ、カウ、カオ、カオ」

まだ薄暗（うすぐら）い早朝から、うるさく鳴いて、生ゴミの場所を、おのおの確かめているようです。カラスは仲間が多いせいか、ずぶとくなって家の屋根や、引き込み電線にもとまり、

「ガウ、ガウ、ギャア、ギャア」

だみ声を発して、うれた柿の実を目当てに集まった庭のほかの鳥を、おどしつけます。

私が二階の窓近くで、本を読んでいる時でした。前方の送電線に、カラスが数羽とまっていました。

少し経って、ふと目を上げると、二羽の鳥影が私の方へ飛んで来ていました。

「前はムクドリで、後ろはカラス？」

はっきり気づいた時に、カラスがムクドリに追いつき、

「パサッ」

と背中を叩いて、飛び去りました。ムクドリは空中で、大きく体勢をくずしながら、逃げ去りました。その状況を見た私は、家近くにカラスがいるのがいやになりました。

うちの東側の隣家は、三年前から家の人の仕事のつごうで、空き家となっており、窓はすべて雨戸が閉められています。ある日父さんが、その家に珍事が発生したと、私たちに告げました。

「二階の戸袋の中に、ムクドリが巣を作ったらしいよ」

「えっ、本当？　外から見えるの」

「ムクドリの赤ちゃんもいるの？」

「いや、いや、親鳥が戸袋を出入りしていることしかわからないけどね」

私と弟は、さっそく二階に上がり、東側窓辺に急ぎました。その家は正面の道路が曲がっている関係で、五メートルほど北寄りに建てられています。それで家の前面がよく見えます。カーテンを細目

に開けて見ていたら、ムクドリが一羽飛んで来て、二階の窓の手すりにとまりました。周囲を気にしながら、手すりの上を左右小さく歩きます。手すりの端にある、戸袋の半月状の穴まで来ると、そっと中をのぞきます。それを二、三度繰り返していると、その穴から別のムクドリが、ススッと姿を現わしました。その鳥はすぐに飛び立ち、手すりの鳥が、戸袋の穴へポンと消えました。

「今はオスとメスと交替(こうたい)で、卵をあたためているんじゃあないかな」

父さんが教えてくれました。弟はあきっぽい性格で、手すりのムクドリには、すぐに関心を示さなくなりました。巣の様子が見えないから、それも仕方ありません。

半月ほど経ったあと、ムクドリが戸袋に入るたびに、

「チャッチャ、チャッチャ」

競(きそ)った鳴き声が、するようになりました。

「ヒナが生まれたんだわ」

母さんも窓辺に、確かめに来ました。親鳥はエサを持ってきても、戸袋の巣へ直行はしません。そこを見渡(みわた)せる電線か、前方の樹木にいったんとまり、数秒間周辺を警戒します。大丈夫(だいじょうぶ)だと判断しますと、まっすぐ手すりに降りて、素早く戸袋に入ります。直後にヒナが鳴きだします。親鳥が巣から出る時は、

「チチッ」

と小さく鳴いて、穴のへりから、素早く飛び立ちます。その時には、ヒナはピタリと静かになっています。親鳥は白い糞をくわえて、飛び立つこともあります。私はヒナが初めて、空へ飛び立つとこ

ろを、見たいと思っています。

ヒナの鳴き声が一段と強くなった頃、突然、その家の周辺にムクドリが、十羽くらい集まっていました。

「ジェイ、ジェイ、ジャワ、ジャワ」

お祭りでも始まったかのように、にぎやかです。戸袋を入れ代わりのぞいたり、手すりや近くの瓦(かわら)に寄ってきます。みんな戸袋のヒナに、関心がある様子です。近隣(きんりん)つどって、ヒナの成長お祝いを、しているみたいです。それを親鳥らしきムクドリが、迷惑(めいわく)そうに一羽一羽と、追い払っていました。

二日後の日曜日になって、

「あらあ、隣が静かじゃない?」

母さんの言葉に、皆耳を澄(す)ませました。

「本当だ……」

私は二階へ走ります。弟もついてきました。戸袋の周辺を入念に探し、数分経っても鳥の姿はありません。ヒナの声も聞こえません。だれもいない家が、なおさら寂(さび)しく見えます。

「どうやら巣立ってしまったようだねえ」

あとから来た父さんも寂しそうでした。

「もう行っちゃったのお」

「いやだあ、ヒナの巣立ちを見たかったのに」

私と弟は、がっかりしました。

「ふわあ、よごれた綿のかたまりみたい」

庭の低木に、クモの子が糸玉状になって群れていました。それぞれが脚をからめ合って、たわむれているようです。私はそれを家族に知らせようかと思ったけれど、それはやめにしました。分解屋の弟は、おもちゃなんか、いじくり回して、こわしてしまいます。これを弟に知らせたら、きっとつついて、いたずらしそうだから、黙っていました。次の日には、糸玉はなくなっていました。後日、家族みんなで半日ほど外出して帰宅したら、

「ヒヤアッ」

先に玄関に向かった母さんが叫びました。

「まあ、いやだ、クモの糸のようだわ」

私は先日見つけた糸玉のクモの子が、庭に分散して暮らしているんだと思いました。

次の日私が二階の窓から庭をながめていたら、セールスマン風の背広姿の男の人が、玄関に向かいだしました。数歩入ったとたんに、男の人は急停止しました。一歩あとずさりして、手で顔の前を払ったり、鼻の辺りを、つまんだりしています。

「あらら、クモの糸にやられたのかも」

私はおかしくなりました。数分後、再び男の人が玄関から出てくると、片手を顔の前にかざしながら、帰っていきました。

「あの人、ちょっとばかり、かわいそう」

　私だって今でも、庭をうっかり歩いていて、クモの糸にからまってしまいます。たいしたことではありませんが、困ったものです。

　庭の木の葉が色づいて、落ち始めました。

「うれたブドウの房(ふさ)をとるから、手伝ってくれ。来週には、柿とりをしなくてはね」

　父さんが庭に踏(ふ)み台を運び、私と弟を呼びました。うちの果樹は、混みすぎた庭木のせいで、日光の恵(めぐ)みが少なく、店の物よりも実は小さく、甘味も足りないのですが、もぎたての果実は、素直に喜びを感じます。


　次の年、私はムクドリのことを、すっかり忘れていました。新緑があざやかになった頃、

「ムクドリがまた、隣の家に巣を構えたわよ」

　今度は母さんが、知らせてくれました。

「やったあ」

　私と弟は手を叩きました。

「この前のムクドリ？」

「それとも昨年生まれた子供のムクドリ？」

「さあて、どうかしら」

「今年こそ、ヒナの巣立ちを見たいな」

「また隣が、にぎやかになるんだな」

どうやら父さんも、乗り気のようです。その日から再び、私の観察が始まりました。数日間、心待ちしていると、ヒナの声が小さく聞こえ出しました。私は観察に、いっそう力が入ります。でも弟は二、三度エサ運びを見たあと、あきてしまいました。私が一人、二階のカーテンに隠れて観察していても、弟は見に来ようとはしません。

数日後の夕食時に、父さんが意外なことを言いました。

「今日の昼間、カラスが一羽、手すりに降りてきて、戸袋をのぞきだしたんだ」

みんなびっくりしました。

「ヒナをねらっているらしいから、父さんが急いで窓を開けると、その音に気づいたカラスが振り向いて、さっと飛び去ったんだよ」

「いやだあ、ヒナはどうなったの」

「戸袋の穴は、カラスの体より小さいから、入れやしないさ。カラスがいなくなったあと、親鳥がエサ運びを再開したから大丈夫だよ」

私はますますカラスが、嫌いになりました。家にいる時は、カラスが近くにいないか、注意するようになりました。ヒナの鳴き声が高くなりだすと、親鳥のエサ運びも、頻繁になりました。観察しているうちに、私はあることに気づきました。親鳥の片方が、巣から飛び出し、同時に他方が虫をくわえて戸袋に向かう時に、双方が空中で、すれ違うことがあります。その時巣から飛び立った鳥は、

「チチッ」

と相手に軽く声をかけます。それを何度も聞いているうちに、

「巣の中のヒナを頼(たの)んだよ」

そう言っているように聞こえます。そのことをみんなに話すと、

「お姉ちゃんは、いいところに気がついたねえ」

母さんが感心していました。

「それはね、お姉ちゃんが、こっそり見ているよって、知らせているんだよ」

弟が意地悪く言いました。

数日後、私が二階の机で算数の宿題をしている時でした。隣の家の庭に鳥が数羽集まって、盛んに鳴きだしました。

「ジェッ、ジェッ、ジャッ、ジャワワ」

「ギイッ、ギキィ、ギャア、ギャア」

数種類の鳴き方で、一段とうるさいのです。

「なわばり争いかしら」

私は勉強を続けます。でもあまりに鳴き続けるので、窓に目を向けますと、薄いカーテンの外で数羽の鳥影が、せわしく飛びかっています。

「なんだか変だなあ」

私は異常さに気がついて、カーテンの隙間から、そっとのぞきました。

「キッ、キキィ」

オナガとムクドリが、隣の家の庭の地面に向けて、波打つように飛びかいます。

「なんだろう」

私は下の庭に、目を移しました。

「あっ、猫、猫がいた……」

時々見かける白猫が、庭の雑草の中を歩いています。猫はサルスベリの木の根元まで来て、止まりました。幹を見上げる猫をめがけて、鳥たちが次々と飛び抜けます。猫は幹に前足をかけて、登り始めました。

「どうするのかしら」

私はその木を見上げて、

「アッ」

と声を漏(も)らしました。木の上の枝は数本、隣の家の屋根まで伸びています。

「猫は屋根に上がろうとしているのでは」

私の心臓は、波打ち始めました。幹を伝う猫の背後を、ムクドリが接近します。オナガが一羽、木の上方にとまって下の猫を、

「ギャア、ギャア」

鳴いていかくします。先ほどからの鳥たちの大騒ぎは、侵入(しんにゅう)した猫を追い払おうと、必死になっていたのです。私はその猫が、戸袋のヒナをねらっているとは、思いたくありませんでした。気まぐれに遊びに上がるだけだと、思おうとしていました。猫は瓦まで伸びた横枝に、前足をのせました。間

近く接近する鳥に、猫は二、三度顔を向けます。でも猫はかまわず、体を枝に移動させます。瓦の少し手前の横枝で身をしずめると、ポンと跳ねて、瓦のへりに降り立ちました。

「ああっ……」

猫はそのまま、戸袋の方へ歩きます。

「わあ、どうしよう」

私は思わず窓のカーテンを、いっぱいに引きました。普通ならばカーテンの音や、人の姿が窓に寄ると、鳥はその場から逃げ出すものです。ところが庭の鳥たちは、私には目もくれずに、猫をいかくし続けます。

「どうしよう、どうしよう」

私はいっそう動揺しています。猫は戸袋の端まで歩き寄ると、後ろ足で立ち上がり、前足を手すりの支え棒にかけ、戸袋の隙間をのぞき始めました。もう間違いはありません。猫はヒナをねらって、やってきたのです。猫の背後を、鳥たちが鳴いて飛びかいますが、猫はまったく相手にせず、のぞき続けます。

「ヒナが猫にさらわれてしまう」

私の体はかたくて、身動きできません。

「私には何もできない、何もできない」

頭の中が、真っ白になった時でした。

「こらあ！　だめだぞお」

うちの庭から、弟の怒鳴る声が聞こえました。その声で、猫が首を曲げて振り返り、弟の方を見下ろします。

「こらあ！」

弟は垣根を這い上がります。猫はさっと瓦を走りだし、サルスベリの横枝を急ぎます。弟は隣の庭に降り立つと、サルスベリをめがけて、走りだしました。猫は反対側の幹を下りだし、弟が木に到着する前に、幹の途中から、サッと頭から飛び降りました。

「うおお！」

家の奥へ逃げ去る猫を、弟は追いかけていきました。

「ふうう……」

私は静かになった庭を、ぼんやりながめていました。家の裏へ消えた弟の背中が、目に残っています。ムクドリにあまり関心がないと思っていた弟が、怒って猫を追い払ってくれたのです。ふと見上げると、先ほど飛びかかっていたオナガやムクドリたちが、電線や樹木にとまって、庭を注視していました。それぞれが思い出したように小さく鳴きます。やがて一羽二羽と飛び立っていなくなり、最後には家の引き込み電線に、身を寄せ合った二羽のムクドリだけが残りました。あの二羽は親鳥に違いありません。黙って戸袋に顔を向けたまま、辺りが暗くなっても、巣に向かおうとはしませんでした。

夕食時に弟が、身振り手振りで武勇伝を語ります。

「近所の白猫がね、ムクドリのヒナを食べようとしていたんだよ。大口でガブリとね」

だいぶ大げさな表現がありましたが、私は弟に借りができたと感じておりました。

「ほら、ほら、見て、見て」

「あら、あら、まあ」

弟は立ち上がり、後ろを見せました。垣根を越えた時に、弟はズボンの尻を引っかけて、大きく破いていました。

その夜私は、ヒナが無事であることを願っていました。ほかのムクドリやオナガまで参加して、危険をおかし、追い払おうとしていたのです。それだからヒナは、ぜったい無事でなければなりません。


翌朝私は、変な夢を見ていました。学校へ行くために、私は夢の中で、バスの到着を待っています。

「バスがやってきたわ」

そのバスが停車してドアが開きますが、満員で乗れません。仕方なく次のバスを待ちます。次のバスもその次のバスも、満員で乗れません。あせりながら、バスを何台も見送っているうちに、目が覚めました。ぼんやりした頭で、布団から立ち上がり、

「そうだ、ムクドリ……」

私はカーテンを広く開けて、朝日に輝く家の周辺を探します。でも隣の家は静かでした。どこにもムクドリの姿はありません。遠くの方で、カラスと犬の声がするだけでした。

「あのあと親鳥は、どうしたのかしら」

親鳥がヒナを見捨てたとは、思いたくありません。すでにヒナの声が力強かったことから、今朝早く飛び立ったんだと思いたいのです。

「どうやらヒナは、巣立ったようだな」

みんなに改めて告げた父さんの言葉を、私は信じます。

「来年から、どうなるのかなあ」

あの場所に、猫やカラスが接近することが、ムクドリにわかった以上、もう戸袋には巣を構えないかも知れません。それよりも、隣の人の用事が済み、戻(もど)ってきて、再び家に住み始めることだってあるでしょう。そうなれば、ムクドリの子育ては、見られないでしょう。

「チチッチ、チュルチュル……」

今日もうちの庭木に、鳥たちがやってきました。軽やかに枝から枝へ移動したり、羽づくろいをしている鳥を見ているうちに、

「みんなあ、しっかり、生き抜いてえ！」

私はむしょうに、励(はげ)ましたくなりました。

## 泣きべそかかし

青く高く澄んだ大空に、毛のハケで軽く触れたような白雲が、つうん、つうんとひっそり静かに、浮かんでいます。朝のすがすがしい空気を通して、白い太陽が地球上へ、柔らかな日差しを送り届けます。

「ピィーヨ、ピィーヨ」

上空を一羽の鳥が鳴きながら、うねるように飛んでいきます。奥に大小の山が連なる盆地の中を、気まぐれな風がそよっ、そよっと田の稲をなでて、優しく揺すります。そのたびに弓状となった稲穂がサッワ、サワワワと笑いだし、黄色になりかけた細い葉がスウラ、スララとしなやかに、ほほ笑み返します。風の動きのほかには、チッチロ、チロチロと田んぼの間を、幾筋か流れる小川のせせらぎが、絶え間なく聞こえるだけです。

「ポッチン」

おやあ？　あの音はカエルが、小川へ飛び込んだようです。サザザアと遠くの方から、重たそうな風が、ひとかたまりやってきて、垂れた稲穂を次々と、無理やりお辞儀をさせて、通り過ぎました。

「おんやあ？」

目の前には、だあれもいないと思っていたら、一面に茂った稲田の中に、腰から下を隠したかかしが、コックリ首をかしげて、立っていました。足が一本だけのかかしは、古い幼児用の寝間着(ねまき)のそで口から、横に広げた竹の手をポッチリのぞかせています。頭には二つに割れた麦わら帽子(ぼうし)を被(かぶ)り、白い布に黒ズミを使い、「へのへのもへじ」と幼い字形で描(えが)かれた、おかしな顔でうっとりとはるかな山並みをながめています。

「あれっ、あっちにも、こっちにも」

注意して見回しますと、ほかの田んぼにも、それぞれゆったり、のんびり、かかしが立っていました。それらは人間と同じ目鼻口のかかしや、人気アニメの顔をまねたかかしや、のっぺらぼうのままで、簡略化(かんりゃくか)したかかしなどです。

「空がどんより曇(くも)っている。またまた雨が降りそうだ」

今年は雨が多くて、涼(すず)しい夏でしたので、稲の生長がとても心配でした。しばらく低い気温が続いて、気象予報士のある者は、

「稲の花の咲く大切な期間に、雨雲が全国的に居座っております。このために気温が低下して、米が不作となるおそれがあります」

テレビやラジオで、心配そうに冷害の言葉も、口にしていたほどです。

「うちの田んぼの稲は、大丈夫(だいじょうぶ)だろうか」

「まめに田の草取りをして、稲に十分な栄養を与(あた)えねば」

「稲の害虫がたかっていないかあ」

「稲の葉の緑に、異常が生じていないかな」

農家の人たちは、しばしば田を見回って、稲の生長ぶりに気を遣い、田んぼに注ぎ入れる水の量を加減したり、稲が病害虫におかされないように、日夜世話をしてきました。

「どうやら今年も、大事な時期を、無事過ごせたようだ」

その努力のかいが、あったのでしょう。秋口に入って、稲田の上を風が渦を巻き、ズッズ、ズウと強く吹くたびに、お互いの頭をゴッソ、ゴッソと触れ合う音の重さで、どうやら稲の穂も、見事に実りました。

「かかしたちは、どんな様子でしょうか」

田んぼの真ん中に立ち、両手を広げて通せんぼうをしたかかしは、大切な稲穂を守るために、群がる鳥などを追い払うのが、役目のはずです。

「あれえ、あら、あら」

ここいらのかかしは、のんびり屋さんらしく、カラスやスズメたちと仲よしのようです。

そのしょうこに、クックワ、クワ、クワと向こうのかかしの腕には、カラスがすまし顔でとまっているし、その隣のかかしの足もとには、チチイ、チャッ、チャとせわしく稲を揺するスズメたちの、薄茶色の翼が見えます。稲が揺れるたびにサッと中にひそんでいたバッタやイナゴが、あわてて跳ねました。

「あらあ?」

再び目の前のかかしに注目しますと、古着や腕や帽子には、ポッチ、ポチと鳥が気ままに落としていった糞が、まだら模様に、くっついておりました。

「うんにゃあ？」

それだけじゃ、ありません。「のの」字の両目のまわりには、きたない鳥の糞がベッチャリついていてちょうど、ヒック、ヒックと坊やが、泣きべそをかいたようになっています。それを見つけた近くのかかしが、アニメ顔をさらにくずして、ウッ、ヒヤッ、ヒヤアと今にも笑いだしそうです。でも、そのアニメかかしだって同じように、ビッチャリ鳥の糞を浴びているのは、間違いありません。稲の波の上をトンボが隊を組み、ハネを風になびかせて、スッス、スッスウと隊形を変えながら、飛び回っています。エサとなる小さな虫を、みんなで取り囲んで、ねらっているのでしょうか。

「これは、これは、朝早くから、お願いして、すみませんねえ」

「この時期、どこの家も忙しいのに、ありがたいことじゃのお」

「なあになに、毎年のことだで、お互いさまだあ」

「これだけ人手が集まれば、昼過ぎには、終わりそうじゃあ」

「さっそく、取りかかるとするかあ」

泣きべそかかしのすぐ隣の田んぼが、急ににぎやかになりました。キラキラ、ユッサ、ユッサ、その田んぼは、どの田の稲よりも早く、こがね色に輝いています。

「わしは、ここから始めるとしよう」

鎌を持った村人が、数名田んぼに広がって、稲刈りが始まりました。

「へへえ、粒も重いし、よう実ったのお」

「ありがたいことに、おいしそうな米になったわい」

「おてんとう様に、大感謝じゃなあ」

「さあ、張り切って始めるかのお」

刈り手はあぜ道で、少し離れて並び、稲田に入り腰をかがめて、刈りだしました。

「ザッザ、ザッザ、ザッザ」

あちらこちらで、切れ味のいい鎌の音が響（ひび）きます。田にひそんでいたスズメが、チチ、チチイとあわてて飛び出します。

「おんや？」

稲穂の波の間から、麦わら帽子と、紺（こん）がすりの丸い大きなお尻（しり）が、ヒョッコ、ヒョッコ見え隠れしていますよ。

「ハハァン？」

ふくよかなお尻の持ち主は、うら若いお政（まさ）どんでしょう。数人の刈り手の中でも、一番目立った太い体を揺すって、フンワカ、フンワカ、サッササと稲を刈っています。麦わら帽子のひさしと、同じ形のお政どんの丸い顔が時々、チッ、チラリとのぞきます。お政どんは、鎌を持った手をしばしば止めて、そうっと背を伸（の）ばし、山すそに張り付いた家並みに目を移してから、

「ふううっ」

弱くて長いため息をつきました。

「あれれえ、お政どん、何か気にかかることが、ありそうですね」

昨年までだったら、泣きべそかかしの立っている田んぼに、四角ばった体つきの矢作どんが入り、

ズングリ、モングリ太い腕で稲を刈っていたものでしたが、今年はその姿が見えません。その田んぼで、黄色になりかけた稲が、寂しく揺れるだけです。

「それもそのはずです」

田の方は両親に任せて、矢作どんは、ふるさとを遠く離れ、バスと電車を乗り継いで、工場や商店が隙間なく建ち並ぶ町中へ、仕事に出かけることになっていたのです。

「オラが町へ行って、留守の間、とっつあんと、おっかあを、よろしく頼みます」

「あいやあ、もう明日出発するのけえ」

「うんだあ、町の方は人手不足で、仕事が追いつかないそうだあ」

「ふうん、町の商売や、工場生産の景気がいいのは、何よりじゃがのお」

「若いもんが次々と村を出ていってしもうて、ますます寂しくなるのお」

昨日の夕べ、矢作どんは、近所の家を訪ね回って、村人に旅立ちの挨拶をしていました。

「会社指定の従業員寮で、暮らすのかあ。そこで当面暮らすのに必要な物は、これでよしと。さあて、もう忘れ物はないかなあ」

少ない荷をバッグに入れて、旅じたくを済ませた矢作どんは、

「それじゃあ、おっとう、おっかあ、しばらく町へ、仕事に行ってくるよ」

玄関に立ち、野球帽とバッグを手にして、声をかけました。

「工場に入ったらなあ、仕事を張り切りすぎて、あんまり無理をせんようになあ」

「どんなに忙しくとも、食事だけは、抜かすんじゃないよ。毎日きちんと食べてね」

父と母は、何度も言っていたことを、再び繰り返しました。

「ああ、大丈夫だあ。うちの田の稲が数日後に、刈り入れにはいったらなあ、近所の人にも、手伝いを頼んでおいたから」

心配そうな顔の両親を、家に残して外に出ました。いよいよ矢作どんは、出稼ぎのために旅立つところです。村道を歩いていると、

「ウン、モオオウ」

牛舎から矢作どんの顔を見つけた乳牛が、いつもの鳴き声で呼びかけます。

「コケエッ、コケッ、コケエ」

近所の庭に放たれたニワトリが、垣根まで寄ってきて、間延びした声で見送ります。

「あっ、あんちゃんだ。あんちゃあん！」

「ウォン、ウワン、ワン」

道で遊んでいた幼い子と小犬が、村の入り口まで、見送りに来てくれました。

「あんちゃん、すぐに、すぐに、村へ戻ってきてくれるよね」

「ああ、心配するなあ」

幼い子は、矢作どんと指切りをしました。

「あんちゃん、元気でねえ」

「ああ、夜布団から出て、おなかを冷やすんじゃあねえぞ」

歩きだした矢作どんは、一度とまり、顔を向けて、片手を大きく振りました。

「あんちゃん、グスッ、優しいあんちゃん、とうとう行っちゃったあ」

半べそをかいた幼児の足に、小犬がじゃれついて、なぐさめます。

その頃、お政どんちの田んぼの方は、稲刈りが順調に、進んでおりました。サッサ、サッサ、サッサと。ところがお政どんの鎌だけが、とぎれがちに動きます。鎌を持つ手が重たそうです。

「なんだか様子が変ですね」

お政どんは、ちっとも仕事がはかどりません。去年までは、隣の田の矢作どんに、負けないよう手早く刈っても、疲れることなんか、少しもなかったのですが。

「ええ、そうなんです。これには少々わけがあるのです」

今のお政どんと、矢作どんの胸の中には、村人のだれもが気づかない、二人だけの特別な愛の感情が育っておりました。だけど、どちらも結婚して、一緒に暮らしたいという気持ちを、相手には伝えていません。

「ええっ、これだけでは何がなんだか、さっぱりわからない、もっと以前の話を聞かせてくれって? ハイ、ハイ、わかりました。それでは、時間を少し過去に戻してみましょう……」

二人はヨチヨチ歩きだして、友達遊びを始めた頃から、ほかのだれよりも、気の合う仲でした。お政どんは、矢作どんのそばにいると、心が安らぎましたし、矢作どんもお政どんには、気楽に話すことができました。それは矢作どんとお政どんの、母親の年齢が近くて、両方の家を頻繁に行き来していたせいも、あったのでしょう。

二人が小学校に通いだして、気候が暖かくなった頃のことです。村の小学校は少人数で、各学年ともひとクラスだけです。お政どんと矢作どんは、同じ年齢でしたから、教室は一緒でした。

「青い空に白い雲、お日様にっこり、こんにちは。山の緑がこたえて、キイラ、キラ」

「ラン、ラン、ランララ、ランランラン」

お政どんはクラスの女の子と、歌いながら下校していました。

「いやだあ。また、ひなたぼっこしてる」

田んぼ道の真ん中で、丸太ん棒のようなヘビが、長々と休んでいます。村の女の子たちは、しょっちゅう、ヘビの姿は目にしていますから、こわくはないのですが、道を通せんぼうしているヘビを、跳びこえる勇気はありません。

「どうしよう」

「遠回りはしたくないし」

二人が立ち止まっていますと、

「フオイ、どうかしたんかあ」

矢作どんが大またで、歩いてきました。

「あのヘビ……」

「ちっとも動きそうもないの」

二人が指差しますと、

「やあ、あれは、ゴン太んちの田にすんでいる、ゴン太ヘビだあ」

矢作どんは、ヘビの前に立って、

「さあ、どいた、どいたあ」

片足を高く上げ、ドウン、ドンと地面を叩きました。地面の響きに、うながされたのか、のったり、のっそりゴン太ヘビは、仕方なさそうにズッズルズルと体をくねらせて、田の中に入りました。


山奥から流れ出た川の表面近くを、黒い影がいくつも走っています。ピッ、ピピッと時々水面を跳ねて、小魚がくっきりと、一瞬の姿を見せます。

「群れてかけっこしているみたい」

その小魚をお政どんが、橋の上からのぞき込んでいましたら、ヒャア、帽子が、風に吹き飛ばされて、川に落ちてしまいました。

「うわあ、いけなあい」

帽子はさかさまに浮いたまま、すう、すう、すうと波にのって流されていきます。

「待って、待ってえ」

お政どんが川伝いに、帽子を追いかけます。

「こっち、こっちへ」

帽子が岸に近づくのを、期待しているのですが、川の真ん中を、少し沈んだまま流れるだけです。

(おんやあ?)ちょうど橋を渡り始めていた矢作どんは、お政どんの小走りの状況を、とっさに判断しました。

「オラに任せな」

矢作どんが走ってきて、ボチャ、バチャと水に入り、ズボンを腰まで濡らして、取ってきてくれました。

矢作どんの方は、どうなのでしょう。もちろん矢作どんも、素直で優しいお政どんが、大好きでした。

「おおい！　いつもの場所へ行くぞお」

小学校の裏の雑木林は、子供たちの遊び場です。女の子たちは木の実拾い、男の子たちは、

「オラは山のボス猿だあ」

「オイラはな、アフリカのターザンだぞ」

立ち木の枝渡りをしたり、垂れたカツラの枝にしがみついて、ブランコ代わりに揺らして遊びます。

「そうら、そら、そら」

矢作どんは腕の力が強くて、枝渡りは素早く動きます。

「オホウ、ホウ、ホウ」

オランウータンのまねをして、矢作どんが調子良く渡っていますと、

「ボギッ、バサッ！」

つかんだ枝が折れて、地面に落っこちてしまいました。「ウッチイ……」、矢作どんが顔をしかめて、尻をさすっていますと、

お政どんは、いち早く近寄って、顔をのぞき込み、一番心配してくれます。

「痛くない？　大丈夫？」

矢作どんが日夜暮らす家は、村の一番奥にあって、しかも山の斜面にあります。家の周辺に開墾したせまい畑のすぐ近くまで、林が迫っていますから、山にすむ小動物が、顔を出すことも多いのです。

「おんや、あの茂みに、タヌキの親子が来て、こっちを見ているよ」

「ツバキの花のまわりで、ウグイスが上手に歌っているな」

矢作どんが家を出て、畑をのぞきますと、野菜の間を白いものが動きました。

「やっ、ウサギ……」

矢作どんが追いかけますと、ウサギは畑から山の斜面の藪に突入します。

「待てえ」

矢作どんも、両手を顔の前に置いて、小枝を避けながら追いかけます。だけどウサギの方がすばしこくて、たちまち見失ってしまい、

「ウッヒャア、だめだあ」

走るのをあきらめました。

「もう一歩のところだったな。まるまる太っていた。残念、残念。つかまえそこねたあ」

疲れた足で帰ってきたら、

「あれえ？」

家の戸口に、お政どんが立っていました。家にいる母親と、話をしているようです。

「あれえ、お政どん、あれの文句を、言いに来たのかな」

矢作どんは今日、学校が終わって校舎を出る時に、

「あばよっ」

お政どんに声をかけ、背中を叩いて、駆けてきました。その時、お政どんの背中に、「バカ」と書いた紙切れを、粘着テープで、はり付けていました。その仕返しに、やってきたのだろうと考えたのです。矢作どんはとっさに、扉のない納屋に飛び込み、身を隠しました。

「ここにいるとは、気づかないだろう」

外から見える納屋の正面には、かかしが立てかけてあります。そのかかしは最初、親父さんが組み立てて、使用していたものです。そのうち、ひどく汚くなったので、幼い矢作どんが母親に頼み、自分の古着から選んでもらった物で、顔と胴部分を作り直したものです。

「白い顔に目鼻をつけよう」

矢作どんが濃いスミで、かかしの顔に「へのへのもへじ」と描きました。だけど、まゆげの「へ」の字と、目玉の「のの」字が、それぞれ外側に傾いていますので、かかしの顔は、泣いている表情になっていました。お政どんに、そのかかしを見せたら、

「矢作どんが泣いているようだあ。うっふふ、それは泣きべそかかしだねえ」

それ以来、矢作どんも、自分のかかしを、泣きべそかかしと呼ぶようになりました。

「矢作？　あれえ、矢作はさっきまで、そこの畑にいたんだけんどねえ」

母親の返事が聞こえます。

(ホッホホ、二人を会わせてやろう)

矢作どんとお政どんの姿を認めた泣きべそかかしは、自分の広げたままの両腕をクックク、クックと小刻みに動かし始めました。すると泣きべそかかしは、寄りかかっていた物から、ゆっくりすべりだします。

「ズズウ、カッタン!」

ついに床(ゆか)の上に音を立てて、倒(たお)れてしまいました。

「うん? 何かしら」

お政どんは首をかしげて、音のした小屋に近づきます。

「あんらあ、矢作どん、そこにいたのお」

とうとう見つかってしまいました。

「えっへへ」

矢作どんは、てれくさそうに、倒れた泣きべそかかしを、元通り立て直して、しおしおと外へ出ます。

「あんらあ、服のまわりは、山の神様からの贈(おく)り物だらけだ」

矢作どんの服いっぱいに、細かい葉っぱや草の実が、布地にからんでいました。さっきウサギを追いかけた際に、藪の中でくっついたのでしょう。

「そこにじっと立ってて」

棒のように素直に立った矢作どんのまわりを、お政どんは、ひと回りして、ゴミを残らず取り除いてくれました。その様子を、

（ウッフフフ）

泣きべそかかしが、うれしそうに、ながめていました。


矢作どんは時間があれば、村中を歩き回っていますから、どこにどんな鳥や獣（けもの）がいるのか、どんな木や花があるのか知っています。おやつ代わりとなる季節の木の実の一つに、野生のグミがありました。それは日当たりのいい低いかんぼく地に、はえています。

「そろそろ食べ頃だあ」

「今日はどの山へ行くの」

秋に入ると、山のあちこちに、お政どんを誘（さそ）います。

「赤い色よりも、黒くなっている方が、ずっと甘いんだぞ」

肩（かた）ほどの低木になった、アズキ豆くらいの実を、数個口に放り込んでかむと、舌にほんのりとした甘味を感じさせます。

「この木には、大きな実が混じっているよ」

グミの実の種は、小さくて柔らかいので、そのまま食べても気になりません。枝から実をちぎっては、口に放り込みます。

「うん、うめえ、うめえ」

「ほらあ、あっち、あっち」

二人は低木をかき分けて、探し回ります。チチチと鳥たちが先客でとまっている木に、出くわしたりします。

「フッ、鳥のために、少し残しとくかあ」

低い山を小一時間ほど食べ歩いて、村に戻りますと、

「ほうら、ほらあ」

互いに舌を出して、見せ合います。

「紫色（むらさきいろ）になってるでしょう」

「オラの舌は、食べすぎて黒っぽいや」

「矢作どんの舌は、大トカゲのものみたい」

舌の表面についたグミの色に、二人は満足するのです。


お政どんちは、村の中では少しばかり広い田を持っています。よそから田を借りている矢作どんちに比べると、暮らしはまだ楽です。お政どんちでは、年中行事や祝い事も、きちんと行なってきました。矢作どんちは、生活に余裕（よゆう）がないため、正月とお盆以外は、特別なことはいたしません。

「今日は、お節句だから」

お政どんちで、余分にこしらえた草もちや、オハギやダンゴでもフッカ、フカのまま一番先に、矢作どんちに届けてくれました。

「また作りすぎたから、食べてください」

「いつも、いつも、すまんこってす」

「甘い、うんめえ。ごちそうだあ」

いつも矢作どんちでは、ありがたくちょうだいしているのです。


先生が黒板に、数字を並べていきます。

「算数なんて、頭が痛くなるだけだよ」

授業中の矢作どんは、口を閉じたまま椅子(いす)に座って、おとなしいものです。優しい計算でも、自分から手をあげて答えるなんてしません。

「先生の話を聞いている時は、なんとなく、わかっているんだけんど」

矢作どんは教わったことは、すぐさま忘れてしまうようです。

「みんな活発に、手をあげているなあ」

「さすがクラス委員長だ。社会の出来事など、よく知っているねえ」

「へへえ、なかなか、うまいこと言う」

クラス仲間の発言を聞いて、素直に感心しているのです。先生の黒板の字を見ていると思ったら、窓の外に顔を向けています。

「授業の終了(しゅうりょう)ベルが、早く鳴らねえかなあ」

「柿の実も、赤くなり始める頃だねえ」

「今頃うちの畑のまわりを、猪たちが、うろついていねえかなあ」

「谷のサワガニが卵を抱いて、歩き回っているやろうな」

「あの谷川の岩から、釣り糸を垂らしたい」

「アケビの実も、割れ出す頃だなあ」

矢作どんの頭には、次々と四季の絵が、浮かんでくるのです。教室の透明な窓ガラスに、コチッと、あやまってぶち当たった甲虫を、椅子から腰を浮かして探したり、

「チョットコイ、チョットコイ」

「コジュケイが、森の中から呼んでいるな」

耳の感覚を、さらに遠くへあずけます。

カサ、コソ、コソ。校舎の屋根の雨どいで、チラッ、チラと動くスズメの尾羽根の動きを、首を伸ばしてながめたり、静かに机にとまったハエを、じっと観察します。

「ホッホ、ハエが前脚をすってる、すってる。神様に何をお願いしてるんかな。アレ、止まった。フウン、このハエ、オラと同じように、晩ごはんのことでも、考えてんのかなあ」

目の前にハエがとまると、大きな目玉のハエと、にらめっこをします。

「矢作、これ、わかるかあ」

たまに先生に名を呼ばれて、黒板の問題をさされると、

「ウイッ、困ったなあ」

矢作どんは机に置いた両手を支えに、重たそうに腰を持ち上げて、

「あの、あの、それは、うう、わかんねえ」

　いがぐり頭を、傾けるだけです。

　そんな矢作どんが、一度だけ教室で、皆の注目を集めたことがありました。授業中に、あいていた窓から、バッサ、バサ、バサと、鳥が一羽飛び込んできました。

「ややっ、なんだ、なんだ」

「わあ、びっくりしたあ」

「鳥だあ、鳥が入ってきたあ」

　みんな席から立ち上がりました。

「キイィ、キッ、キッ」

「あれはヒヨドリだ、ヒヨドリだ」

　矢作どんが、皆に教えます。

「とっつかまえろ」

「だめ、だめ、逃がしてやってえ」

　みんな大騒ぎです。先生も黒板の前で、面白そうにながめています。皆が叫び声を上げるたびに、バタ、バタ、バタ。鳥は教室内のあちこちの壁に当たって、懸命に逃げ道を探しています。

「キャア、また壁にぶっかったあ」

「あのままじゃあ、鳥が傷ついちゃうよう」

「だれか助けてやってえ」

女の子が叫びます。

「うん、そうだ」

矢作どんは、ササッと窓辺に走って、ガンラ、ガンラと、すべてのガラス戸を全開にしました。それから廊下側に移動して、

「ヒヨドリを外へ逃がすんだあ。みんな、こっちに集まってくんろ」

矢作どんは、教室の廊下側に立って、皆を大声で呼びました。矢作どんの思わぬ積極的な指示に、皆、急いで廊下側に寄ります。

「さあ、追い出すんだあ、わあぁ！」

両腕をそろえて、振り上げます。

「そおれ、そおれ、うわああ！」

皆で声を上げ、鳥を追い立てます。鳥は天井沿いにバサ、バサと、窓側へ飛んでいき、二、三度短く行き来したあと、ツツツウと開いた窓から、外へ飛んでいきました。

「行った、行った」

「飛んでったあ」

「わあい、良かったあ」

クラス中が、手を叩いて喜びます。

「矢作、いいアイデアだったな」

先生は感心していました。矢作どんはエッへへへとてれ笑いをして、自分の鼻をつまんで、おどけ

てみせます。

「矢作どん、やったね」

お政どんやクラスの仲間たちも、矢作どんが、頼もしい男の子に見えていました。


六月に入ると、田に水を引き入れるために、川に広い板を落として、せきができます。せきに近い下流は、水が浅くなっており、小さな子でも、水の中を楽に歩けます。

「魚とりに行かんかあ」

「ちょっと待ってて」

矢作どんが誘いに行くと、お政どんは家から、バケツを持って出てきます。そのバケツは、とった魚を生きたまま運ぶためです。

「たくさん魚、とれるといいね」

矢作どんには、すくい網はなくても、かまいません。浅くなった川岸の木の根や、土手の小穴や岩の下の隙間にひそむ魚を、素手でつかみ取るのです。

「おっ、おっ、いる、いる」

ハヤや子ブナが、群れをなして、素早く動きます。

「この石積み場は、ウナギのすみかで、あの淵はコイやフナのたまり場だよ」

矢作どんはいくつか、魚の居場所を知っておりました。

「ややっ、うん、これは柔らかいぞ」

岸辺の水草に、手を入れていましたが、

「ほおい、スッポンの子だあ」

急いでお政どんの所へ、歩み寄りました。それは手のひらに隠れるくらいの大きさで、丸くて柔らかい甲をしています。ペタ、ペタ、サササ。矢作どんの手の中で、短い脚を盛んに動かしています。

「口先がとんがっていて、かわいいね」

矢作どんは、スッポンの背と腹を、お政どんに見せたあと、

「もっと大きくなれよお」

そっと水に離してやります。

「この柔らかい手ざわりは、何かなあ？　ヤヤッ、おかしなものを、つかまえたあ」

矢作どんは、水中から抜いた両手を、合わせたまま、お政どんへ差し出します。

「それは、なあに？」

お政どんは、バケツを前にして、矢作どんが包んだ手を、期待を持って見つめます。

「ほらっ」

矢作どんが、両手を開きますと、

「ヒヤア」

お政どんはびっくりして、一歩あとずさりしました。バタバタバタと手の中には、イモリのアカハラが、真っ赤な腹と短い足を、ばたつかせて、動き回っていました。

「わあっ」

お政どんは、後ろへ動いた際に、足が小石に引っかかって倒れてしまい、水の中に両手と尻もちをつきました。

「いやだあ」

そこは浅い川だったのですが、へそから下の服は、ずぶ濡れになってしまいました。

「やっ、しもうた」

矢作どんは、お政どんがこんなことになるとは、予想もしませんでした。

「ヒャア、濡れちゃった」

お政どんはすぐに立ち上がり、体をひねって、濡れた服を気にしていましたが、矢作どんに向かって、小さく笑って、

「うふっ、よろけちゃったわ」

スカートの布を、あちこち握（にぎ）って、ジュウ、ジュジュッと水をしぼり出します。

「あっ、ナマズだ。ナマズが顔を出した」

お政どんが指差した青い淵の水面で、ナマズはパックリと大口を開けたあと、体をくねらせて、再び水中にもぐり、消えました。

「でっかいナマズだったねえ」

「へへッ、あのナマズめ、オラたちの様子を、見にきたのかな」

二人は魚とりを続けて、コイやフナなどをつかみ取り、バケツが重くて、持てないほどになりました。その間に初夏の強い日差しは、お政どんの服をすっかり、乾（かわ）かしてくれておりました。

「さあ、これくらいでいいかあ」

矢作どんは、バケツの中の魚を選んで、笹の小枝を魚のエラから口に通して、束状につなぎ、手に持ちます。

「かんろ煮にすると、うめえぞ」

大きな魚は、お政どんのバケツに残して、帰っていきました。


授業終了で帰る支度をしている時でした。

「おめえ、将来、何になりてえんだあ？」

「大きくなったらな、ジェット機のパイロットに、なりてえなあ」

「オラは、ハハア、バスの運転手でいいや」

「ウン、大きな会社の社長かなあ」

「体操の先生になるんだあ。みんな見てろ」

運動の得意な子が、黒板の前で、さかだちをして見せました。

「ふわあ、すごい。すごい」

まわりの子らの声援に励まされて、その子は体が少しふらつきながらも、一分間近くさかだちをしていました。

「ふうっ、どうだあい」

真っ赤な顔で起き上がり、片腕を曲げて、力コブを見せます。

「そんなの、わけないや」

矢作どんは、同じ床に両手をつきました。

「うん、うんしょ、ううん」

ところがなかなか足と尻が上がりません。

「ハハア、矢作は何をやってんだあ」

「ケツがでっかくて、重すぎるんだあ」

「ヨイショ、ヨイショ」

みんな手を叩いて、はやし立てました。

「くくっ、うおっ」

矢作どんは下半身に弾(はず)みをつけて、勢いよく蹴(け)り上げますと、両足はバラバラながら、真上まで達しました。

「わあっ」

はね上げた足の勢いが強すぎて、頭の方へ倒れかかります。クッ、ククウ。矢作どんは少しでも、静止時間を稼ごうとしたのでしょう。バタ、バタと両手を床に這(は)わせて、倒れるのを防ごうとします。

「おっ、おっ、おっ」

皆が見つめる中、矢作どんは足を折って、さかさまのまま走りだし、

「ズダダン！」

教室の端板(はしいた)へ体をぶっつけて、横方向へ一回転していました。

「ガシャッ」

皆息を飲み込みました。矢作どんの片足が、すみの台にのせてあった空の花ビンを、払い落としていたからです。ガラスの花ビンは、床の上で三片に割れていました。

「えれえ、しもうたあ」

「うはあ、ばらばらになっちゃった」

「オラア、知らねえぞ」

「先生に知らせてやろう」

児童の一人が、担任を呼びに行きました。

「またお前かあ。町に働きに出た卒業生のみやげ物だったのに。花ビンの破片を持って、廊下に立っていろ」

皆が帰ったあと、一人廊下で居残る羽目となりました。

「さかだち、うまくできん。できんなあ」

花ビンのことよりも、ぶざまな自分を、くやんでおりました。矢作どんの腕の力は、人一倍あるのですが、バランス感覚は、劣(おと)っているようです。しばらくして担任が顔を出し、

「もういい。帰ってよろしい」

やっと許しが出ました。その言葉を待ってましたと、矢作どんは校舎を飛び出します。

「フオオイ！　あれっ？」

グラウンドを通り抜けると、校門のかげで、お政どんが、待っていてくれました。

「えっへへ」

　矢作どんは、てれ隠しの笑いを浮かべます。心配そうに立っていたお政どんもニッコリほほ笑み、並んで家に帰りました。


　小学校の玄関前の盛り土に、形の良い黒松が一本植えられており、校舎の威厳を保っています。その根元の周囲には、大小の岩が、ドーナツ状に組まれています。

「まだ来ない、まだ来ない」

「遅いなあ、矢作、いつもこうなんだ」

　帰り支度をした子供たちが、遅れた矢作どんを、黒松の前で待っていました。チョッ、チョロリと岩の隙間から、土色をしたトカゲが現われて、岩の頭で停止しました。

「やあ、ちっちゃいトカゲだよ」

　日頃から見慣れている子供たちは、そのトカゲをたいくつしのぎに、顔を寄せて観察します。

「頭からシッポまで、十センチはあるかな」

「毎日、何を食ってるんだろう」

　子供たちがしゃがんで、目を近づけても、トカゲは脚を構えたまま、身動きしません。

「昔の恐竜時代の子孫かあ」

「顔をツンと突き出して、オイラたちには、全然関心ないみたいだ」

「あの鋭い眼は、どこを見ているのかなあ」

その時、トッコ、トコとようやく矢作どんが歩いてきて、皆の背後からのぞきます。

「このトカゲ、飾り用の置き物みたいだな」

「なにか大事な考えごとでも、しているんじゃないのか」

「ふうん、面構えが学者さんか、えらい人に見えてくらあ」

「ウム、説教しているお坊さんの顔かなあ」

後ろにいた矢作どんは、学者と聞いて、突如岩の前に出ると、四つんばいになり、ググウイと首を伸ばしました。

「ほうら、どうだあ。オラも学者か、えらい人に見えるやろう」

矢作どんの行動に一瞬、呆気にとられた子供たちは、プハア！と笑いだしました。

「トカゲと言うより、ブタだあ」

「ブタが口あけて、エサを欲しがっている格好だあ」

「そうだ、そうだ」

はやし立てられた矢作どんは、チョッと舌打ちしながら立ち上がり、

「ヤイ、帰るぞお」

後ろも見ずに、校門を通り過ぎました。

休み時間に矢作どんは、校庭に相撲の輪を描いて皆を誘います。

「さあ、円ができた。やんべえ」

体形がずんぐりとした矢作どんは、腕と足の太さでは、クラスのだれにも負けません。それは難儀な山の開墾を手伝い、土に埋まった木の根や石を、何度も取り除いているためでしょう。

「さあ、頭からかかってこい」

腕っぷしが強いので、相撲は大好きです。矢作どんの相撲の取り口は、「おう、うんむむ」と、ぶつかり合ったあとに、相手を両腕でしめつけたまま、

「うおおお！」

一気に前進し、相手を土俵の外へ運んでしまうのです。

「矢作とは、もうやらん」

「相撲なんか、ちっとも面白くない」

今では男の子たちはだれも、相手になってくれません。仕方がないから矢作どんは、校庭の桜の幹に肩を押しつけて、力任せに枝葉を揺すります。ついでに授業中の椅子で、こりかたまった体の、うっぷんも晴らします。

真っ昼間、小学校の門近くにある農家のブタ小屋から、ブタが二頭、グラウンドに、入ってきたことがありました。

「あれえ？　ヤヤッ、ブタだ、ブタだあ」

「ブタが二頭、うろついている」

「ブタが勉強しに、学校へやってきたあ」

教室は漢字の書き取りの練習中でしたが、皆窓辺に集まります。

「まるまる太った、でっかいブタだよ」

たぶん農家の人が、うっかりブタ小屋の柵を、閉め忘れていたのでしょう。

「ブハハ、ブハハ」

ブタは地面をかぎながら、歩き回っています。せまい小屋から広いグラウンドに出て、とまどっているようです。

「やあ、いた、いたあ」

「こっちだ、こっち、ほうら、ほうら」

年寄った夫婦が、あわてて駆けつけました。二人とも両手を広げて、ブタを門の方へ、追い込み始めました。大きな体のブタはブッブ、ブブブと鳴いて、夫婦の思う通りには、動いてくれません。

「よおし、よし、よし」

「ささあ、おとなしく小屋に戻りな」

夫婦が近づくたびに、ブタは向きを変えて逃げ回ります。

「人とブタの追いかけっこだ」

「がんばれ、がんばれ」

クラスの皆は、面白がって声をかけます。先生も授業をあきらめて、その様子をながめております。

「やや っ？」

突然グラウンドを横切って、矢作どんが現われました。ゆっくりとブタに近寄り、後ろへ回ります。

矢作どんは、ブタの尻を両手で、ガバッと深く抱いて、

「ほおい、ほおい」

声をかけながら、グイグイ押します。夫婦もブタの横に寄り添って、

「さあ、さあ、さあ」

一頭ずつ校門から、つれ戻しました。校門から一人帰ってきた矢作どんは、

「パチ、パチ、パチ」

教室の窓から、皆の拍手に迎えられます。

「えっへっへ」

矢作どんは両指を丸め、自分の顔にブタの鼻を作って、てれくさそうに、グラウンドを横切り、校舎に駆け込みました。


小学校の体育用道具は、数も種類もそろっていません。大勢でやる体育の授業では、かけっこなどのトレーニングが多くなります。

「さあ、さあ、全員、学校まわりの道を、二周してこおい」

「またマラソンかあ」

「フワア、走るだけじゃ、つまんないよ」

せまい校庭を走らせると、児童はすぐにあきてしまうため、校門を出て周辺の農道を、ふた回りするのが、数年来のならわしとなっています。

「ハッハア、ハッハア、もう疲れたあ」

「そうらあ！　どいた、どいたあ」

「ヒイッ、みんな早いのお」

矢作どんは、ずんぐり体形からして、走るのは苦手です。

「さあ、もう少しでゴールだ。しっかり腕を振って走れえ」

「フッハア、フッハア、苦しいよお」

いつも最後尾で、学校に戻ってきます。

その日も校門を出たところで、すでにほかの児童は長い列を作って、先を走っておりました。矢作どんが、お政どんの家近くをドッタ、ドッタ、バタバタと走っている時でした。お政どんの親戚のおばあさんが、曲がりぎみの腰に手を置いて、足早に家に入りました。

（あれれえ?）すぐさまお政どんの母親が玄関から顔を出し、スサササと道路を急ぎます。矢作どんが追いついて、

「おばさん、どうかしたあ?」

「ばあさんちの牝牛が、産気づいたそうな。どうも難産らしい。じいさんは足首をくじいていて、ちっとも役に立たん。うちの人を早く、呼びに行かにゃあ」

矢作どんはとっさに、その状況を飲み込みました。

「オラが走って、呼んで来てやらあ」

「そうかの。うちの人は、裏山の畑へ行っとるでの」

「わかったあ」

矢作どんは、マラソンコースから外れて、山へ向かいました。上り坂の山路をフッ、ハッ、ハアと顔をゆがめ、息を弾ませます。体育の時間とは、違った新たな力が出ます。

「ヒイッ、着いた。やっと着いた」

山の開墾地では、おやじさんが雑草のはえた畑地に、クワを打っておりました。

「おおう、矢作、どうしたんだあ」

息をぜいぜいさせながら、矢作どんが事情を伝えますと、

「そりゃあ、大ごとだあ」

おやじさんは、ほおかぶりを外して、駆け出しました。

「クワとカゴはなあ。オラが持っていってやるからあ」

「オウ、頼むわあ」

おやじさんの背中は、すぐに木の緑に隠れました。張りつめていた気持ちが抜けて、

「ふうう、これでひと安心」

矢作どんは疲れがドッと出てきました。山路をちんたら、ちんたら下り、お政どんちに寄って、クワとカゴを預けます。

「ふう、やっと着いた。着いた。うん？　ややあ、静かだな」

矢作どんが、学校のグラウンドへ戻った時には、すでに児童たちは全員、教室に入って、次の授業を受けておりました。

「矢作、どこで道草を食っていたあ」

教室に入ったとたん、担任からしかりつけられました。矢作どんはエヘヘと笑って、言い訳しませんから、

「ふまじめに走っとるからだ」

黒板指しで、コッツンと頭を叩かれました。数時間後、お政どんのおばあさんちでは、牛は人の手助けで無事、子牛を産み落としました。

「ふうう、やれやれ、難産やったなあ」

「だけんど、ありがたいこっちゃ」

「今度も牝牛じゃった」

お政どんは、牛の世話で遅くなった夕飯を囲んでいる時に、矢作どんが父を呼びに行ってくれたことを知りました。

「矢作どん、先生に遅くなった理由を、話せば良かったのに」

くやしい思いをしておりました。


理科の授業は、先生の指導で、乾電池と豆電球と電磁石を使った実験をしました。

「このように乾電池を使って、電流を流せば、電磁石となる。さて、磁石はどんな物を、吸引するのか、確かめてみろ」

「電球をつないだ導線と導線の間に、いろんな物を挟(はさ)んで、何が電気を通すのか、調べてみなさい」

「オラたちの持ち物で、確かめてみようよ」

「へええ、コンパスでもナイフでも、鉄で作られた物は、電気を通すんだね」

「ふうん、今まで懐中電灯なんか、何も考えないで、使っていたよなあ」

そのあとの休み時間でした。

「やっぱり豆電球の方が、ホタルの光よりずっと明るいのお」

「そうねえ、同じ明るさにするには、ホタル何匹必要かしら」

「ううん、わかんない」

その話に皆、集まってきました。

「ホタルの光で、勉強ができるんやろうか」

クラスの一人から、具体的な疑問が、投げかけられました。

「とても無理だあ」

「ホタルの数が多ければ、できそうだ」

意見が二手に分かれて、言い合いを始めました。皆、村でホタルをながめたり、つかまえることはあっても、そんなふうに考えたことは、ありませんでした。お政どんの意見は、できない組の方でした。

「じいちゃんがなあ、昔の人はホタルの光で、学問をしたと言っとったぞ」

だれかのひと言でその場は、

「できるかも知れない」

ということで、おさまりました。

「そんなことは、どうでもいいや」

矢作どんは、遠くで聞いていて、まったく気にしていませんでした。

夏に入ったある日、矢作どんは父親から、用を頼まれました。

「借りていた用具を、村長さんちまで、返しに行ってくれんかの」

矢作どんは、その用事を済ませての帰り道、夕べの川でホタルを目にしました。

「たくさん飛んでるのお。あっ、そうだ、あのことをお政どんと、確かめてみよう」

矢作どんは、着ていたランニングシャツを脱ぎました。シャツのすそを縛り、腕を通すシャツの穴に、木の枝を差し入れて、手網の代用としました。岸辺の草の葉で、光っているホタルをホオイ、ホオイと、シャツの首の穴から、すくいとります。岸を何度も往復し、シャツを握り持って、お政どんちに駆け寄りました。

「このホタルで、勉強できるのかどうか、確かめてくんろ」

お政どんに、ランニングシャツを掲げて見せます。

「わあ、たくさんのホタル、ううん、どうしよう。そうだ、ちょっと待ってて」

お政どんは台所から、からの牛乳ビンを持ってきました。シャツの中のホタルを、ビンの中に入れると、

「うわあ、きれい」

ビンがほんわか光ります。矢作どんが、用済みのシャツを着込みますと、

「シャツの中の、おなかで光っているよ」

ホタルが一匹、点滅(てんめつ)していました。

「こっち、こっち」

お政どんと矢作どんは、ビンと教科書を持って、家の外の暗がりへ行きました。二人は本を開いてビンに寄せます。

「わかんねえ」

「もっとビンを、近づけてみて」

字の形が一瞬、ぼんやり浮き出ます。ワサ、ワサ、ワサとホタルはビンの中で、あちこち体を向けて、うごめき合っています。それぞれのホタルの体が、ほかのホタルの光をさえぎってしまい、ホタルの数が多いわりには、強く光りません。ホタルのビンに顔を近づけたり、ビンの位置を工夫します。

「だめだあ、読みにくい」

「これじゃあ、くたびれてしまうねえ」

こんなふうに夜の時間を利用するより、昼間の数分間を大事に使う方が、よっぽど勉強の能率が上がりそうだということに、二人は気づいたようでした。

「もう、やーめたあ」

「このホタルは逃がすよう」

お政どんが牛乳ビンを片手に、ゆっくり振りますと、ホッ、ホッ、ホッ。ホタルは静かに夜空へ散っていきました。

稲の刈り入れが終了すると、村には一大行事が待っています。隣村と共同で、神社の境内においても、秋祭りが行なわれます。二つの村が神社に集まって、農産物の収穫を祝うのです。

「さあ、さあ、商売のチャンスだあ」

「人々が集まる場所に、店を出したいねえ」

その日境内は、町からやってきた商売人の出店が並び、小さな舞台もたちます。のど自慢や老人会の踊り、子供たちのダンス、時には漫才師を呼んだりして、にぎわいます。

「まだ来ない、来ないなあ。早く神社に行きたいのに」

祭りの日、お政どんは矢作どんが誘いに来てくれるのを、家の前の道路で待っていました。母親に作ってもらった浴衣のそでを、左右の手で内側から引いたり、赤い帯の結び目に触れたりします。

「矢作どん、家の手伝いで、いつも来るのが遅いんだから」

はやる気持ちをおさえて、辛抱強く待ちます。

「やあ、来た、来た」

矢作どんが普段着のまま、ずんぐり足取りで歩いてきます。矢作どんは、（へええ、かわいいな）お政どんの着物姿が、まぶしく見えました。

「ほら、ほら、これ」

お政どんは、家から持ってきた秋祭りの案内状を、矢作どんに示します。

「こんなもよおしものがあるんだってえ」

「ふわあ、面白そうだあ」

二人で案内状を見ながら、神社へ向かいます。

「おじさん、おばさん、こんにちは」

「アアラ、こんにちは。まあ、かわいい浴衣だわねえ」

道行く途中(とちゅう)、ぞろぞろと、浴衣姿の村人もふえてきました。

「ドンドコ、ドンドコ、キンコンコン」

森を通って聞こえる騒がしい音が近くなり、気持ちもどんどん高まります。

「急いでえ、お祭りが終わっちゃうよお」

子供たちが祭りの音に駆け出します。

「ほおれ、祭りのおこづかい」

お政どんは出かける時に、家の人から小銭(こぜに)をもらっていました。矢作どんの方は、家に余裕がないので、毎年手ぶらです。

「ウハッ、おかしなお面があらあ」

「焼きそば屋に、水アメ屋かあ」

「船や自動車のプラモデルだね。オオッ、このでっかい箱はいくらあ?」

矢作どんは買わずに、もっぱら、店のひやかし屋です。

「おじさん、これゼンマイ駆動(くどう)? ふうん、乾電池で動くのお。町では今、あんなおもちゃが、はやっているのね」

お政どんも店の品物に、興味を示します。いくつか店をのぞいているうちに、

「わあ、かわいい……」

お政どんは、アクセサリー売り場で、足を止めました。平らな台の上に並べられた、色あざやかな商品をながめ回し、その中の一つに、目を注いでいます。それはプラスチック製で、赤と白の花に、青いハネの蝶がとまった形をした髪留めでした。値段札を確かめたあと、瞳を輝かせるお政どんに、

「それ、欲しいんやろう」

矢作どんは買うようにすすめます。

「あ、えっ、ううん、これを買ったら、もうお金なくなるから」

矢作どんは顔の表情から、お政どんがとても欲しがっていることは、わかっておりました。

「気に入ったんなら買いなよ」

「だって、ほかに何か、買いたいから」

お政どんの心の中には、昨年と同じように、珍しい菓子を買って、二人で食べたいと思っていたのです。もう一度、その髪留めに手を触れてから、お政どんは先に歩いて、店から離れました。少し歩くと、綿菓子屋がありました。

「あらあ、甘い香り」

店のおじさんが、タライみたいな丸い器具の中に、木の棒を差し入れて、砂糖菓子を風船状に巻きつけています。

「このおやじさん、去年も来ていたっけ」

矢作どんは、綿菓子屋のおやじさんの顔に、見覚えがありました。

「ちょっと待ってな」

矢作どんはその綿菓子屋が、時々器具をきれいにするのを、見知っておりました。お政どんから預かった案内状の紙面を、三角折りにして、ズボンのポケットに、ねじこみました。矢作どんは、おやじさんの、仕事のタイミングをはかって、

「おじさん、オラが中を拭(ふ)いてやるよ。こんなのきれいにするのは、得意なんだあ」

「おう、じゃあ、こっちの準備をしている間に頼むよ」

矢作どんは拭き棒で、円形器具の内側をかき回して、砂糖菓子のクズを、きれいに削(けず)り取ります。

「これ、どこに入れるん？」

クズのかたまりを寄せて、おやじさんに尋(たず)ねます。

「そのカンに入れてくれや」

カンの中にはすでに、底の方にいくらかクズが、投げ込まれています。矢作どんは集めたクズを、カンに入れたあと、三角折りした紙袋を取り出しました。カンをさかさまにして、中身を素早く紙袋に、放り込みます。その紙袋(かみぶくろ)を、後ろにいるお政どんに、ささっと手渡すと、

「おじさん、この通り、掃除(そうじ)すんだよ」

「ああ、ありがとうよ」

おやじさんは、仕事の手を動かしながら、礼を言いました。売り場をさっさと離れて、

「このクズ、甘いんだから」

矢作どんは紙袋の中のかたまりを、つかみ取って、口に入れました。

「ほらっ」

紙袋をお政どんに、手渡しします。お政どんもクズのかたまりを、口に入れました。

「あまあい」

二人は顔を合わせたまま、笑みを含めて、口を動かします。半分こげた砂糖のかたまりを歯でつぶすと、舌に感じた甘味が、唾液を溢れ出させます。紙袋を振って、二人の手に最後の粒を分け落として、一緒に口に含み、ニコリと笑い合いました。

「ちょっと来て」

矢作どんはお政どんを、再びアクセサリー店へ連れていき、

「買っちゃえ、買っちゃえ」

さっきの髪留めを、お政どんに無理やり、買わせたのであります。

「うわあ、きれいねえ」

通りの両側に取り付けられた提灯のともしびが、人々を幻想の世界へと導きます。

「あらあ、もう始まってる、始まってる」

境内中央では、大人や子供たちが輪を作って、それぞれの服装で踊りだしていました。

「さあ、私たちも入りましょう」

お政どんに手を引かれて、矢作どんも輪に加わります。

「手足の動きが、音楽についていけねえ」

踊り始めた矢作どんは、まわりの人の身振り手振りをまねしていましたが、次第にその動きにもなれてきて、

「フム、のろくさいな。ほいさ、ほいほい」

とうとう矢作どんは、勝手な動きで、踊りだしました。お政どんは、後ろを振り返るたびに、矢作どんのこっけいな踊りに、両手を動かしながら、笑いころげます。

「ほいさあ、ほいさあ」

矢作どんは、だんだんと調子が上がり、身振りも大きくなります。目の前のお政どんが、一回転するたびに、真新しい髪留めが、頭上で優しい光を投げ返しておりました。


忙しかった稲刈りと、取り入れの仕事がひとくぎりついた頃、お政どんの母親が、突然寝込みました。

「働きすぎて、疲れが出たんやろう」

「往診（おうしん）の医者の話ではの、少し休んでいれば回復するじゃろうと、言っとったなあ」

「だけんど三度の食事は、あまり口にしないらしいがな」

夕食時に両親の話を耳にして、矢作どんは考えました。

「食欲を増して、体力を取り戻すには、じねんじょを食べるのがいいと、お年寄りたちが言っていたっけ。とびっきりねばりのあるじねんじょが、ききめがあるらしい」

矢作どんは今年も、何度か山に入り、じねんじょを掘（ほ）って、自分ちの食事の助けにしておりました。

「もっと奥の山に行けば、上等の物が手に入るに違いない」

そのようなじねんじょは、日当たりのいい肥えた土地でないといけません。矢作どんは、おおかた掘りつくした山を越（こ）えて、あまり入らない奥へ向かいました。じねんじょは地中深く、細長く生長するイモです。

「じねんじょを掘る時はな。イモを傷つけたり、途中で折ってしまうと、えんぎが悪いでのお。大事に先っぽまで、ていねいに掘らねばならんぞい」

いつも大人たちから、言われていることでした。じねんじょ掘り専用の道具を持たない矢作どんは、今日も普通のクワ一本を、かついでいました。そのクワでは、大地を垂直方向に掘るのは、無理があります。

「斜面にはえた、じねんじょを探さねば」

斜面にあるじねんじょならば、クワでも途中まで、掘り進めることができます。矢作どんは、歩くのに骨の折れる山の斜面を探し回りました。

「ヤヤッ、あったあ。でっけえじねんじょの葉っぱだあ」

崖（がけ）っぷちから生い茂った低木にからんで、高く這い登った蔓（つる）と、黄色く変色したハート形の葉を見つけました。

「蔓は太くて、しっかりしているぞ」

蔓から出た葉の脇（わき）に、豆粒大のムカゴが、くっついています。ムカゴは、じねんじょの種なのですが、軽く炒（い）って食べると、香ばしくておいしいものです。

「ザッザア、ザッザア」

崖の下方には谷川の急流が、白波と音を立てています。

「そおろりと、気をつけて」

クワを脇に挟み、藪の細木を束ねて握り、斜面に足を用心深く移動させます。

「根元の太さは、どんな具合かなあ」

じねんじょの蔓を下へたぐって、地面を確かめます。指で少し掘ったら、地中の根が、すぐにふくらんでいました。

「こりゃあ、いいぞう」

今までの経験から、イモの太さは、十分期待できます。

「ウヘエ、すべったあ」

踏んばっていた足の斜面がズザザと、小さくくずれました。

「ウンム、思ったより急坂で危険だぞ」

近くにはえた頑丈な低木の根元に、足場を確保します。

「ヨイコラ、ヨイコラ」

力仕事をする時の、父親の口まねで調子を取り、クワを打ちます。周囲の枝葉が被さっていて、クワを大きく振り下ろすことはできません。さらに低木の根が、いくつもイモの近くを横切っています。

「ザッ、ザッ、ガッ、ガッ」

イモを傷つけぬよう、腕の力だけで木の根を慎重に断ち切ります。

「思った通り、でっけえぞ」

中間のイモの太さは、矢作どんの腕の太さ以上はあります。

「これは肥料代わりとなったイモだな」

新しいイモの表面に昨年のイモが、腐(くさ)って黒く平べったく、くっついていました。土中のじねんじょの半分から下は、もうクワは役に立ちません。周辺にある、適当な太枝を折り取って、イモのまわりの土をつつき、穴に肩を深く入れて、手でほじくり出します。ウップンと、穴から肥えた山土の香りが、鼻をつきます。

「ウッハア！」

矢作どんは体勢をくずして、斜面を一メートルほど、すべり落ちました。

「バリバリバリ」

とっさにまわりの木にしがみついて、体を支えます。

「あぶねえ、あぶねえ」

幸いクワは、上方の低木の間に、預けていましたから無事でした。

「ちょっとばかり、ゆだんしていた」

足先の谷川をにらみ、再度足場を作って、最後の作業を行ないます。

「よおし、よし」

折らないよう引き上げて、イモの先端(せんたん)まで、無事掘り抜きました。それは一メートル以上はあるじねんじょでした。

「ふうっ、あとは穴のしまつだな」

掘った穴は、土を戻してふさぐのが、山の幸をいただく者のおきてです。周囲に積み上げた土を、穴に落として埋めます。矢作どんは、じねんじょを熊笹に包み、蔓で結んで山を下りました。疲れきった足で、村に戻り、お政どんちに寄ります。

「とりたてのじねんじょだあ。おっかあに食べてもらってくんろ」

「おう、いい香りだ。こりゃ上物だあ。ありがたいこったなあ」

笑顔のおやじさんとお政どんに、差し出しました。

「あんれえ、腕から血が出てる」

お政どんの視線を追いますと、自分のヒジ近辺に、血のかたまりが広がっていました。さっき斜面で、すべり落ちた時に、裸(はだか)の腕を引っかいたのでしょう。

「なあに、こんなの平気だあ」

矢作どんは、てれくさそうに、手で隠して駆(か)け出しました。

「傷口が悪化しませんように」

お政どんは心の中で祈(いの)りました。お政どんちは、そのじねんじょを、さっそくトロロ汁(じる)にして、母親に食べさせます。

「とってもおいしいよ」

そのおかげで元気になったのは、言うまでもありません。

「お礼には何がいいかしら」

お政どんは、じねんじょをスリバチですっている間、考え続けていました。

「そうだ、あれがあった」

お政どんは、はたと思いついて、手のすりこぎで、スリバチを軽く叩きました。ひと月前に地方新聞社から、ある品物を受け取っておりました。その新聞社が、小学生向けに募集していた「家族とわたし」の題目の作文に、先生にすすめられて投稿し、佳作に入選しておりました。その懸賞として、賞状と五色の色鉛筆が入った小箱を、もらっていました。

「じねんじょのお礼に……」

お政どんは、その小箱を矢作どんに差し出しました。

「うわあ、すげえ」

矢作どんは、色あざやかな色鉛筆に、目を輝かせます。その品物が、新聞社から送られた賞品であることは、矢作どんも知っていました。新聞社から学校あてに、通知と賞品が送られ、担任が皆の前で入選の話をして、お政どんに手渡ししていたからです。

「えらいもんだなあ」

矢作どんは、クラス仲間と拍手をしながら、お政どんの丸い顔が、一段と光り輝いて見えました。

「これ、もらっていいんかあ」

お政どんに一、二度確かめて、矢作どんはうれしそうに受け取ります。

「いつか特別な時に使うんだあ」

矢作どんは色鉛筆を、宝物として小箱のまま、大事にしまいました。それを取り出して、ながめるだけで、心が豊かになるのです。


図画の時間です。

「今日は天気がいいから、全員外に出て、風景を描くように」

子供たちは、先生からもらった画用紙を持って、教室を飛び出しました。

「フヒイ、オラはスケッチが得意だあ」

「さあ、どこを描こうかなあ」

運動場の数箇所(すうかしょ)に、作りつけられた簡単な板のベンチに散らばります。

「森をバックに、田畑と川が良さそう」

「真ん中に、木の橋を入れようよ」

「それがいい、それがいい」

板のベンチに画用紙を置いて、スケッチを始めました。

「風景画かあ。へへえ、めんどうくさいなあ。単純な場所にしよう」

矢作どんは短くなった鉛筆と、かまどの灰の中から拾ってきた木炭だけで、数分のうちに田んぼと山を描き上げました。

「よおし、できたぞ。えっへへ、昔のすみ絵みたいだあ」

そのあと矢作どんは、ほかの子の描きかけの絵をのぞき込んで、

「へえ、いろんな色を使って、きれいだあ」

「面白いものを、描いてんなあ」

「うん、うまいなあ。天才、天才」

皆をほめて歩いていました。ひと回りしたら、それもあきてしまって、運動場を仕切っている小川の岸で、しゃがみ込みました。しばらく水中に目を向けていましたが、コリコリ、ボリボリと背中をさすったり頭をかいては、小川の流れに何度も、手を差し出しています。

「アッ、あれは矢作どんだわ。小川をのぞき込んで、何をしているのかしら」

お政どんは矢作どんの、おかしなしぐさを、確かめてみたくなりました。その場に画用紙を置いて、近寄ってみました。

「そこで何しているの？」

「うん、魚の赤ちゃんに、エサをやっているんだあ」

「エエッ、エサって、何のエサ？」

「エサはオラだ。オラだよ」

矢作どんは、自分を指差しました。お政どんは目を丸めて、きょとんとしています。

「えっへへ、これだあ」

矢作どんは、背中をかいて手を広げ、黒いめし粒状のものを示しました。

「アカだよ、アカ。あんまり風呂(ふろ)に入らないから、指や爪(つめ)でこすると、ポロポロ簡単に取れるんだあ」

次に矢作どんは、頭に指を立てて、二、三度かきました。

「それに爪の間に残ったフケだあ。このアカとフケを、水に落とすとな。小魚がわっと集まるんだあ」

矢作どんは、こすり取ったものを、ゆるやかな流れに、パラリと落としました。ピチ、ピチ、ピチと、水面に小波が立って、小魚が競って口を寄せます。

「ほうら、ほら、うまそうに食ってらあ」

矢作どんも口をパクパク動かします。

「オラはね、ふっと気がついたんだあ。アカもフケも、オラの体の一部やろう。オラが魚に、食われているようなもんだ。この魚が大きくなって、オラがとって食うとな。今度はオラが、自分自身を食うようで、へんちくりんな気分になってきたあ」

「うん、まあ、ブフッ」

お政どんは、呆（あき）れるとともにおかしくなり、吹き出しました。

昼休み中、矢作どんは、教室の窓から顔を出して、

「あの辺りかな、あっちの方かな」

はるか遠い南の方角の辺りを、熱心にながめています。

「飛行船、飛行船、見たいなあ」

昨日の授業で、地方新聞紙を読んでいた担任から、情報の一部を教わっていました。

「今朝の新聞によると、県境上空に、宣伝用の飛行船が通過するらしい」

「うわあ、飛行船だってえ。すごおい」

「どんな形をしているんだろう」

「でっかい風船みたいなもんやろう」

「みんなで見に行きたいな」

「先生、飛行船、見に行こうよ」

生徒がせがみましたが、

「村からじゃ、ほとんど見えないだろう。あきらめろ」

にべもなく願いは、拒否されました。飛行船の通過予定時刻は、午後一時から三時の間で、見えるチャンスは、わずかな時間しかないでしょう。

「飛行船を一度、見ておきたいな。そうだ。学校の裏山からなら、見えるかも知れない」

矢作どんは、どうしても飛行船の形を確かめておきたくて、仕方がありません。

「各班長は草花の種を、職員室まで取りに来るように」

午後は、校庭の花壇の整備を行ないます。

「もう一時をとっくに過ぎている」

花壇の前に立っても、矢作どんは、校舎の壁に取り付けられた大時計が気になります。

「先生、ちょっと便所に行ってくらあ」

矢作どんは担任に告げると、その足で裏山へ向かい始めました。

「飛行船、飛行船……」

頭の中でこの言葉を繰り返し、息を切らせて山道を急ぎます。バッササ、ハッハア。静かな山に、枯れ葉を踏みつける音と、自分の呼吸音が続きます。

「ヒイイ、てっぺんだあ」

ようやく見通しの良い頂上の岩場に、到着しました。

「どこだ、どこだ」

崖に立って南の方角を、すみずみまでながめ回します。

「飛行船は、いない。いない。いない」

山並みの先の方は、遠く町が広がっているはずです。

「フワア、見通しは、良くないなあ」

その上空辺りは、雲がわいているのか、白くぼやけています。さっきまで、未知へのあこがれで、大きくふくらんでいた気持ちは、いっぺんにしぼんでしまいました。

「ククウ、だめだったかあ」

がっかりして足もとの小石を、崖から何度も町の方角へ投げつけます。

「チッ、帰るかあ」

最後の小石を高く放り上げると、体の向きを変えて一歩踏み出し、それでもあきらめ切れずに、顔だけ振り向けた時でした。(アリリイ?・)東寄りの山に近い低い上空に、小さく光る物がありました。

「おおう」

雲がちょうど割れて、太陽光に反射した白い物体が、静かに浮かんでいました。

「あっ、あれだ。あれだ。あったあ」

声を発して崖っぷちまで、歩み寄ります。卵を横にした形の浮遊物体は、十数秒間で雲に溶け込み、消えてしまいました。

「飛行船だ。あれは、飛行船だった」

自分に言い聞かせるように、口に出して繰り返します。

「ウオオ、見えたぞお」

両手をバンザイして、白く霞(かす)んだ空に向かって叫びます。

「苦労して駆け上がったかいがあったあ」

ほんのわずかな時間でしたが、矢作どんは大満足でした。

「いけねえな。だいぶ遅くなってしまった」

学校に戻ると、授業はすでに終わっているらしく、児童は校舎の出入り口から、ゾロゾロと、下校の最中でした。

「ウハッ、急げ、急げ」

あわてて教室に入り、自分の持ち物をつかんで、廊下に走り出たら、

「待てえ、矢作！」

担任につかまりました。

「どこへ行っていたんだ」

「あの、あの、牛舎とニワトリ小屋へ行って、花壇の肥料の糞を探しに」

「うそつけ」

ただちに担任のゲンコツが、打ち下ろされていました。

「いてっ……」

顔をしかめて、小さく声を出します。その日のゲンコツは、矢作どんにはそれほど痛くはありません。自分だけが飛行船を見たという、心地よい感覚のせいでした。


翌日の授業終了時でした。

「矢作よ、昨日花壇の作業を、さぼったバツとして帰る前に、裏庭を掃除しておけ」

担任に言いつけられました。

「チョッ、早く帰って、やりたいことが、山ほどあるのに」

皆が帰ったあと、矢作どんは、竹ぼうきを手にして、庭に立っていました。

「矢作どん、かわいそう」

その姿をお政どんが、校舎の窓から、そっとながめています。

「飛行船、卵みたいに白くって、かっこう良かったなあ」

空を見上げて、昨日の記憶(きおく)をたどっていますと、担任が庭に顔を出しました。

「矢作、まだ掃除を始めていないのか。早く済ませないと、いつまでたっても帰れないぞ。先生は村役場に、ちょっと用事があるから、帰ってくるまでに、終わらせておけよ」

担任は自転車に乗って、校門を出ていきました。その姿を垣根越しに見届けると、矢作どんは、竹ぼうきを庭に放り投げて、サササッと逃げ出しました。

「やっぱり心配した通りだわ」

お政どんは校舎から急いで庭に下りて、竹ぼうきを拾い上げました。

「ザッ、ザツ、ザッ」

庭の端から手早く掃いていき、落ち葉や紙くずを、ゴミ箱にしまつして、

「さあ、これでいいでしょう」

お政どんは小走りで、帰っていきました。

「矢作はどうしているかな」

数分後に担任が、村役場から戻り、庭を見に来ますと、

「へへえ、ちゃんとやってるじゃないか」

裏庭の土面は、きれいな竹のほうき目が、波筋を描いて光っていました。

「ヒャッホウ、ホウ、ホウ、ホウ」

矢作どんは、インディアンの叫びをまねながら、お政どんの家に寄りました。

「昨日見た飛行船の話をしたら、うらやましがるかな」

皆には飛行船を見たことを秘密にしておりましたが、お政どんにだけは、教えてやりたくて、ムズムズしていたのであります。

「お政どん、お政どん、いるかあ」

「まだ、学校から帰っとらんがの」

「へえ、帰っとらんのか」

母親から家にいないことを聞いて、矢作どんはがっかりしました。

「みんな下校してしまって。グラウンドだって、だれもいなかったし。自分は帰り道でも、追い越してはいないし。ははあ、変だなあ」

矢作どんは飛行船の勇姿を思い出しながら、村で一番奥にある自分ちに着きました。

「あっ……」

家の中に入ったとたん、何か気づいて、元の道をバッタ、バタと駆け出しました。学校が見えると、そっと裏手に回り、垣根を通して、庭の土を確かめます。

「思った通りだ」

裏庭の乾いた土に、ほうき目がかすかに、残っておりました。矢作どんの頭の中には、お政どんが自分の代わりに、竹ぼうきを使っている姿が浮かんでいました。


小学校の門の近くに、雑貨店があります。

「あの店で、一つ買いたい物があるの」

「そうかあ、オラもついていくよ」

お政どんと矢作どんは、その雑貨店に入りました。

「ハアイ、いらっしゃい」

「お砂糖、一袋ください」

「あいよ、この袋の物でいいかい」

「それでいいわ。ハイ、お金……」

「おつりは？　ああ、ちょうどだね」

「へへえ、店にはいろんな物が、棚（たな）に置いてあるなあ。うん？　これは何に使うのかな」

その間、矢作どんは店の商品を、興味深く見て回っていました。

「これでよしと……」

お政どんは、母さんに頼まれていた物をランドセルに入れました。

外に出ると、店の飼い犬のポチが、矢作どんに、じゃれつき始めました。

「ブハア、フハア、ハア、ハア」

「そおら、それえ、それえ」

矢作どんは、ポチの前足を持ち上げて、左右に揺すります。

ポチは近づいたお政どんにも、ハシュ、ハシュと飛びつきます。

「いつも元気いいねえ」

お政どんがポチの頭を、なで回すと、喜んでさらにじゃれつきます。

「ようし、よし、よし」

二人はポチに手を振って、道路を歩きだします。ポチは犬小屋に、結ばれたヒモを引っ張ったまま、

「じゃあ、ポオチ、ポチ、バイバイ」

クウン、クウンと名残惜（お）しそうに、見送っていました。

「数日前にね、私が店の前を通りかかったら、犬小屋の前で、ポチが寝ていたのよ」

「あのポチはなあ、しょっちゅう昼寝しているからなあ」

「するとね、突然ポチが、横になったまま、四本の脚を動かし始めたのよ」

「起き上がろうとしただけやろう?」

「ううん、浮いた脚で、空中を駆けているようなの」

「ポチは本当に、眠っていたのかい?」

「エエ、しっかり目を閉じていたわ。バタバタ動かしていた後ろ足が、犬小屋をバンと蹴った途端、ポチはびっくりして跳ね起きたの。何が起こったのか、ポチはポカンとして、立っていたわ」

「ふうん、どうして眠っているのに、脚が動くのかなあ」

　矢作どんは、首をかしげます。

「たぶん、ポチはね、夢を見ていたんだわ」

「へへっ、人間と同じように、犬も夢を見るのかあ」

「そうよ。間違いなく夢の中で、力いっぱい走っていたのよ」

「そうなのかあ。それじゃあ、猫も馬も夢を見るんかなあ」

「きっと夢を見ていると思うわ。矢作どんは、睡眠中に夢を見る?」

「うんにゃ、オイラはいつも爆睡だから、夢を見る暇はないみたい」

「へへえ、そうなの、ふうん、それもなんだか、つまんないわねえ」

「そんなもんかなあ」

「ああ、そうだ、思い出したわ」

お政どんが、手を叩いて、言いました。

「昨夜私はね、たくさんの魚たちに囲まれて、乙姫（おとひめ）様になっている夢を見たっけえ」

「ふへえ、乙姫様かあ。もしやその場所は、竜宮城（りゅうぐうじょう）の中なのかあ？」

「そうなのよ。きれいな宮殿（きゅうでん）の中で、豪華（ごうか）な椅子に座っているとね、釣り竿（ざお）をかついだ浦島太郎（うらしまたろう）が、亀（かめ）に乗ってやってきたの」

「浦島太郎の登場かあ。その浦島太郎は、どんな顔だったあ？」

「そうねえ、うーん、あれは今年の春に、母さんと町へ買い物に行った時にね、映画のポスターがあったの。その絵の中のお侍（さむらい）さんの顔だったみたい。その顔がね、化粧（けしょう）された女の人のような顔立ちだったから、私の記憶（きおく）に残っていたらしいわ」

「へへえ……」

矢作どんは、自分も浦島太郎になってみたいと思いました。

「浦島太郎が、私のそばまで来てね、乙姫様、こんにちはあ！　満面に笑みを浮かべて挨拶したから、まあ！　こんな所へよくいらっしゃいましたね、と私が言ったら、浦島太郎は、ポオンと釣竿を放り投げて、亀の背中に乗ったまま、突然大声で歌いだしたのよ」

「エエッ、どんな歌だった？」

「えっ、歌？　その歌はねえ、ううーん、もう忘れてしまったわ。その大声で亀が、びっくりして頭を上げたの。私がそちらに目を向けると、ウッフフッ、驚（おどろ）いちゃったあ」

「えっ、なぜ、なぜ、どうして？」

矢作どんは、先を急（せ）かします。

「亀の顔はねえ、ウフフフ、それは矢作どんの顔だったのよ」

「うっひい、変な場面で、オイラが亀になって登場したよお」

　矢作どんは、両手で頭をかかえます。

「私が大笑いしているうちに、再び眠(ねむ)りに落ちたの。そのあとウトウトとして、夢が続いていて、浦島太郎は、海から陸地に上がって、村の浜辺(はまべ)に立っていたわ。腕の中には、おしゃれな小箱があって」

「あの有名な玉手箱だね」

「浦島太郎は、すぐに玉手箱のヒモをほどいて、フタを開けたの」

「わわわ、中から煙(けむり)が出たんかい」

　矢作どんは、さらに前のめりになりました。

「そうよ、白い煙がパアッと出て、顔全体を包んだわ」

「ややあ、とうとう、おじいさんに？」

　矢作どんは、心配そうな顔をしています。

「白い煙が、だんだん薄れて、すうっと顔が浮かび上がったわ」

「うん、うん、その顔は……」

　矢作どんは、唾(つば)をごくりと飲み込んで、頭の中は、しわくちゃの顔を思い浮かべています。お政どんは、ぐっと笑いをおさえて、

「その顔はねえ、その顔は、ウッフッフ、矢作どんの顔だったあ！」

「ウッハア、またまたオイラかあ、ひっ、ひっでえなあ」

矢作どんは、不意打ちをくらって、上体がくずれました。お政どんは体を揺らして、大笑いをしています。

「オラが、オラが夢に出てくるんなら、もっといい場面で、登場させてほしいなあ」

「ウフフ、この次に夢を見る時は、期待しておいてねえ。バアイ！」

お政どんは、ちょうど到着した自分ちの庭へ、手を振って走り込みました。

「ふうう、夢、夢かあ」

矢作どんは、歩きながら考えました。

「たまにはオイラも、夢を見たいもんだなあ。夢の中で大金持ちになって……」

矢作どんは、大会社の社長になって、大勢の社員を従えて、いばっている自分の姿を思い浮かべています。

「でもなあ、オイラの夢の中に、お政どんは、現われてくれるのかなあ」

たぶん矢作どんは、明日からも、熟睡した体で、あわてて跳ね起きることでしょう。


矢作どんが納屋に入ってきました。

「確かこの辺りに、しまっておいたはずなんだけどなあ？　あの箱かな、この箱かな」

矢作どんが、納屋のダンボール箱を次々に開けて、何か探しています。

「山で見つけたヘビの抜けがらだ。ウフフ、あれでお政どんを、驚かしてやるんだあ」

そばに立っている泣きべそかかしが、それを聞いていました。

（それはね、右端の箱の中だよ）

納屋にいた泣きべそかかしは、矢作どんが入れた箱を知っていました。

「あったあ！　これこれ、ずいぶん長いねえ、今見てもそうとう、でっかいヘビだったらしいや。あれえ？　ここに本があったぞ。なんだろう？　本の名は『かかしの仲間たち』だ。これは町の工場へ就職して、村を出ていった竹かご屋のアンチャンが、おいらにくれた童話本だ。いつか読もうと思っていたんだっけ」

矢作どんは本を手にして、さかさまに置かれたオケの底に尻を下ろして、童話本のページをめくりました。

「なになに、第一話のタイトルは、『かかしの代役』か、へへえ、面白そう」

矢作どんは声を出して、読み始めました。矢作どんは、教科書でも絵本でも、一人で読む時は、口も同時に動くのです。

（ふむ、ふむ……）

そばに立ったかかしも耳を傾けます。

＊　＊　＊

農家の二階の窓から、ひょっこり、女の子が顔を出しました。

「わああ、お日様がとってもまぶしい」

おじいちゃんとおばあちゃんの田舎(いなか)へ来てから、今朝は久し振りに、いい天気でした。

「だけど、やっぱり、たいくつだなあ」

女の子は窓から頭を出して、遠くまで広がる稲田をながめています。

「今日も、やっぱり同じ景色……」

そこには何一つ、動きのあるものはありません。ただ、こがね色の光が、チラチラ目に飛び込むばかりです。

「つまんない。早く町のおうちへ帰りたい」

自分の町には友達は多いし、にぎやかで、きらびやかで、遊びたいことだらけです。

「遠い所をすみませんでした」

「どうもありがとうございました」

「それでは、お大事に……」

下の階では、往診(おうしん)のお医者さんが、カバンを持って帰るところです。お母さんとおじいちゃんが、玄関で挨拶しているようです。

「大丈夫かなあ」

一階の奥の部屋には、具合の悪くなったおばあちゃんが寝ています。だから女の子は、大好きなおばあちゃんと、おしゃべりもできません。

「困ったよお。ばあさんがのお。急に具合が悪くなり、寝込んでしまってえ」

数日前の、おじいちゃんからの、とまどいの電話でした。お母さんは、お父さんと相談して、女の子と二人だけで、田舎の家へ、看護の手助けに来ておりました。

「早く病気、治ってほしいなあ。おばあちゃんが元気になったら、いつでも町に戻ることができるのになあ」

家の中にいると、鳥などの控（ひか）えめな鳴き声は聞こえます。でも心細いほど静かです。女の子の頭の中には、町のネオンの光や、明るく飾（かざ）られたショーウインドーのある大通りや、にぎやかで楽しい遊園地や、百貨店の売り場、おもちゃ屋さんに、お菓子屋さんなんかを思い浮かべて、今の自分をなぐさめていました。

「みんなと鬼（おに）ごっこしたり、ゴム跳びをしたり、それから……」

おばあちゃんの家の近所に、同じ年頃の子供はいません。村の集落まで行かないと、仲間と遊べないのです。お母さんも看護のために、用事がない限り、集落まで出かけることはしません。その上、小雨が数日続いて、女の子は家に閉じこもったままでした。

「ガッラ、ガッラ」

女の子が、ガラス窓を大きく開けますと、スウッと、すがすがしい空気が、部屋へ流れ込んできました。

「あらあ、人がいる。ううん違った、あれはかかしだ」

窓から上体を乗り出すと、下の田んぼに、麦わら帽子をかぶった、かかしがポツンと立っていました。そのかかしの顔は、帽子に隠れて見えません。

「どんな顔をしているのかな。ためしに呼びかけてみよう。かかしさあん！　かかしさあん！　こっちを向いてよお！　あらっ？」

かすかに帽子が、上下に動いたような気がします。もう一度、大声で呼びかけました。

「かかしさあん！　顔を向けてよお！」

するとどうでしょう。かかしの帽子がユウラ、ユラと動いて頭が上がり始めました。

「うわあ、本当に振り向いてくれたあ」

かかしの顔は白い布に、目と鼻と口が簡単な丸の線で、描いてあるだけでした。

「ウッフッフ、変な顔ねえ。ハアイ！」

窓から身を乗り出して、大きく手を振りました。すると、かかしも広げていた両手を、パタパタ動かしてくれます。

「パアン、パアン」

今度は女の子が、大きく手を叩きますと、麦わら帽子をツウン、ツウンと、突き上げます。

「まあ、面白おい」

女の子が次の動作を考えていますと、家の中からお母さんが、自分の名前を呼びます。

「なあに？」

お母さんと短く話をして、女の子は再び顔を、窓の外の田んぼに戻しました。

「あれっ、いない。どこへ行ったのかしら」

隣の田んぼも、その次の田んぼも探してみましたが、かかしはいません。がっかりして青空に浮かんだ雲をながめていますと、

「コッツン、コッツン」

家の外壁を叩く音がします。女の子は窓から、見下ろしました。

「あらあ、さっきの、かかしさんだわ。あれえ、私を呼んでいるみたい」

庭に立って見上げるかかしの顔が、マンガの絵そっくりでおかしくて、吹き出しながら、外へ飛び出しました。

「あのお、お願いがあるのですけど」

一本足で、上手に立ったかかしが、遠慮がちに言って頭を下げます。

「急用ができて、少し田を離れなければなりません。その間、私の代わりに、田んぼに立っていてくださいませんか」

「ええっ、私、この私があ……」

女の子は少しばかりあせりました。即座に頭の中で考えます。田んぼの中には、だれもいなくて、寂しいし、心細いし、今以上にたいくつで死にそうになるのは、間違いありません。

「あの、あの、私に、私にできるかしら」

「大丈夫です。ただ田に立っているだけで、いいんですから」

かかしは再び、頭を下げて頼みます。こちらに来てから、そのかかしは、新しい話し相手です。だから、かかしの役に立ちたい気持ちはありましたが、自分が田に立っている姿を考えると、情けない気持ちになります。でもここで冷たく断れば、かかしの丸顔が、悲しくゆがむことでしょう。

「わ、わかったわ、やってみる」

うっかり引きうけてしまいました。

「ああ、よかった。これで大事な用事を済ませることができます。すぐに戻ってきます。その間これを、かぶっていてください」

かかしは自分の帽子を取って、女の子に差し出しました。

「ええっ、この帽子を？　かぶるのお？」

赤茶けて、古い帽子のてっぺんは、二つに割れて、パックリ穴があいています。

「ええ、これはかかしの大事な、シンボルですから」

かかしは女の子の頭に、その帽子をそっと被せました。

「まあ、かわいいお顔に、ピッタリですよ」

自分のつるつる頭をチョコッと傾けてながめてから、ニッコリ笑い、

「トントコ、トントコ」

一本足を跳ねて、森の中へ消えました。

「まあ、お似合いだなんて、失礼だわねえ。こんな穴のあいた帽子なんて、とっても恥ずかしいわ」

村の人に見られないよう、両手で頭を押さえながら、ゆるい坂下の田んぼへ急ぎます。

（モオオオ！　お嬢（じょう）ちゃん、そんなに急いで、どこへ行くの？　私は腹が減って、困っているんだよお）

牛小屋の中から、女の子の姿を見つけた牛が、エサの草を欲しがります。

（コケエッ、ココッ、今朝産んだばかりの私の卵が、見つからないのよ。一緒に探してえ！　コケエ、

コケエ）

　ニワトリたちが庭で、騒いでいます。牛やニワトリを横目に、女の子が急げば急ぐほど、ブカブカ帽子が、頭の上で踊りだします。

「まあ、とてもきれい」

　坂道の両端に、真っ赤なヒガンバナが、イソギンチャクのような花びらを広げて、並んでいました。ヒガンバナは、通りかかった女の子にはかまわず、おしゃべりを続けます。

（あらあ、いやだ。つややかだった花の赤色も、だいぶあせてきたようだわねえ。花のさかりが過ぎたんじゃあ、しょうがないわよ。人の目を楽しませるのも、あとわずかだわねえ。この間なんか、散歩中の犬が、私にオシッコをかけちゃってえ。きたないし、くさいったら、ありゃしない。犬の奴っ（やつ）たら、礼儀知らずで、失礼しちゃうわねえ）

　花のカサを上下に激しく揺すります。

「うっふふ、ヒガンバナが怒（おこ）っているわ」

　女の子が笑いをこらえているうちに、

「ふうう、着いたわ」

　かかしが立っていた田んぼまでやってきました。

「ようし、エイッ！」

　道路から、あぜ道に飛び降りたとたん、

「ピピン、ピンピンピン」

「ふわあ！」

周囲から、親指くらいの小さなアオガエルが、たくさん四方八方へ跳ね出しました。

（わあ、わあ、人間がやってきたぞ。踏んづけられそうだあ。早く逃げろ、逃げろお）

それらは全身、あざやかな緑色をしていました。同時にイナゴやバッタやガの仲間や、ゴマ粒ほどの虫が、草や稲の間から、バッラ、バラバラバラと煙が吹き出したように、飛び出しました。

（ヒイイ、人間は、まったく、けしからんのお。気持ちよく、稲の葉っぱのベッドで、うたたねをしていたのに……）

稲の葉の色にまぎれて、舟（ふね）の形をした緑色のオンブバッタが、しがみついたまま、ブツブツ文句を言います。

「キャア！　ヘビ……」

女の子は背中をかためて、停止しました。

（やい、やい、おいらはヘビなんかじゃあないやい。よく見ろよ。ちょっと太りぎみだが、おいらは、かわいいミミズ様だぞ）

それは小筆くらいの大きさで、柔らかそうなピンク色の肌（はだ）を持っていました。長雨のせいで、土からはい出していたのでしょう。

（やれやれ、ゆっくり休んでもいられない）

ミミズはからだ全体で、クネクネと大きく跳ねて、稲の間に隠れました。

「今度は、何が飛び出すのかしら」

女の子はあぜ道の草の上を、そろり、そろりと用心深く進みます。草に隠れたあぜ道は、でこぼこしていて、柔らかい所もあり、歩きにくいのです。

「いやだあ、クモの巣だ」

行く手のあぜ道を挟んで、両脇の稲束を柱に、クモが広く網を張っています。

(ヤイ、ここはな、オイラのなわばりだぞ。時間をかけて、ていねいに編んだ大事な巣を、こわされてはたまらない。通せんぼうだあ)

黒に黄色のしま模様のクモが、脚を大きく広げておどします。

「うん、わかったわ」

女の子は先に進むのをあきらめて、ようやく田に入る決心をしました。目の前の重たい稲穂を両手で分けて、ゆっくりと田に足を踏み入れました。すでに田んぼの水は抜かれていましたが、長雨のために、田の土は湿(しめ)っていて、柔らかでした。サザザ、ザッララと行く手をふさぐ稲を、左右に寄せるたびに、稲にたかっていた虫たちが、あわてふためいて、チリチリはじけ飛びます。

「ふわあ、顔にぶつかってくるう」

片手を顔に当てて、目線を下げますと、足もとと稲の根辺りを、アオガエルたちが、

「ワサワサ、ピンピン、バッサ、バサバサ」

パチンコ玉のように、跳ね回っています。

(ウッヘエ、人間が、田に入ってきたぞ。朝の集会は中止だ。さあ、逃げろ、逃げろ)

「ふああ、いやだ、いやだあ」

女の子は、アオガエルが、自分の足にも飛びつくんじゃないかと心配して、稲穂を左右に払いながら、足踏み状態で進みます。

（ホラホラア、お嬢ちゃんよ。大切な米粒だあ。そんなに稲穂を、乱暴にあつかってはいけないよ。そおっと、そっと、かき分けて入っておくれ）

近くの稲穂から、注意が入りました。

「あら、まあ、ごめんなさい」

女の子は今度は、できるだけ音を立てないよう、ゆっくり足を運びます。

「バッサ、バサ！　バサア！」

「うわわ、今のは、なあに？」

目の前の稲からスズメたちが、あわてたように飛び立ちました。

（ヒアッ、びっくりしたあ。かかしじゃあないぞ。人間だ、人間だあ。頭の麦わら帽子に、すっかりだまされたあ）

「ごめんねえ、かかしさんに頼まれたのよ」

女の子はようやく、田んぼの中央までやってきました。ササッ、サザザア。遠くの方から風のかたまりが、稲を波や皿形に、へこませてやってきます。

（今年の天候は、不安定だったけれど、稲穂のでき具合は、どうかしら。ちゃんと、中身はできているかな。病害虫にやられていないかな、どうかな、どうかな）

風は稲穂を揺すり、すれ合う音を確かめながら、通り過ぎました。

「わああ、面白おい。今の風は、小さなツナミみたいだったわ」

トンボが白い群れになって、風をハネに流しながら、空中に浮かんでいます。

（オウイ、一本杉の近くで、ブユや羽虫が集まっていると、連絡が入ったぞ。そうかあ、ちょうど腹が減って困っていたところだ。ほかのグループに、先をこされぬよう、急いで行ってみよう）

トンボが次々寄ってきて隊列を作り、音もなく飛び去りました。スッサアと突然、稲田に黒い影が走りました。見上げると、太陽を背にしたカラスが空を通ります。

（チッ、かかしじゃなくて人間かあ。あちこち飛び回って疲れたから、かかしの腕で羽休みをしようと思ったのに……）

「人間で悪かったわねえ。べエエだ」

女の子は、カラスに向かって、舌を出しました。左から白い蝶が、右から黄色い蝶が飛んできます。

（ねええ、聞いた、聞いたあ。なあに？　コスモスのおばさんがねえ。ちょっと待って、それは花のミツをケチっているっていう話でしょう。違う、違う、もっとおかしな話なのよ。なによお）

蝶たちのないしょ話が聞きたくて、女の子は稲をかき分けて近づきます。

（それはねえ、ウッフフフ）

もつれて飛ぶ蝶は、小声になりました。女の子は、聞き取ろうと急ぎます。

（わあっ、人間が追いかけてくるう）

蝶たちはスサア、サアアと上空へ高く、まい上がりました。

「ふはあ、残念、面白そうだったのに」

　女の子が一つ深呼吸して、体の動きを止めますと、周囲から話し声が、耳にドッと流れ込んできました。

（昨日の雷と稲光は、こわかったねえ。そろそろ台風がやってきそうだぞ。この季節になると、毎年大雨で、仲間が流されているから要注意だ。それに加えて、人間が勝手に歩き回るのは困ったもんだな。その上やつらに、オイラたちの隠れ家でもある枯れ草を焼かれちゃ、たまったもんじゃない。人間はやっかい者だ。人間は出ていけ。人間は町中に、こもっていろ。オイ、背中を押すな。そこはオイラの寝場所だぞ。農薬反対。宅地化反対。ゴルフ場建設反対。ちょっと、私の足を引っ張らないでよ。アラア、また私の悪口を言ってる。コラア、オレのエサを横取りするな。何を言うか、これはオイラのものだ。あっちへ行けえ）

　女の子の耳は、皆の勝手なおしゃべりで、竜巻のように、鳴り響いています。

（もおう、うるさあい）

　女の子が叫ぼうと、息を吸い込んだら、

「トン、トン、トン」

　だれかに肩を叩かれました。びっくりして、後ろを振り向くと、つるつる頭のかかしが、立っていました。

「うんまあ、かかしさん、戻っていたの」

「お待たせいたしました。立ちっぱなしで、お疲れになったでしょう」

「い、いいえ、とても短い時間だったから、そんなに疲れてなんか」

女の子は、はしたない大声を出さずに済んで、ほっとしていました。

「おかげさまで、用事は全部、済ませることができました。長い間、気になっていたことを解決させて、安心いたしました。お礼にこの花の玉を差し上げます」

それはいくつもの、細長くて白い花びらが、手まりのように閉じた花でした。

「ふわあ、とってもいい香り」

「それは元気の出る香りですよ」

「どうもありがとう、大切に持って帰るわ。それじゃあ、この帽子を……」

女の子はお礼を言って、麦わら帽子を脱ぎ、かかしのつるつる頭に被せてやりました。とたんにかかしは、スススウとすました表情に変わりました。同時に、周囲のうるさい声も、ピッタリとやんで、静かになりました。

「あらあ?」

かかしはすっかり動かなくなり、田んぼはサラサラと、風に揺れる稲穂の音だけとなりました。

「ほうう、はああ……」

辺りは今まで見慣れた、穏(おだ)やかで、静かな田園風景です。でも手の中には、白い花が残っています。

「うん、そうだ。この香りの良い花を、おばあちゃんにあげよう」

力なく眠っているおばあちゃんの、枕元(まくらもと)の薬盆に、花の玉をのせておきました。

「チチイッ、チッチ、チッチチ」

山の上から太陽が顔を出して、まぶしい朝となり、屋根のスズメが鳴きだしました。

「アアラ、アラ、アラ、おっほっほお」

布団の中にいた女の子は、おばあちゃんの明るい笑い声で、目が覚めました。

「アッラア？　なあに、なになに？」

女の子が駆けつけますと、おばあちゃんは、たたみの上に元気に立っていました。

「アアッ、きっと、あの花のおかげだわ」

女の子はうれしくなりました。

「驚いた。すっかり治っていますよ」

お医者さんも、びっくりしています。

「わたしゃ、もう大丈夫」

「それじゃあ、朝ごはんは、普通の料理にいたしましょう」

「ばあさんは、食いしん坊だからなあ」

お母さんも、おじいちゃんも大喜びです。もういつもの生活に戻れそうです。あの白い花の玉は一夜のうちに、外側に開いて、茶色に枯れていました。

「私たちは、明日、町へ戻りましょう」

お母さんの言葉に、女の子は半分うれしくて、半分心残りがしておりました。その日は帰り支度（じたく）で、バタバタしていました。

「そうだ、あのかかしさんに、お礼を言わなくちゃ」

出発の日に、田を見回しますと、あのかかしの姿は、ありませんでした。

「かかしさん、どこへ行ったのかなあ」

辺りを見回しますと、村人があちらこちらで、稲刈りを始めています。

「ああ、そう、そうかあ」

かかしの役目は、もう済んだのです。

「めんどうかけたねえ。忘れ物はないかい」

それぞれ荷物を持って、バス停まで歩きます。

「お母さん、無理をしないで、体に気をつけてくださいね」

「おばあちゃん、この次来た時には、昔話をたくさん聞かせてほしいな」

「おう、おう、あんたの大好きなハチミツ入りのおまんじゅうを作ってやれなくて、ごめんねえ」

「ホオイ、バスがやってきたようだあ」

おじいちゃんが、栗林（くりばやし）のかげから姿を見せたバスを知らせます。皆の前でズズウ、バッタンとバスが扉を開けます。二人はおばあちゃんとおじいちゃんに短く別れを告げて、バスに乗りました。バスの乗客は、お母さんと女の子の二人きりでした。

「道中気をつけてなあ」

「さようならあ！　さようならあ！」

バス停に立って、手を振る二人の姿は、たちまち小さくなります。

「ここ数日は一人ぼっちだったから、寂しかったでしょう。ごめんなさいね」

お母さんは、おばあちゃんの看護のために、女の子をかまってやれなくて、きのどくに思っておりました。

「ううん、そんなことはなかったよ」

女の子は、はっきりと答えました。

「あそこには、体は小さいけれど愉快な生き物たちが、わんさ、わんさ、ガヤガヤ、うるさく、懸命に暮らしているんだわ」

女の子はバスの窓から、薄茶色に変わった稲田を、来る時とは違った眼差しで、楽しそうに、ながめています。

「プップ、ププウ」

バスはガタガタ道で、荷台をつけた耕運機を、ゆっくり追い越します。

「カッタン」

その荷台のタイヤが、石ころに乗り上げて、小さくはね上がりました。

「アッ……」

女の子は窓ガラスに、顔を寄せました。

「あの、あのかかしさんだ」

荷台にのせてあったかかしが、ポンと立ち上がり、丸い目鼻口の顔を向けて、両手をパタパタ振っています。女の子は、バスの後ろの窓に走りました。

「さようならあ、さようならあ、ありがとう、元気でねえ、また来るからねえ」

女の子は、かかしが見えなくなるまで、手を振って叫んでいました。

「どなただったの?」

座席に戻ると、お母さんが尋ねます。

「とっても、とっても、すてきな、わたしのお友達よ」

女の子は、かかしの丸い顔立ちを、しっかりと頭に刻み込んでいました。

「来年もまた、ここに遊びに来て、あのかかしさんや、みんなと会いたいなあ」

女の子はバスに揺られながら、田の仲間たちとの再会を、楽しみにしておりました。


(おしまい)

＊＊＊

「ハア、フウウ……」

矢作どんは物語の一つを、声を出して読み終えると、頭の疲れを覚えました。

「このあとは、別の日に読むとしよう」

床に落ちていた小枝を、シオリ代わりに挟んで、本をオケの底に置きました。

「やあれ、のどがかわいたあ」

矢作どんは、さっき見つけたヘビの抜けがらのことは、すっかり忘れてしまい、箱に置いたまま、納屋から出ていきました。

（ふふう……）

矢作どんの読み声を、ずうっとそばで聞いていた泣きべそかかしは、小さく息を吐（は）いて思いました。

（今の自分も一人ぼっちだけど、いろんな人や子供たち、それにほかのかかしたちと、友達になりたいなあ）


矢作どんは、小雨の中を傘（かさ）さして、お政どんと一緒に下校します。

「やあ、空がだいぶ明るくなってきたよ」

「私のおうちへ寄らない？」

そのまま、お政どんちに入りました。

「ちょうど、イモをふかしたところだから、食べていきなさい」

おばあさんが、ふかしイモをすすめます。もちろん矢作どんは喜んで、お政どんと一緒に、食べ始めました。

「うんめえ、あつつ、甘くて、うんめえ」

矢作どんは、口いっぱいにイモを含み、その熱さに悲鳴を上げます。大きいイモを、パクパク三つ食べ終えると、

「ややあ、雨はすっかり、やんでいるぞ。ふうう、イモ、とってもうまかったあ」

お政どんたちに礼を言って、指笛を吹きながら、帰っていきました。

「あらあ、自分の傘を忘れている」

矢作どんの、少しよれよれの傘が、戸口に置かれたままでした。お政どんはその傘と、ふかしイモを入れた袋を持って、矢作どんちへ行きました。

「矢作どん、傘忘れていたわよ」

「あっれえ、エッへへ、失敗、失敗」

「ついでにふかしイモ、持ってきたわ」

「わあ、ありがてえな。あっ、そうだ。お政どんに、オラからプレゼントがあるよ」

「プレゼント？　なあに？」

矢作どんは、納屋に入ると、箱の中をさぐり、両手を重ねて出てきました。

「これっ、プレゼント」

差し出した両手を、さっと広げると、

「ヒャア！」

お政どんは、小さく悲鳴を上げました。矢作どんの手には、白くて透明なヘビの抜けがらがありました。

「うん、もおお！」

お政どんは、持ってきた傘で、バシ、バシと矢作どんの頭をぶちます。

「いってえ、いってえ」

矢作どんは頭を下げて、庭の中を逃げ回っています。

（ウッハッハア、ウッハッハア）

納屋の中では、泣きべそかかしが、外の二人を見て、笑いころげておりました。

中学校は、隣村と合同で、運営されております。中学生となった矢作どんとお政どんは、クラスも別々になり、一緒に登下校することは、少なくなりました。

中学生になると、男子と女子は、距離(きょり)を置くようになりました。

「男子たちの子供っぽいバカ話には、とてもついていけないわ」

「女子たちが話題にする服装や、うわさ話なんて、何が面白いんやろう」

思春期に入った男子と女子は、お互いに体の違いを意識し始めて、仲間の目も気になり出す年頃でもありました。

「昨年買った服が、もう小さくなってしもうて、着られそうもない」

「運動靴(うんどうぐつ)だってきつくて、走ると足の指先が痛いよお」

「雑誌のカラー写真のような、すてきな服を着てみたいね」

子供から大人へ、急ぎ足で通る成長過程では、それまで個人に隠されていた性格もグングンめばえて、話し方や言葉の中にも、それぞれの性格の一端が現われます。

中学生の矢作どんは、背丈(せたけ)とともに体重も幾分(いくぶん)かふえました。それに合わせるように、ゆっくり考えて行動するようになり(おっとり、のったり)動作は落ち着いていました。学校のテストの成績は、相変わらず並み以下ではありましたが、クラスで騒ぎ立てることもない、口数の少ない生徒でした。

「矢作は頑丈で、病気なんか、したことはないんやろう」

「奴の立ち姿なんか、相撲取りか、神社の門番みてえだな」

仲間たちから言われるように、体つきはますます、がっちりして、力持ちでありました。体育の組み体操では、一番下で上部の仲間の体重を、しっかり受けとめます。

「おいおい、二人の雲行きが、怪しくなってきたぞ」

男同士のいさかいで、つかみ合いが始まると、矢作どんは黙って二人の間に入ります。矢作どんの太い腕で引き離されますと、すぐに二人は、けんかをあきらめてしまいます。

校内作業では、

「だれよりも矢作は、頼りになるのお」

実習器具や体育用具の移動では、重たい荷をすすんで運ぶし、きつい力仕事でも、気安く手を出してくれる頼もしい存在です。

一方、お政どんは利発な子で、成績は学年で常に、上位クラスでした。

「とにかくお政どんに、聞いてみようよ」

「ここはやはり、お政どんに任せよう」

めんどうみの良いお政どんは、何か事あるごとに、仲間から相談を受けることが多くなりました。

「もうやるしかないわ。さあ、みんな張り切って始めよう」

「へへっ、お政どんに、筋道の通った言い方をされると、納得してしまうよな」

先頭に立って動きだす姿に、指導者の資質を皆から認められて、

「お政どんがいい。是非やってもらおうよ」

「一番の適任者だわ」

ここ数年、続けて選ばれていた男の子をさしおいて、学年の責任者に選ばれました。

控えめながら、女の子の少数意見も、男子や学校側に、しっかりと伝えます。大柄（おおがら）でふっくらしたお政どんは、

「あねさん、あねさん」

下級生だけではなく、同級生からも、親しみを込めて、そのように呼ばれます。

納屋に保管されているかかしは、最近気になる音がありました。それは米俵や、ジャガイモを入れた木箱のまわりを、ごり、ごり、こそ、こそとさぐり回るネズミの音です。

「確かこの中に、水道用のゴムホースの切れ端を、しまっておいたはずなんだがな」

矢作どんの親父さんが独り言を言って、納屋に入ってきました。

「あらら、いろんな物を、雑にしまってしまい、奥の物を取り出しにくいな。少しかたづけるかあ」

親父さんは、竹かごや道具類、泣きべそかかしをいったん外に出します。大きな物を奥に、小物を手前に置き直します。

「これでいいじゃろう」

親父さんは、ゴムホースを持って、母屋（おもや）に引き返しました。でも、納屋の外壁（がいへき）に、泣きべそかかしは、立てかけたままでした。

「ヤッホウ、ヤッホウ、ホウ、ホウ」

そこへ矢作どんが、帰ってきました。

（やあぁ、ちょうど良かった。ウン、ウン）

泣きべそかかしは、体を波立させてガタガタ震わせて、壁からすべり始めます。

「カッタン」

「アレエ、かかしを外に出しっぱなしだあ」

矢作どんは、泣きべそかかしを抱いて、納屋に入り、中央の位置に、立てかけました。

「サササ、ゴソ、ゴソ」

ネズミがあわてて隠れ始めました。（ううん？）その音に気づいた矢作どんが、薄暗い納屋を見回して（ヤヤア？）、天井に渡した木のハリに目をとめました。そこから細いひも状のものが、短く垂れていました。

「ははあん、あれはネズミのシッポだな」

矢作どんは、そうっと、その下に近づきます。ハリに手を伸ばし、親指と人差し指でムンズとシッポをつかみました。

「ガリガリガリ」

びっくりしたネズミは、木のハリに爪を立てて、逃げようとします。

「ウンムム、逃がすものかあ」

矢作どんは、さらに指に力を入れます。

「くっくっくうう、ガリガリガリ」

ネズミと綱引き状態です。ネズミのシッポは、尻から先へ、丸く細くなっているので、ズルズルすべりだし、スッポリと指から抜けて、ネズミはハリを走って、逃げていきました。

「チチッ、取り逃がしたあ」

矢作どんは、舌打ちをしました。

(大変な人間がいたものだ)

ネズミは、矢作どんの怪力におそれをなして、次の日には仲間とともに、納屋から退散してしまいました。

(やあれ、やれ)

納屋が以前のように静かになり、泣きべそかかしは、ほうっと安心しました。


「フハア、疲れたあ。もう眠くて眠くて、まぶたが落っこちそお」

矢作どんが、寝床に入りかけた時でした。

「ざわざわ、わあ、わあ」

下の部落の方から、騒がしい声が流れてきました。

「なんだ、なんだ」

親父さんが、家から飛び出して、すぐに戻ってきました。

「大変、大変だあ。神社の裏手の林に、火が広がっているらしい。矢作、バケツを持ってこい」

親父さんは、戸口に置いてあったスコップを手にして、再び夜の外へ駆け出しました。

「バケツ、バケツ、オッ、これでもいいや」

矢作どんは、納屋に置かれたバケツと木製のオケを持って、飛び出していきました。

（林が火事だって？　大事に至らなければいいんだけれど……）

納屋の中の泣きべそかかしは、あわただしく出ていった親父さんと矢作どんを、心配そうに見送りました。

「ハッハア、ハッハア、やっと着いた」

矢作どんが息を切らして、神社に駆けつけますと、焦げくさい空気が漂っています。村人が数人広がって、バサア、バサア、バリバリバリと火のついた藪や枯れた下草を叩いて、つぶし回っていました。

「水だ、水、水」

矢作どんは、近くの谷川へ走り、

「バッチャ、バッチャ」

水をこぼさぬように、何度も往復します。

「もっと奥だ、奥の方へ水だ、水、水」

「ぜったい立ち木に火を移すなあ」

「叩け、叩け、火をつぶせ、つぶせ」

「だめだめ、火の粉をまき散らすなあ」

村人の必死の消火作業で、

「おうい、消し残した所はないかあ」

やっと火の気は消えたようです。でもまだ一帯には、プウン、プウンと、焦げくささが残っていました。

「ふうう、なんとか立ち木は守れたな」

「大事に至らずに良かった、良かった」

せまい境内に皆集まり、発火の原因を話し始めました。皆の話の結論は、

「神社近くを通った者が、タバコの吸殻(すいがら)を、うっかり火を消し忘れて捨て、それが枯れ落ち葉に移り、風に煽(あお)られて、じわじわ境内裏まで、燃え広がったらしい」

という話に落ち着きました。

「もう一度、火の点検をしよう」

皆それぞれ広がって、燃え広がった場所を見回り、

「ようし、残り火もなさそうだな」

各自帰宅しました。

「フハア、すごく疲れたなあ」

矢作どんが布団にもぐった時には、空はうっすらと、白く明るみ始めていました。

その日、登校した中学校では、

「全生徒に連絡します……」

「さあ、さあ、全員、グラウンドに集合しろ」

校内放送とともに、各担任が生徒を急がせます。それは本日をもって、他校へ転勤される教頭先生の、お別れの集会でした。

「教頭先生とは、今日でお別れなのね」

「ちょっとばかり寂しいわね」

お政どんや、矢作どんたち全生徒が、グラウンドに整列しています。

「このたび教頭先生が、他校の校長となられることとなりました」

校長先生の長めの紹介(しょうかい)のあとに、教頭先生が壇上に立ちました。

「元気な皆さんと楽しく過ごして、はや五年経ちました。振り返りますと、皆さんとの討論会や、運動会や音楽会などの思い出が、次々と溢れてきます」

教頭先生の話は、長々と続きます。立って聞いている生徒の幾人かは、フフウ、フワ、フワ。疲れて静止できずに、隣とじゃれたり、小さく話し始めます。矢作どんは、校長先生が壇上で話し始めたとたんにふふうと、重たいまぶたを閉じていました。それも仕方ありません。昨夜の火事騒動(そうどう)で、寝不足だったからです。ス、ス、スッスと矢作どんは、目を閉じたまま、上体が前後左右に揺れ始めます。何度もカクッと、足のヒザが折れて、そのたびにウヒッと体を立ち直していました。ついにススウと、深い眠りに落ちて、

「バアン」

矢作どんは上体ごと、前の男子の背中に、倒れ込んでしまいました。

「ワワッ！」

不意をくらった男子も、同じように前に倒れて、ドドドドと、ついに男子列の先頭まで将棋倒し(しょうぎだお)となってしまいました。

「あらあ！」

壇上の教頭先生をはじめ、前方に立った先生方は、びっくりしてしまいました。

「ウッハハハ」

まわりの生徒たちは、大笑いします。

「あーあら……」

「フハア、しょうがないなあ」

とうとう教頭先生の話も、そこでおしまいとなり、集会も解散となりました。教室にぞろぞろと戻って、その騒ぎの原因をつきとめた担任は、矢作どんの頭に、

「ゴッツン！」

とゲンコツを与えました。矢作どんは、

「いってえ！」

顔をしかめましたが、そのあとの授業も、終日、居眠りをしておりました。


矢作どんのクラスは、図画の時間でした。

「各自まじめに、スケッチしろよ。走り描(が)きはだめだぞ」

教師の指示のあと、皆画用紙と画板を持って、校庭を移動します。

「うん、ここがいいだろう」

矢作どんも仲間と一緒に、桜の木の下で、下書きの鉛筆を走らせます。頭上の桜の花は満開を過ぎていて、

「やあ、こいつら、じゃまだな」

画用紙の上にも、花びらが落ちてきます。

「まあ、この程度でいいだろう」

おおかた描き上げた頃、

「ウンム、いいこと思いついた」

矢作どんに一つ、アイデアが浮かびました。足もとに落ちている形の良い花びらを、拾い集めます。次に職員室に行って、ノリを少しもらいました。矢作どんは花びらにノリをつけて、自分が描いた絵の上にペタペタはりつけ始めました。

「桜の花びらが、散っている風景だあ」

それを教師に提出しましたら、

「おおう、こりゃあ、面白い」

と、教師は目を広げて、びっくりしていました。森や家屋を背景に、畑でクワを打つ農夫を描いた絵に、生の花びらがびっしりと、散りばめられていたからです。矢作どんのスケッチは、ほかの生徒の絵とともに、一カ月間廊下にはられていました。

「フフフ、矢作どんらしいわ」

お政どんは、廊下を通るたびにその絵を見て、矢作どんのおおらかさに、感心していました。だけど数日経つと、

「あらあら、変な絵……」

花びらはちぢれて色あせていき、ついに画面全体が、大粒の雨降りのようになってしまいました。

朝晩の空気は、涼しさを感じる季節となりました。田の稲は薄緑色に変わり、先の穂も房状にふくらみ始めて、もうじき弓なりとなります。時おり強い風が、稲穂を皿や扇形（おうぎがた）に変形させて、田んぼを走り回ります。

「さあ、いよいよ、かかしの出番だ」

矢作どんは、納屋の中から、泣きべそかかしを取り出しました。泣きべそかかしも、今ではだいぶ、雨風によごれてしまいました。ユッサ、ユッサと矢作どんは泣きべそかかしを肩にかついで、自分の田んぼへ向かいます。

「ふうむ、今年の作柄（さくがら）は、平年並みかなあ」

あちらこちらの田にも、かかしが立ち始めています。自分ちと、お政どんちの田の間にあるあぜ道を、草を踏んで歩きます。

「おう?」

途中の低い草むらに、何か青く光るものが、目に入りました。

「なんだあ?」

矢作どんは、かかしをかついだまま、それを拾い上げました。

「ああ、髪留めだ」

プラスチック製の花と蝶を組み合わせて、中心に金具がついた物です。

「うん、見覚えがあるぞ」

その髪留めは、お政どんが秋祭りの時に買って以来、長い間豊かな黒髪を束ねていたものに、違いありません。

「お政どんの髪の香りが、これにしみこんでいそうだあ」

矢作どんが、蝶の青いハネに付いた土を、指で拭(ぬぐ)っていますと、

「キャア、キャキャア」

「アアラ、だめだめ、ハンドル揺らしちゃあ、危ないよお」

村の集落に通じる田んぼ道から、幼児の高い笑い声が、聞こえてきました。

「なんだろう」

矢作どんが背伸びをしますと、遠くの稲穂越しに、自転車が一台走ってきます。

「あれえ?」

補助椅子をつけた自転車を、後ろで操っているのは、お政どんのようです。

「ほう、ちょうど良かった」

久し振りにお政どんと近くで話す機会が得られそうで、イソ、イソ、トック、トックと矢作どんの心は、躍(おど)りだしていました。

「早く自転車をつかまえねば」

そのせいでしょう。田までわざわざ運んできた泣きべそかかしを、その場に置かずに、肩にかついだまま、再びあぜ道を戻り、田んぼ道へ急ぎます。

「あっらあ、矢作どん……」

矢作どんに気づいたお政どんは、頰(ほお)を赤らめて自転車を、ゆっくり停車させました。

「ほれえ、こいつは、お政どんのと違うかのお。あそこのあぜ道の草の中に、落ちていたんだけんど」

「わわっ、それは、私の、私の。良かったあ。数日前、父と田を見回りに来た時に、なくしてしまって、ずいぶん探したけど、見つからなかったの。ああ、良かったあ」

大事そうに受け取ります。

「それ、お姉ちゃんの？」

女の子が顔を上向けて確かめます。

「そうよ。お気に入りの髪留めなの。矢作どん、ありがとう」

「ありがとう」

女の子も口まねをしました。

「ああ……」

矢作どんは手渡してしまうと、あとの言葉が続かず、仕方なく泣きべそかかしを、よいしょっと左肩から右肩に移して、再びあぜ道へ向かいます。

「お姉ちゃん、良かったね」

ています。

「ええ、助かったわ」

お政どんはうなずきながら、矢作どんが泣きべそかかしを抱いて、田の中央へ運ぶ姿を、目で追っ
「ドライブ、ドライブ、早くう」

女の子が補助椅子で、尻を上下して、出発を急かせます。

「わかった。わかった」

お政どんは髪を手でなでて、髪留めを付け終えると、

「ハアイ、発車するよう」

ペダルを力強く、踏み込みます。

「早く、もっと早くう」

女の子は自転車が、動きだしてからも、スピードアップを要求していました。

「あの子は村長さんちの孫だな。元気で活発な女の子だよ。自転車でドライブだなんて」

矢作どんは、鼻でふっと笑って、二人の姿を見送ります。たぶんお政どんは、村長さんちに用事があって立ち寄った際に、女の子にせがまれて、自転車で散歩に出かけたのでしょう。お政どんの後ろ姿を、肩で支えた泣きべそかかしと一緒に、視界の壁となった稲の穂に隠れるまで、ながめておりました。

「さてえ、よいこらせっと」

矢作どんはそこの位置が、田の真ん中であることを確かめて、泣きべそかかしの竹の足を、柔らか

い土に刺したまま、両手で押し込みました。

「ようし、これでいいか」

泣きべそかかしの、古着や帽子に手をやって、形を整えて帰ろうとして、（ウウッ？）一瞬ドキリとしました。（ううん？）首をかしげて、泣きべそかかしの顔を見直します。

「のの」字の目が、一度ウインクしたような、気配があったからです。

「はふうう」

矢作どんは心をしずめようと、太く息を吐きました。めっきり女性らしくなったお政どんを目の当たりして、自分の心が、熱く揺れ動いていたせいだろうと考えました。

（うふふふ）

泣きべそかかしは、矢作どんを見送りながら、ほほ笑んでいました。


お政どんは、年に二、三度母親と一緒に、町まで買い物に出かけることがあります。

「おっかあ、今度はいつ、町へ行くん？」

よそ行き服を着て、バスで町へ行くのを、毎回楽しみにしています。

「私たちは今度、町へ出かけるんだけんど、簡単な小用はないかのお」

母親は町へ出る数日前から、主だった知り合いに声をかけて、町中での簡単な用事を引き受けます。

その時には矢作どんちにも声をかけてみるのですが、頼まれることは、めったにありませんでした。

「何度来ても、町はやっぱりにぎやかだし、商店も華（はな）やかだなあ」

お政どんは、着かざった人々や、商品の宣伝ポスターや、派手なのぼりを立てた商店街を、目を輝かせて歩きます。

「すてきな音楽が流れるレストランで、好きな人と、西洋料理を食べてみたい」

お政どんは、母親の買い物に従いながら、いつも思うのです。

「いつかは町へ移り住んで、オフィス勤めなんかしようかな」

買い物の合い間には、母親と一緒に、夏期ならば冷たいカキ氷を、冬期ならば、あつあつのタイ焼きを、食べるのを楽しみにしています。

「うわあ、すてき！　ちょっと待って」

洋装店のショーウインドーの前に来ると、母親の手を引き留めて、ガラス越しに衣服を、うっとりながめます。

「あんなしゃれた帽子をかぶり、派手なフリルのついたドレスを着て、赤いハイヒールもはいて、大好きな男性と、大都会の繁華街（はんかがい）を、歩いてみたいなあ」

町の大通りを、左右見歩いている間は、お政どんの気持ちは、ものすごく高ぶっています。そのせいで三時間以上経ったあとは、一気に身も心も、クッタクタに疲れてしまいます。

「さあ、用はすべて済んだよ」

安堵（あんど）した母親と、バス停に向かいます。

「ほかにまだ見たいものが、あったような気がするんだけど」

だけどお政どんは、帰りのバスが、町並みから外れた所に来ると、

「ハハア、やっぱりオラは、村の方がええ」

緑色に輝く田畑の作物を、いとおしくながめているのです。母親も買い物や用事を済ませた疲れからでしょう。バスに乗るとすぐに、コックリ居眠りを始めます。

「ゴトゴト、グッラ、グッラ」

でこぼこ道を車体とともに揺られて、村のバス停近くまで来た時でした。窓の外をながめていたお政どんは、（あらっ?）と、通り過ぎた田んぼが気になって、

「おっかあは、先に帰ってて」

お政どんは、よそ行き服のまま、自分ちの田んぼへ向かいます。田の稲をかき分けて、かかしの所へ来ました。

「やっぱりそうだった。帽子が肩までずれて、今にも落ちそう」

かかしの麦わら帽子を、頭の上に戻してやりました。そのあと矢作どんちの田に入り、泣きべそかかしの所へ来て、

「まあ、こんなにきつく巻きついている」

泣きべそかかしの顔と首に古新聞紙が、からみついていました。数日前に、この地方をかすめて通り過ぎた台風が、どこからか古新聞紙を飛ばしてきたのでしょう。ついでによじれた服を直して、

「さあ、これで楽になったでしょう」

矢作どんちの田から帰りかけたら、カタタタと鳴る音がお政どんの耳に、優しく届きます。

「あらっ?」

その音はお政どんに、お礼を言うような調子でした。お政どんは、泣きべそかかしの、顔に目をやって首をかしげます。そのかかしが、腕と足を揺すって、小さく音を立てたように感じていました。

「今の音は、地震だったのかしら」

お政どんは大きく呼吸をして、矢作どんが描いた幼稚な泣きべそかかしの顔を、不思議そうにながめて、家に帰りました。


矢作どんは、畑まわりの雑草を刈り終えて、カマを置きに納屋に入ります。

「おんやあ、読みかけの本を、置きっぱなしにしていたよ」

『かかしの仲間たち』の本を手にして、挟んでおいた小枝のシオリの箇所(かしょ)を開きました。

「第二話のタイトルは『かかしの恋(こい)』かあ。フッ、恋だなんて、ちょっと恥(は)ずかしいな」

矢作どんは、オケの底に腰を下ろして、声を出して読み始めました。

(うん、うん、待ってましたあ)

そばに立っていた泣きべそかかしは、矢作どんの声に集中します。

＊　＊　＊

秋口に入って、稲の緑が薄色に変わり、先の穂が房状となって、ふくらみ始めました。一面の田の稲は、次第に弓状となり、さっわ、さっわ。前後左右に波立ちます。時おり強い風が、稲穂を皿状に押して、移動しながら、走り去りました。

「さあ、今年もいよいよ私の出番が、やってきたぞ」

細い竹で作られた一本足のかかしが、田んぼの中央で、すっくり立ちました。（うっ、ふわあー）と大きく息を吸い、手を横に広げたまま背伸びをして、張り切っています。それは、じんべえさんの古い野良着を身につけて、二つに割れた麦わら帽子をかぶり、よごれが目立つ白い布の顔に、「へのへのもへじ」とかかれた、じんべえかかしでした。

「いつもながら、ここは広びろとして、気持ちがいいなあ」

暗くて、かびくさい納屋から、一年ぶりに出された、じんべえかかしは、少しばかり首をかしげて、両手をめいっぱい伸ばします。

「立派に実った稲の穂には、だあれも寄せつけないぞ。ここは田の持ち主以外は通せんぼうだあ」

かかしの役目は、大事な稲の穂が、鳥や獣などに食べられないように、人間に代わって守ることです。

「やあ、なつかしいなあ。ほかの田んぼにも仲間の姿が、一つ二つふえてきたぞ。おやあ、あれは、去年のかかしさんとは違うぞ?」

少し遅れて、目の前の田んぼにも、かかしが立ちましたが、今まで見たことのない新しいかかしです。

「若い女の人のようだけど……」

それは少し前まで、洋服屋の店先に立っていた、女性のマネキンでした。白い布地に青い水玉模様のワンピースを着せてもらい、はば広いリボンのついた婦人帽を、かぶっています。

「ほうう、女のかかしさんかあ」

昔からかかしは、田の中でにらみをきかすために、男性と決まっていました。だから、女性のかかしが目の前に立ったことで、じんべえかかしの心は、どうにも落ち着かなくなりました。

「わあ、どうしよう。とても気になるよ。あのかたは、どんな顔立ちなのかなあ」

マネキンかかしは、背中を向けて立てられたので、じんべえかかしには、その顔を見ることはできません。

村では田畑を相手の仕事がら、農家の女性は、背と腰が曲がりぎみで、ずんぐりとした体形ですが、そのかかしは明らかに違います。

「なんてスマートなんだろう。後ろ姿だってすてきなんだから、お顔もきっと美人に違いない」

じんべえかかしは、マネキンさんの顔が見たくて、仕方がありません。柔らかいワンピース服が、風にそよぐたびに、

「ちょっとでもいいから、こちらを振り向いてくれないかなあ」

うっとりとした目で、願いながらも、

「だけど自分のすり切れた古着と、破れた帽子を見られたら、たちまち、きらわれてしまうだろうな」

自信のない顔立ちと、貧しい身なりに、気おくれがします。黒い雲が大空をふさいで、雨がしとしと続いた日は、

「こんな冷たい雨に、マネキンさんの全身が濡れてしまって、かぜを引かないかなあ」

同じくずぶ濡れとなった、自分のことよりも心配です。雨が上がったあとも、強い風が吹いて、帽子のリボンが、上下に激しく動き、今にも取れそうなのをハラハラながめています。腹をすかせたカラスやスズメたちが、鳴きながら田の上を飛び回っています。そのうちの数羽が、マネキンかかしに近づくと、

「あの鳥たち、マネキンさんに何か、悪さをしないかな。きたない糞で、きれいな服を、よごしやしないかな」

もう気が気ではありません。

「オオイ、マネキンさあん、一人ぼっちでも、こわがらなくていいんだよう。私が後ろでしっかり見守っているから、心配しなくていいんだよお」

思い切り呼びかけたいのですが、「へ」の字に結んだ自分の口では、大声を出すことはできません。

「マネキンさんと、おしゃべりができたら、毎日が楽しいのになあ」

じんべえかかしは、そばまで行きたくとも一本足では、ほんの一歩だって動けません。

「このままではだめだな。だれかに頼んで、お話ができないかしら」

じんべえかかしは、いい方法はないかと、考え始めました。

天上からはじりじりと、夏のなごりみたいな日差しが照りつけています。スッサアと黒い影（かげ）が、目の前を横切りました。

「おんやあ？　今のは何かしら」

近くの小川を目指して、のどをからしたカラスが羽を広げ、足を下ろして、ゆうぜんと降りてきます。

「ほう、カラスさんだったのか。カラスさんは自由に、空を動き回れていいよなあ。カラスさんとは一度も話をしたことはないけれど、思い切って頼んでみようか」

じんべえかかしは、ひときわ大きな「じ」の文字で、ふちどられた顔を上向けて、せいいっぱいの声を出します。

「カラスさん、カラスさん、私のために少しばかり力を、貸してくれませんか」

「ふん……」

カラスは聞こえないふりをして、小川の岸辺に降り立ちました。ピッチ、ピチャ。浅い所に入り、水をふたくち、みくち飲んでから、ザバッ、ザバババと黒い羽をばたつかせて、気持ちよさそうに、水浴びをします。くちばしを器用に使って、ていねいに羽づくろいしたあと、チッ、チラッとかかしを片目で見てからプイッと足に弾みをつけて、飛び立ちました。

「ああ、行っちゃった」

がっかりして、カラスを見送ります。パラッ、パララ。遠くの田んぼから、スズメの群れが、煙(けむり)を吹いたように飛び出しました。

「チッチチ、チッチ」

その中の一羽が、ユラリフラリと、こちらの方へ近づいてきます。

「あのスズメさんなら、どうかしら？　体が、ふっくら丸まって、ゆったりのんきそうだし、さっきのカラスさんよりは、頼みやすそうだな。スズメさん、スズメさん、もしもお急ぎでなければ、向こうのかかしさんに、私の言葉を伝えてくれませんか」

スズメは羽の動きをゆるめて、じろりと見下ろします。

「へへッ、人間に養われて生きている伝書バトの代役を、おいらにしろってかあ」

スズメは、ゆっくりと回りながら、

「向こうのかかし？　フフン、いやだね。今までだって、上半分の立ち姿を見て、あれはたぶん、かかしだろうと思って近づくとな、急に生の人間が振り向いて、そのたびに、びっくりさせられているんだから……」

言い終えると、尾羽根を曲げて向きを変え、冷たく飛び去りました。

「ウーン、やっぱりだめかあ。昔からカラスやスズメたちとは、仲が良くないんだから、仕方がないや」

しょげかえっていると、後ろの方から、フンワリと透き通ったハネのトンボが、静かにじんべえかかしの竹の腕にとまりました。

「やあ、トンボさんかあ」

「ホイ、かかしさんよ。また、ごやっかいになるよ」

そのトンボは、シッポをツンと伸ばし、大きな目玉をクルリと向けて一礼しました。じんべえかかしは、鼻の「も」の字を、左右にうごめかせて、

「あのう、トンボさん、私の願いを聞いてくれませんか」

どうせ今度も、だめだろうと思いつつ、ためらいがちに頼んでみました。

「おやあ、なんだね。ただ今食事を終えたばかりで、暇な時間なんだ。かかしさんには、時々ハネを休ませてもらっているし、オイラにできることなら、お手伝いするよ」

「えっ、本当ですか。私は可能ならば、今年新しく仲間入りした、あちらのかかしさんと、お話をしたくて、たまらないのです。申し訳ありませんが、二人の会話の仲立ちをしてくださいませんか」

「なあんだ。そんなことなら、オイラには、おやすいご用だ」

トンボは目玉をクルクル回して、快く引き受けてくれました。

「わあっ、良かったあ」

じんべえかかしは、うれしさのあまりに、「へ」の字のまゆげを、ピクピクと上下に動かしました。

「それじゃあ、さっそく始めるか」

トンボは、じんべえかかしとマネキンかかしの間を、行ったり来たりして、両方の言葉を運びます。

「こんにちは、はじめまして。私はあなたの後ろに立っているかかしです。名前は、じんべえかかしとでも呼んでください。ここはだだっ広くて、たいくつな所です。よろしかったら、こちら側を振り向いて、話をしてくれませんか」

「ご親切に、ありがとうございます。私は洋服屋のマネキンでしたが、お店の中を移動中に、柱にぶつかり、鼻が大きくかけて、目に傷までついてしまいました。ぶざまな顔となってしまい、お店で働くことが、できなくなったものです。ごめんなさい。恥ずかしくて私の顔は、お見せできません」

「そんなことは、ちっともかまいません。私だって、『へのへのもへじ』の変ちきりんな顔なんですよ。あなたは私をひと目見ただけで、おかしくて吹き出すかも知れません。その上、体はやせこけていて着物だって、じんべえさんのボロボロ服を着ているし、破れた麦わら帽子さえも、かぶっているんですから」

「でもあなたと、遠く離れていて、どうやって話をしたらいいのかしら」

「なあに、お互いの顔さえ見えれば、口の動きで話が、できるはずですよ」

「まあ、そんな方法があったのですね。実は私も、華やかなお店から連れ出され、一人ぼっちになって、寂しくてたまらなかったのです。あなたと楽しいお話ができたなら、すばらしいことでしょう」

「見たところあなたは、立派な二本足だから、楽に振り向くことが、できるのではありませんか」

「それが、だめなんです。太いクイに、両方の足もとを、ヒモでかたく結びつけられているので、少しも動けません」

　ここまで手伝ってくれたトンボは、

「ごめんよ。もうおしまい。次のエサを探しに行かなくちゃあ」

　どこかへ飛んでいきました。

「気まぐれで、あちこち動き回っているトンボさんに、何度も頼めそうもない」

　大きくため息をついてから、

「ウウム、困ったぞ。マネキンさんの足のクイを、なんとかしなければ……」

「へ」の字の口をさらに曲げ、額にしわを作って、考え込みました。ビッ、ビッ、ビッ。近くの稲の間を、イナゴが数匹飛び跳ねています。いらついていたじんべえかかしは、声をあらげました。

「やあい、やい。イナゴたちよ。あんまり派手に活動しないでくれ」

数週間前から、水を抜かれていた田んぼは、すっかり乾いた土となっていました。ところどころで土が板状に、ヒビわれしています。前方の地面がムク、ムク、ムックとふくれて、ボールが転がるように、近づいてきます。

「ありゃりゃあ、あれはなんだろう。オウオウ、ヤヤッ、あの細い土筋は、モグラさんのトンネルだな。相変わらず、ものすごい腕の力だなあ。おう、そうだ。いい考えがあるぞ。モグラさん、モグラさん、少し時間があるんなら、私の願いを聞いてくださいませんか。そうしたなら、モグラさんの大好きなミミズのいばしょを、教えてあげますよ」

モグラの動きが、ピタリと止まりました。その場の土がグッと浮き上がり、パクリと地面があいて、ヒョッコリとモグラのまぶしげな顔が現われました。

「ほほう、ミミズだってえ。それはすばらしいごちそうだ。最近はかたくてまずいエサばかりで、いやになっていたところだよ。さあて、どんな願いだね」

「地面にいるモグラさんには、見えないかも知れないけれど、私の正面に二本足をクイに縛られて、後ろ姿で立っているかかしさんがいます。あのかかしさんの足まわりの土を少し掘って、半歩くらい動けるようにしてほしいのです」

「フウム、フム、それはかなり、めんどうな作業のようだな。ミミズがたくさんいなければ、やれない仕事だよ。さあて、どこにミミズはいるんだね」

「私の左手にある田んぼを、目指して行ってごらんなさい。手前のあぜ道に、古いワラ束が置いてあります。あの下に、ミミズがいるはずです」

「ホホウ、そうかな。まずはそれを、確かめてみるよ」

モグラは同じように、土のおもてを動かして、ワラ束の所へ行き、すぐに戻ってきました。

「ウッヒア、まるまる太ったミミズが、いっぱいだあ。よろしい。その仕事は、確かに引き受けるよ」

「うわあ、良かった。うれしい」

じんべえかかしは、竹の腕をカタカタ鳴らし、破れた麦わら帽子をパクパク揺らして喜びました。

「さあて、仕事を始めるか」

モグラは、マネキンかかしに向かって、動きだしました。

「モグラさんなら、大丈夫。うまくやってくれるに違いない」

その日じんべえかかしは、マネキンかかしの後ろ姿を、ずうっとながめていました。すぐにでもマネキンさんが、こちらへ笑顔を向けそうな気がします。

「ドキドキするなあ。マネキンさんが振り返ったなら、こちらはとびきりの笑顔で、こたえなくちゃあ」

でもマネキンかかしに、少しも動きはありません。お日様が山のかげに沈み込む頃になって、やっとモグラが戻ってきました。

「ウハア、思った以上に、大変だあ。クイのまわりに、重たい石ころが、ぎっしり並べてあるよ。フウウ、とても疲れたから、作業の続きは、また明日だ」

次の日、まる一日経ちましたが、前のかかしに、動きはありません。その日は、モグラの姿を見ることも、ありませんでした。

「モグラさん、本当に仕事を、しているのかなあ」

だんだんと心配になってきました。

「モグラさん、黙ってどこかへ、行ってしまったのじゃないかしら」

三日目の朝を迎えて、お日様がゆっくりと、上空を通り過ぎました。それでも前の姿に何の変化もなく、ついに夕暮れ時となりました。

「ふうっ、モグラさん、先にミミズを食べてしまって、とっくに仕事なんか、忘れてしまったみたいだ」

首の力を落とし、頭を垂らして、がっかりしていますと、

「あれっ？」

マネキンかかしの頭が、かすかに動いたような気がします。

「もしかしたら……」

ぼんやりとしか見えない立ち姿を、何度も背伸びして、確かめていますと、

「やあ、久し振りだね」

暗い足もとから、ひょっこりモグラが現われました。

「ふうう、まったくやっかいな、石ころだったぜ。石はなんとか、脇にどかせた。あとは足まわりの土を、掘るだけだ。さあ、約束の仕事は、明日(あす)の朝でおしまいだ」

「うわあ、うれしい。ありがとうございました。モグラさんに、きつい仕事を頼んで、すみませんで

した」

じんべえかかしは、お礼を言いながら、つい先ほどまで、正直なモグラを、うたがっていたことを、恥ずかしく思いました。

「早く明日が、来ないかなあ」

その夜は待ち遠しくて、なかなか眠れません。夜空の星の数を、何度も数えてみたり、マネキンかかしと顔を合わせたら、開口一番に交わす言葉を、あれやこれやと考えていました。

東の空が山並みの向こう側からススウ、シッラ、シラ、シラと、水が溢れて広がるように、明るくなり始めました。

「さあ、さあ、夜が明けるぞう」

稲の波の上で、ぼんやりと浮かび上がったマネキンかかしの細身の姿に、じいっと、目を注ぎます。

「いよいよ待ちに待った、マネキンさんの顔が見られるぞ。これからはうれしい話も、悲しい話も、面白い話も、たくさんできるんだ」

じんべえかかしは、竹の足を踏んばり、

「ブルッ、ブルッ、カッタ、カタ」

全身を思い切り揺らして、ゆがんだ古着を直し、服についたほこりをていねいに振り落としました。

「まだかな、まだかな」

ワクワクしながら、「のの」字の目玉を、さらに広げます。コクリとマネキンかかしの丸い肩が、ほんの少し動きました。

「おおう！」

帽子のリボンが、フワフワ揺れながら、ゆっくり回り始めました。朝日に照らされたマネキンかかしの横顔が、キラリと光ったその時でした。

「ブォッ、ガッタ、ガタ」

こがたトラックが、でこぼこ道を走ってきて、近くにとまりました。車の地響きで、マネキンかかしの動きも止まります。

「バッタン」

農夫が車から、田んぼに向かいます。

「な、なんだろう」

農夫は、マネキンかかしの所まで行きますと、腰をかがめて、

「よいこらしょっと」

クイごと地面から外しました。

「あっれれ」

農夫はそのまま、横にだきかかえて車に戻り、荷台にのせて、走り去りました。

「ヤッ、しまったあ。うっかりしていた。稲刈りだ。稲刈りが始まるんだあ」

ついにその時が、やってきてしまいました。田の稲が実って、刈り入れが始まれば、かかしはもう、必要ありません。

「ああ、残念、残念。くやしい、くやしいなあ」

じんべえかかしは、「へ」の字の口を、かみしめました。

「グゴゴォ、グゴゴォ」

後ろの田んぼでは、稲刈り機が動き始めたようです。

「さあ、このかかしも、かたづけよう」

その日、頭から手拭(てぬぐ)いをかぶり、自転車で田にやってきたじんべえさんに、じんべえかかしも、田の土から取りはずされました。

「そうれっ」

じんべえさんの肩にかつがれて、自転車で家の方へ向かいます。

「また暗い納屋の中に、放り込まれてしまうのか。これじゃ、来年の秋まで、マネキンさんに会えやしない。ああ、悲しいなあ」

ところがじんべえさんは、自宅には向かわずに、農民共用のゴミ捨て場でとまると、自転車から降りて、

「一、二、三、それえっ！」

じんべえかかしを、むぞうさに、放り投げました。

「イテテテ、なんてらんぼうな」

じんべえさんは、ハンドルを持ち直して、ホイサ、ホイサとペダルを強く踏み込み、その場所から、去ってしまいました。

「わああ、どうしたんだあ」

そこには、いろんな姿のかかしが、おりかさなるように、捨てられていました。

「また犠牲者か……」

じんべえかかしの隣に、投げ込まれていたかかしが、しずんだ声で言いました。

「フウウ、かわいそうになあ。あんたもとうとう、捨てられてしまったか」

「かかしが、こんなにたくさん。これはいったい、どうしたことなのですか」

「ウンム、農夫たちの立ち話によるとな。今年の稲刈りが済んだら、あの広い土地にブルドーザーが入って、ゴルフ場やレジャー施設に、変わってしまうそうだよ」

さかさまになったかかしが、苦しそうに口を挟みます。

「あんなに肥えた良い農地なのになあ、もうなくなってしまうんだよう」

服がちぎれて、地肌が見えるかかしが、投げやりに言いました。

「もう用がなくなったオレたちはな。普通のゴミと一緒に、雨や風にさらされて、そのうちに腐ってしまうんだあ」

じんべえかかしは、話を聞いているうちに、悲しくなりました。辛抱強く一年待ったら、マネキンさんに再び会えるという、わずかな望みさえも、なくなりました。

「あのマネキンさんも、どこかの場所に、冷たく捨てられたのだろうか」

マネキンかかしと、自分の行く末を、繰り返し心配します。

「ヘン、人間は勝手なもんだなあ」

かかしたちは、それぞれ田の持ち主の悪口を、言い始めました。

「オレたちは、ずうっと立ちっぱなしで、鳥や獣を、追い払ってやったんだぞ」

「大雨や強風にさらされたって、苦情の一つだって、言いやしなかった」

「大量の米を目の前にしながら、年中すきっ腹をかかえて、がんばってきたのになあ」

「オレたちはな。かかしとして新しく作られても、なぜか決まって、おんぼろの古服しか、着せてもらえなかったんだぜ」

「最後くらいは、ねんごろに、あつかってほしいもんだ」

しばらくブツブツ、言っていたかかしたちも、その声はだんだんと、力がなくなります。じんべえかかしは、上を向いたまま、短い過去を振り返ります。

「ああ自分は、かかしとして作られてから、何年働いたのだっけえ。初めて田んぼに立った時の、ドキドキした気持ちが、思い出されるなあ。ハアア、マネキンさんと、わずかな時間でも、言葉のやりとりをしたことが、遠い遠い昔のような気がする」

今はただ、空をゆったり流れる雲を、ぼんやりながめるだけです。今ではかかしのだれかが、フハアと思い出したように、ため息をつくばかりです。

「もうだれも、励まし合おうともしない」

みんなすっかり、しずまりこんでしまいました。数日経ってから、ゴミ捨て場に、ゴトゴトとゆっくり一台の車がとまりました。

「何の用かなあ」

車から男の人が降りてきて、ゴミの山を調べていましたが、

「ヤヤア、これにしよう。これが一番かかしらしいや」

ゴミの中から、じんべえかかしを拾い上げると、荷台に放り投げて、走りだしました。

「アララ、どこへ連れていかれるのだろう」

車は町の大きな建物の前で、停車しました。広い入り口の柱には、「民俗博物館」と書かれた新しい看板が、かけられています。じんべえかかしは玄関を通り、木造家屋の中に運ばれました。

「わあっ、なつかしい品物が、たくさん置いてあるぞ」

新しい木の香りで満ちた広間には、田畑で使うクワやスキやカマなどの農具、はたおり機、魚とり用の網や竹かご、オノやノコギリ、石ウスや木を加工した生活用品などの工芸品が、集められています。数人の係の人によって、展示場所が決められているところでした。

「おいおい、柱にぶつけないようにな」

二人で古いびょうぶ絵を、大事そうに運んでいきます。

「どうやら私は、かかしの見本として、選ばれたらしいな」

じんべえかかしは、ここに連れてこられたわけがわかりました。

「ほほう、そぼくなデザインと、優しい色の着物だねえ」

壁に沿ったすみの方は、さまざまな和服が、えもん掛けで展示してありました。その一角には、新旧の服に身を包んだ、男女のマネキンたちが、すまし顔をして、それぞれの姿勢で控えています。

「あのマネキンさんは今頃、どうしているのかなあ。もしもきたないゴミ捨て場に、置き去りにされたままなら、自分と代わってあげたいのに」

部屋の中は次第に、道具が並べられていきます。じんべえかかしも、ある場所に立てられました。

「ここが自分の展示場所かあ」

床の上の台にチョコンと据えられて、じんべえかかしは、むずがゆい気がします。

「手が空いた者は、集まってくれ」

数名の係員が、マネキン置き場に向かいます。最初は、かっちゅう類を、身につけた人形たちが、重たそうに運ばれました。そのあとには、和服や洋服姿の、マネキンたちの出番です。日本の人々が、生活の中で身につけてきた衣服を、年代順に並べるのでしょう。

「ああっ……」

じんべえかかしは、「のの」字の目を丸く見張りました。最後に後ろ姿で、かかえられた女性のマネキンは、あのかかしさんの後ろ姿とそっくりでした。

「ああ、でも、違う」

じんべえかかしと、離れて向き合って据えられたマネキンさんの顔は、澄んだきれいな目と、すてきな鼻をしています。頭の上に帽子はなく、着ている服も広い帯と、アサガオ模様の浴衣でした。

フッハアと、ため息をついて、がっかりします。

「ウウン?」

そのマネキンさんの目は、自分の方をじいっと見ているようです。

「あらら」

マネキンさんの口が、そっと動きだして、

「もしやあなたは、広い田んぼで一人ぼっちだった私に、話しかけてくれた、かかしさんではありませんか」

マネキンさんの口は、そのように語りかけました。

「ええっ」

じんべえかかしは、身ぶるいをしました。

「あなたが着ている服は、じんべえさんのものだったのでしょう?」

「ウヘッエ!」

じんべえかかしは、倒れそうになり、

「あ、あなたは、あの、あの、あのマネキンかかしさんですか」

口の「へ」の字を、ワナワナ震わせて確かめます。

「ええ、ええ、そうなんですよ。この家の広間で、あなたと顔を合わせられるなんて、夢のようです」

「でも、でも、あなたの鼻は、見たところ全然欠けていませんし、両目だって傷なんか、少しもありません」

「あの日、空き地に捨てられた私を、博物館の人が通りすがりに見つけて、ここへ連れてきてくれました。それから、欠けた鼻と目の傷を直し、きれいに化粧をし直して、服も新しく替えてくれたのです」

「そうだったのですか。あなたがその後、どうなったのか心配で、心配で。ああ、良かった。本当に良かった」

じんべえかかしは、「のの」字の目玉から、熱い涙(なみだ)をポロポロ流して喜びました。

本日は民俗博物館の開館日です。

「ほら、ほら、館内を走らないで」

「今日は社会科の授業なのだから、みんな真剣(しんけん)に見学するように」

先生が児童に注意をします。

「うわあ、見たことのない道具がたくさん」

「昔の人は、こんな物を使って、生活していたんだね」

民俗博物館の開館以来、過去をしのぶ人々の来館は続きます。平日でも、児童や学生たちの見学時は、とりわけにぎやかになります。

「うっへえ、おっかしい」

じんべえかかしの顔を見て、一緒におどけたり、ほほ笑む子供たちの表情は、うれしいものです。

「まあ、すてきな色模様」

和服に対する女の子たちの反応や、デザインの好みを耳にするのは、楽しみなものです。

「さっき、おばさんがね、私の服に触れて、なつかしそうにしていたわ」

「坊やたちが、私の立ち姿を、スケッチしていたよ。ウハハ、うれしかったなあ」

これからも、じんべえかかしとマネキンさんは、そうっと口だけ動かして、

「フア、フア、スク、スク」

お客さんの様子や、思い出などを、語り合っていくことでしょう。

（おしまい）

＊　＊　＊

「ふほうう……」

読み終えた矢作どんは、大きくため息をついて、しばらくの間、納屋の土間に目を置いていました。

（よかった、よかったねえ）

そばに立った泣きべそかかしも、物語の結末に安心して、「のの」字の目を、うるませていました。

矢作どんは顔を上げて、

「オイラと、お政どんも、ハッピーエンドになったら、いいのになあ」

頭の中には、お政どんの顔が、はっきりと浮かんでおります。

「ごめんください。矢作どんいますかあ」

突然、母屋の玄関に立った、お政どんの声が、耳に飛び込んできました。

「うひゃっ！」

あわてた矢作どんは、手の中の本を、落としそうになりました。その際にハラリと、次のページがめくれて、

『第三話、泣きべそかかし』のタイトルが見て取れました。

（うっ、うわあ！）

泣きべそかかしの「のの」字の目が、一瞬広がりました。矢作どんは、元の場所に本を置いて、バタバタバタと、納屋から飛び出していきました。

（あの本の次の話は、自分の名前と同じタイトルだったねえ。うわあ、それはどんな物語かしら。ウーン、楽しみだなあ）

泣きべそかかしは、そのお話がとても知りたくて、手を握って祈ります。矢作どんができるだけ早く、第三話のページを開いて、同じように読み上げてくれることを……。

中学校を卒業すると、若者は村の青年団に組み入れられます。村祭りや村の寄り合い、共同作業などで、年寄りたちの手助けをいたします。実際の行動では、青年団が主に働きますので、村では重要な役目を、になっておりました。矢作どんは朝食を済ませると、立ち上がりながら、両親に言いました。

「少し早いけんど、青年団の仕事に行ってくらあ。共同作業の準備があるんで」

「そうじゃな。わしもあとで行くでの」

「洗っておいた上着は、もう乾いているはずだわ」

毎年の行事として、この日は村のため池の土手や、近辺の道路沿いの枯れ草を、焼いて回ります。矢作どんが村の物置き小屋から、草焼き用の道具を一人でかついで、ため池までやってきました。

「やあ、みんな集まっているな」

村人が土手に腰を下ろして、タバコを吸ったり、おしゃべりをしておりました。

「ほい、道具がきたかあ」

「さあて、始めるかのお」

男衆がそれぞれの位置について、

「いいかあ、火をつけるぞお」

風上の二、三箇所から煙が上がります。

「ほおい、風向きに気をつけてなあ」

「うへえ、炎(ほのお)が吹き上がったあ」

「ややっ、風向きが変わったぞ」

「立ち木の方へ、火が行かんよう頼むわあ」

「あっつつ、火の粉がすごおい」

「そっちの炎を叩いて、つぶせ、つぶせ」

お互いに声を張り上げて、草焼き作業を進めます。

「やあれ、やれ、予定の場所は、焼きつくしたようじゃな」

「用心のために、残り火がないか、もう一度確かめておこう」

ようやくそれが済むと、半日の労働をねぎらって、皆で軽い食事会をいたします。

「お疲れさまでしたなあ」

「どうぞ、上がってください」

女衆は食材を持ち寄り、簡単な料理を用意しており、皆、道具などをしまつして、村の集会所に集まりました。

「年を取るとのお、あの程度の作業でも、けっこう腰にくるわなあ」

「わしは土手の斜面で足がすべって、池に落ちそうになったぞお」

老人は体をいたわるように、両手を突いて、たたみの上にあぐらをかきます。

「例年に比べて、いつまでも暖かくて、雑草の枯れるのが、ちと遅かったようじゃなあ」

「そのせいか、火付きが悪かったのお」

「わしゃ煙で、目とのどを痛めたぞい」

「ゆだんしていたら、火がついたとたんにガンガン燃え出してえ」

「やれやれ、この作業で草地の害虫も、少しは退治できたろうのお」

女衆がそれぞれ工夫をこらした料理と、少しばかりの酒で飲み食いしているうちに、打ちとけたおしゃべりが始まりました。

「町へ嫁(とつ)いだ校長んちの娘(むすめ)に、三人目の赤ん坊が、生まれたそうな」

「ほほう、今度はどっちだあ」

「神社に願かけていた、男の子だったよ」

「そりゃ、校長もひと安心じゃなあ」

皆の中に、矢作どんとお政どんの顔も見えます。腹をすかせた矢作どんは、好物の握り飯とタクアンを皿にもらって、一心に食べております。

「あらっ」

お政どんは矢作どんの席の前に、味噌汁がないことに気づきました。お政どんは湯気の立つ味噌汁の椀をお盆にのせて、そそくさと矢作どんの所へ持っていきます。近くにいた老人が、顔を赤らめたお政どんを見て、

「今日の味噌汁は、お政どんが、当番じゃったのお。お政どんの真心がこもった料理じゃから、好きな人にたんと、飲んでもらわにゃあ、いかんぞい」

「うん、まあ……」

向かい側にいた同級生が、いたずら顔で、さらに煽ります。

「お政どんの熱い愛情が、たっぷり入った味噌汁だあ」

「おい、矢作、気をつけな。舌がやけどするけんのお」

隣の青年が、矢作どんの脇腹をヒジでつつきます。

「ほれえ、うまい、うまい愛の味噌汁だ。ありがたくちょうだいしな」

「あんれえ、矢作、顔が柿みてえに、赤くなっとるぞ」

「そんな、そんなはずはねえや」

味噌汁の椀を受け取った矢作どんは、あわてて首にかけていた手拭いで顔を拭きます。

「やんや、やんや」

まわりの者が、手を叩いて、さらに二人を、ひやかし始めます。矢作どんとお政どんは、皆の笑い

声に、身動きができずに、当惑しておりました。

「ちょうどいい、二人手を取り合って、ダンスをしたらいい」

「そうら、手拍子、手拍子……」

　村人はその場の笑いの種に、二人をかつぎ上げたにすぎなかったのですが、当人たちにとっては、心穏やかではありません。矢作どんとお政どんは、それぞれ相手が好きであることを、皆に悟られてしまったように、感じておりました。

　そんなことがあってから、矢作どんとお政どんは、皆がいる前で、個人的な話をすることを、遠慮するようになりました。それが重なるうちに、そばに寄ることも、しづらくなりました。それでも二人を注意して見ていますと、遠くからそっと目が合った時に、どちらもあわて出すことがあります。生まれつき気の優しい二人は、お互いを男子として女子として、思うほどに認めるほどに、近寄りにくくなってしまうのです。相手が自分のことを、どう思っているのか、確かめる勇気も、すべもありません。仕事の手を休めるたびに、

「はああ、ふうう……」

ため息混じりに、考え込んでしまいます。村の寄り合いや、盆踊りの時でも、そばに近づいて話をする機会は、何度かありましたが、まわりの目を気にして、ためらってしまいます。何かのひょうしで、隣り合わせになったとしても、

「ああ……」

「ええ……」

二人はごく短い言葉とあいづちを、打つだけなのです。どちらも自分の気持ちを、相手に伝えるのが、へたになってしまって、大事な話に入ることはできません。もじもじしているうちに、どちらかが、サッサ、サッサアと、その場を逃げるように、手近な仕事を、始めてしまうものですから。

雪が溶けて、寒い北風も弱まり、春を迎える季節となった頃でした。

「オラの村の親御（おやご）さんに頼まれての、たってのお願いに参りました」

隣村の世話役を通して、お政どんに、大切な話が届きました。

「あいやあ、お政どんに、嫁（よめ）の話じゃぞ」

「もうそんな年頃に、なったのけえ」

「フウウ、親のわしはのお、まあだ先の話じゃあと、思っておいたがの」

「ウウム、まだ若すぎないかあ？」

「なあに、オラのオバアさんなんかなあ。もっと若い年齢で、嫁に来たんじゃぞ」

村人からそれを、伝え聞いた矢作どんは、

「ウウム、このままじゃあ、いけないぞ。早くなんとかしなければ……」

数日間あれやこれやと考えました。

「もしもお政どんを、嫁に迎えられたとしても、オラはお政どんを、幸せにすることができようか」

矢作どんが生まれ育った家は、村の奥の山間にあります。山と山の間に、わずかに残されたせまい土地をたがやし、山の急斜面まで伸びた畑を合わせても、生活を豊かにするには、無理がありました。

「あちらに行ったらのお、最初の三年間は、とにかく辛抱して、親方の言うことを聞いて、働くのじゃぞお」

一昔前まで、貧しい家の子供は、町の商家の使用人として、でっちぼうこうや、子守り役など、または師弟関係の厳しい職工として、働きに出されていました。せまい田畑さえやむなく手放してしまった村人は、裕福な農家から、土地を借りるしか、生きていく道はありません。

「今年の作柄は、あんまり良くはなかったけんどなあ」

「やりくりするしか、仕方がねえや。来年の豊作を期待して、地主さんとこさ、地代の代わりに、この米を持っていくよ」

矢作どんちも、ふもとに広がる田の一部を、よそから借りて米と麦を作り、ほそぼそと暮らしておりました。一年中懸命に働いても、借りた田んぼから得られる収入なんて、あまり期待できません。

「これ以上家族がふえても、毎日食べていけるだろうか」

お政どんに結婚を申し込んだ相手は、隣村に住む山林持ちで、田畑も広く、裕福な家柄です。この辺りでは、最新の耕運機などを持っている、数少ない農家でした。それに比べたら、矢作どんの方は、親戚も含めて、お金のたくわえや、財産など何のとりえもないことに、改めて気づかされました。

「こんなんじゃあ、お政どんが、オラの嫁に来てくれるはずはない」

自分の力のなさを、思い知った矢作どんは、ますますみじめな気持ちになりました。

「オラは、オラは、隣村に嫁ぐよりも、なれ親しんだこの村で暮らしたい」

お政どんはその嫁の話に、あまり気が向いていませんでした。

「あちらはのお、ここら辺りの村々でも二、三番の金持ちの家だあ」

「おじいさんはのう、代議士だったこともあるし、なにかと頼りになるやろう」

「そりゃあ、心丈夫じゃあ、願ってもないことじゃないか」

「こんないい話は、またとあろうか」

「このたびのことは、村の神社に出向いて、神様にお礼を申し上げにゃ、ならんのお」

「まんずこれで、娘を持つ親御（おやご）さんも、ひと安心じゃなあ」

両親や親戚の人が、自分の幸せを願って、強くすすめる言葉に正面切って、さからうことはできません。

「でも、でも、私の好きな人は……」

お政どんは心の中で、矢作どんが、この話に強く割り込んで、

「是が非でも、オラの嫁に欲しい」

胸を張って堂々と、勇ましく申し出てくれることを、せつに願っておりました。

この話が順調にいって、実りの秋になれば、婚礼の準備などで、忙しくなりそうです。それを見越して、お政どんちでは、初夏になるとすぐに、田に水を引いて、薄青い苗を植えつけました。夏まっさかりには、どこの田よりも、稲の丈が伸びておりました。村長や親同士の行き来もあって、嫁入りの話は、次第にまとまっていくようです。その間も、お政どんと矢作どんは、それぞれの立場で、悩（なや）み続けておりました。

「近頃矢作どんは、あまり顔を見せなくなったけれど、私をすっかり、忘れてしまったのではないか

しら」

「このまま村で、生活していたのでは、暮らしはちっとも良くならない。やはり町に働きに出て、金を稼（かせ）ぐしか手はなさそうだ。だけどそれまで、お政どんはオラのことを、待っていてくれるだろうか」

　夏が駆け足で過ぎて秋に入ると、お政どんちの田の稲は順調に生育して、いち早く黄ばみ、いの一番に稲刈りが始まりました。

　その頃、都会では景気が上向き、人々の行き来も盛んで、会社や商店や工場は活気に溢れていました。

「わが社は、あちこち求人広告を出しているんだけれど、なかなか人が集まらない」

「こんなに注文が多くては、今の人手では、生産がとても追いつかない。子供の力でも、猫の手でも、ネズミの足でも、何でも借りたいくらい忙しい」

　そのような時代でしたから、矢作どんが町に住んでいる知人に、仕事先を頼んでみましたら、さっそく製造業の工場長から、

「新しく機械をそろえたし、資材もたくさん買い集めて、増産の真っ最中だ。丈夫な体なら申し分ない。今すぐにでも、村を出て働きに来るように」

　矢作どんは、何度も何度も、手紙で急かされて、本日の朝、あわただしい出発となったのでした……。

「ほほほっ、フオウ、過去を振り返るって、けっこう疲れますねえ」

これが今日までの、お政どんと矢作どんの、成長のあらましです。

話をしているうちに、お政どんちの稲刈り作業は、すでに半分まで来ておりました。

「おんや、おや、おや」

「ザクッ、ザクリ、ザク、ザク」

刈り取られた稲が、その場に並べられていきます。だけどお政どんが、刈り取った稲の束だけ、あっちを向いたり、こっちを向いて乱れています。昨年までなら稲束は、電車のまくら木みたいに、まっすぐきちんと並んでいました。刈り入れの鎌がビッ、ピビッと動くたびに、イナゴやバッタが、稲の間をすり抜けて、四方八方へ、逃げ出します。小川の土手一面に、はびこったヒガンバナが、茎の頭につぼみをつけて、スック、スックリ。まだ低いながら、隣同士でせい比べをしています。ピッ、ピッ、ピピッ。腹をすかせたカエルが、浅瀬の水を跳ねて、土手をよじ登ります。カエルはさらに、ブユや羽虫の群れの方へ移動し、目玉を広げて、太い脚を構えました。ハラア、ハッラ、ハララ。遠くの稲田から、スズメの群れが、煙を吹いたように、飛び立ちました。

「あらあ?」

その稲穂の波の上から、ぽっこり、ぱっこりと野球帽が見え始めました。顔から胸へと姿を現わした村人は、両肩がかくばって、ずんぐりとした体つき。

「うん、うん、そうです」

それはまぎれもなく、のったり、どったりと矢作どんが靴音を立てて、歩いてくる姿でした。おやじさんから、ゆずってもらった、一枚きりの古いよそ行き服を着込み、片手に小さな旅行バッグを、ぶらさげています。

「ああ、いよいよ出発の朝か。昨夜は早く布団に入ったけれど、なかなか寝つけなかったなあ」

夜明け前に目を覚ました矢作どんは、布団の中で、一大決心をしました。

「村を出る前に、お政どんの本当の気持ちを確かめるぞ。なんとしても、お政どんから、いい返事を、もらわねばならない」

矢作どんは、お政どんに会って、数年後の結婚を承知してもらうつもりです。

バスの停留所は、隣村へ続く神社の前にあります。バスが村から町へ向かうのは、午前と午後の二回切りです。朝出発のバス停へ向かう途中、矢作どんは、遠回りとなる脇道の入り口で、ふと心に迷いが生じて、立ち止まりました。

「さあて、どうしたものかのお」

お政どんに会って直接話すことに、矢作どんは、急におじけづいてしまいました。

「オラとお政どんとの結婚は、やっぱり、だめなんだべなあ」

何度考えても、その結果は、悪い方へと向かいます。フハアと、小さくため息をつきます。道ばたに咲いたコスモスの花が、矢作どんの気落ちした思案顔を晴らすように、フワ、フワ、フウワ。あおぎそよいで、矢作どんを、大事な脇道へ招きます。

「だけんど、心残りのまま、村を出たんじゃなあ」

コスモスの薄いピンク色の花の中に、ぼんやりと自分の年寄った両親の顔が、浮かび上がりました。

「ウウム、苦労をかけた両親に、少しは楽をさせせんとなあ。その手助けには、お政どん、やっぱり、お政どんしかいねえ。よおし、ドッコイ。腹にしっかり力を入れて、勇気をふるい出さねばいけない」

矢作どんは、腰のベルトをしめ直し、おなかを叩いて、お政どんちの田んぼに沿った脇道に、勢いよく入りました。

「もしもお政どんが、その気だったら、即座に結婚の約束をしよう。数年後には、工場で懸命に働いて、たんと稼いだ金で、広い田を買って堂々と、お政どんをオラの嫁に迎えるんだ」

矢作どんにとっては、お政どんに結婚を申し込む、一度で最後のチャンスでした。

「チッチ、チチ、チイ！」

広い稲田から、高く弾けるように、次々と飛び立ったスズメの声で、ふっと振り向いたお政どんは、

「あっ、あらあ」

矢作どんの上半身に、気づきました。そこの細道は一本道です。矢作どんが、自分ちの田んぼ沿いの道へ向かっているのは、間違いありません。お政どんの白い顔は、スッサアとピンク色に染まりました。

「矢作どんは私の目の前で、大事な大事な話をしてくれるはず……」

かたく信じたお政どんは、ドットコ、ドットと胸が高鳴りだし、近くの稲をつかんでは、ササッ、サッサアと、勢いよく、刈りだしました。明らかに先ほどとは、スピードが違います。

「ドッサ、ドッサ」

一方、矢作どんの歩く格好を見ますと、変に顔を正面に据えたまま、ヒッコ、ヒッコと、肩をいからせ、両手に重い物をぶら下げたように歩いてきます。

「オットトト」

矢作どんは、足もとがおろそかになり、小石につまずいて、つんのめりました。そんな矢作どんの姿を、チラリとうわ目に入れたお政どんは、また大あわてで鎌を動かします。丸いお尻を、左右に大きく高く揺すって。

「ザッザ、ザッザ」

やっぱり矢作どんは、神社の不動さんが歩くように、顔と肩をかためて歩いてきます。

「パッサ、パッサ」

お政どんはやたら稲穂を打ち鳴らし、除雪車みたいに刈っていきます。


「オットット、ここで、ちょっとばかり、待ってください」

今朝方、太陽が山の頂上から顔を出した時点から、矢作どんとお政どん以外にも、（そわ、そわ、ふあ、ふあ）落ち着かない者がいました。それは、泣きべそかかしです。

「今年はオラがいないから、年取った両親に、無理をかけるなあ」

昨日の夕べ、矢作どんは町へ出稼ぎに立つ前に、自分ちの田の様子を、調べに来ておりました。

（ああ、今まで見たことのない顔だ）

その時の矢作どんの思いつめた顔の表情で、泣きべそかかしは、すべてを察知しておりました。それだから、矢作どんの姿が、見え出した瞬間から、泣きべそかかしは「のの」字の目を広げて、ズズウッと心配そうに、見つめていたのです。矢作どんの真心が、お政どんへ届くように、祈っておりました。

そうしているうちにも、矢作どんは、ズン、ズン近づいてきます。

「ズザッ、ズザッ」

ついに矢作どんは、お政どんちの田のへりまで、やってきました。稲刈りが済んだ田の地面は、坊主頭となっています。稲を運んだあとの切り株が、だんだらぞめの模様みたいに広がっています。

「ザック、ザック」

幸いなことにお政どんは、脇道に近い場所の、残りの稲を刈っていました。

「トトッ、トウ」

お政どんを認めた矢作どんは、緊張(きんちょう)のあまり、繰り出す足の歩幅(ほはば)が乱れました。

(ほら、ほら、ほら)

もっと落ち着く必要がありそうです。矢作どんとお政どんの距離は、もう普通の声でも、届く距離になりました。麦わら帽子の下から、お政どんの赤くほてった横顔が、はっきり見えます。

「ドッカ、ドッカ」

矢作どんの重たい靴音が、お政どんの耳の中で、踊り回っています。

「ザッザ、ザッザ」

さあ、お政どんの真横まで、やってきました。その時、矢作どんちの田んぼから、

(ハアラ、ハッラ、ハラ)

二人を見守っていた、泣きべそかかしは、もうたまらず、心の中で叫びました。

（矢作どおん！　今だあ、今だよ。声をかけてえ！）

（お政どおん！　早く早く、顔を上げてやってえ！）

矢作どんは歩きながら口を、ア、ア、アングリと開けるのですが、のどから声が出ません。その場で歩みを止めたいのに、自分の足が勝手に、前へ前へ動いてしまいます。

（ややっ、鎌の動きが、止まらない）

お政どんは自分の顔を、矢作どんのいる方へ、向けようとしますが、首がガッチリとかたくて回りません。

（あれっ、あれっ、矢作どん、行っちゃうよ。お政どん！　行っちゃうよ）

泣きべそかかしは、からだ全体で、

「ガッタ、ガッタ」

音を立てて、あわて出しました。

お政どんの両手は、どうしても止まりません。矢作どんも、ロボットのように、（トットコ、トットッ）歩き続けて、

（あぁぁぁ……）

とうとう行っちまいました。

「ヒュウ、ヒュウルル」

トンビが一羽、青空の中を寂しく鳴いて通ります。矢作どんが川の橋に続く、つつみのススキの陰

に、姿を消してしまってから、お政どんは、ポオンと鎌を放り出し、

「ズッシーン」

柔らかな田の土をへこませて、尻もちをつきました。お政どんは顔を上げて、つつみの方を、しばらくながめてから、

「ふふう……」

か細い息を吐きます。ゆっくり目線を落としたお政どんの顔は、麦わら帽子にすっかり、隠れてしまいました。

一方、矢作どんは橋を渡る時に、ピシッ、ピチピチ。白い腹を見せて、楽しそうにからみ合って泳ぐ、大小の魚の群れに目を注いでから、ストンと肩の力を落として、

「トボ、トボ、トボ」

バスの停留所の方へ、歩いていきました。

「ブッ、ブッ、ブウウ」

バスがやってきて、矢作どんの前で、

「バッタン」

大きく戸が開きました。

「ズズッ、ザッバ、ザバ」

矢作どんを乗せたバスが、田んぼ道を砂ぼこりを立てて、走りだしました。バスの鼻先は、稲の波を左右に、押しのけるように、進んでいきます。

（あああ、とうとう行っちゃったあ）

バスの車体が、消えてしまったあとは、一面の稲田がサァラ、サァラと細かく寂しく、波打っていました。遠くの山並みは、何事もなかったように、チラ、チラと日の光を受けて、優しい緑色に、輝いていきます。

「うん？」

あの泣きべそかかしは、その後どうしていたのでしょうか。

「ええ、ええ」

泣きべそかかしは、前と同じように、首を少しかしげて、はるかな青葉の山並みを、同じ姿勢でながめておりました。

「ほう、おやあ？」

その顔にちょっぴり、光るものがあるようです。泣きべそかかしの顔が気になって、もっと近づいて、よおく見ますと、鳥の糞で泣きべそをかいた目玉には、タップリと本物の涙が、にじんでいました。

「やっぱり、そうでした」

何度も田んぼに立っていた泣きべそかかしは、お政どんと矢作どんが、とても愛し合っていることを、村のだれよりも知っておりました。それなのに自分は、二人にはなんにもしてやれなくて、くやしくて、悲しくて、情けなかったのです。

「だって、だって、仕方がありません」

お互いの気持ちを、二人に伝えたくとも、泣きべそかかしは、「へ」の字に結んだ口では、声を出して話すことはできません。その上に、寂しく村を去る、矢作どんの背中に追いついて、しっかり抱き止めたくとも、一本足では、ほんの一歩だって動けません。

「ポッツリ、ポッツリ」

と、「のの」字の目玉から、ふくらんだ涙の粒が一つ、続いて一つ、泣きべそかかしの白い顔に、流れ落ちました。

「ピイ、ピイ、チッチ、チチチチ」

盆地にはりついた村に、自然の息遣いのままの、穏やかな時が流れます。

「ババッ、パタタタ」

アオガエルに迫られたバッタが、あぜ道をジャンプして逃げ出しました。

「キィキイ、キィコ、キィコ」

ふもとの炭焼き場の方から、ノコギリをひくかすかな音が、風に乗って聞こえてきます。炭の材料として集めた木を、カマの広さ内に、切りそろえているのでしょう。

「オンギャ、オンギャ」

近くの家で昼寝中の赤ん坊が、目を覚ましたようです。

「ランララ、ランラン」

小学校の門から、小さな人影が、歌を口ずさみながら、出てきました。授業が終わったあと、校庭に居残って、遊び疲れた子供たちでしょう。おなかがすいて、家路に向かっているのです。

「ウォウ、ウモオオ」

牛が夕べのエサの草を欲しがって、牛小屋でしきりに鳴いています。ガッ、ガザザ。畑に出ていた農夫が、クワに付いた土を削り取って、帰り支度を始めました。

西の方角を見ますと、薄い雲が山側に集まり、その端っこから、ほんのり空が明らみ始めました。どうやら今日も、夕焼け空となりそうです。

「ピピィ、ピピィ」

ねぐらに戻る鳥たちが、かたまって飛んでいきます。しばらく空を見ていますと、山の上の方から、どんどん、どんどん赤味を増して、絵の具を静かにこぼしたように、グングン空の中ほどまで広がります。

(白い筋雲に、うっすら彩り(いろど)が映えて、悲しいほどにきれい……)

泣きべそかかしは、涙の乾き終えた目で、しっとりと高い空を見上げています。

やがて、空は赤色の勢いが止まると、次第に白雲と混じり合って、灰色がかります。

(ああ、また一日が、終わりそう)

持ちこたえていた空の色は、だんだん弱くなりながら、ゆっくり西の奥へ、引き戻ります。次第に夜のとばりが、近づいてきました。バスが消えた辺りは、もう薄暗くなっていました。

(ややっ……)

そこの空と田の境に、わずかに残った光の中から、ポッチリと、丸い黒影が生じました。小さな影は、ツン、ツンと少しずつ大きくなります。

（ううん？）

泣きべそかかしは、その黒い影が気になって、最初から目をこらしておりました。やがて田んぼ道に、くっきりと人の影となって現われました。

（あれえ？）

泣きべそかかしが、「のの」字の目玉を、めいっぱい広げますと、

（あっらあ、矢作どん？）

黒い影は、矢作どんの体形そのものです。稲田のかすかな反射光は、うっすらと、でもはっきりと矢作どんの顔を示しました。近づく手足の動きは、矢作どんのいつものノッタリ、ベッタリした歩き方と違って、明らかに勢いがあります。

「ハアフ、ハアフ」

矢作どんは強い呼吸とともに、両肩をいからせ、こわい顔をして歩いてきます。

「あれ、あれ？」

いったいどうしたのでしょうか。

「ハイ、ハイ、わかりました」

もう一度、時間を少し前まで、戻してみましょう……。

矢作どんは一人きり、うつろな顔で、村のバスを待っています。

「ズッズズ、バッタン」

今日に限って珍しく、時刻通りにバスはやってきて、目の前でドアがあきました。矢作どんは、がらあきのバスに重い足で乗り、一番後ろの座席に、疲れたように体を落としました。フフウと力のないため息をつき、病人のように暗い顔で、座席に沈み込んでいます。やがてバスは、でこぼこ道に入りました。

「バスン、ドスン、ガッタ、ガッタ」

車体の大揺れに、体を煽(あお)られて、重たい頭を上向けます。しばらくの間、ボンヤリと、窓の外の流れていく景色に、目を置いていました。

「ああ、だめだ。だめだ。このままではオラは、一生くやんでしまう」

突然自分の頭を、

「バアン、バアン」

音がするほどぶっ叩き、

「ドッタァン」

途中のバス停で、転げるように飛び降りて、

「ドッド、ドッド」

長いバス道を戻ってきたのです。

「ザッ、ザッ、ザッ」

泣きべそかかしの横を、通り過ぎる矢作どんは、目を前方に、キシッと見据えて、合戦場に向かう武士のようでした。

「さあ、着いたぞ」

矢作どんはその足で、お政どんちの玄関前まで行き、ふうあ、ふうあと、息を少し整えてから、

「あのお、夜分、おじゃましますだあ」

足を踏み入れながら、家の人に大声で、挨拶をしました。

「あんれえ、矢作どんかあ。矢作どん、今時分どうしただあ」

「バスに乗ったんじゃあ、ないのけえ」

「バ、バスには、乗ったんだけんど」

みんなが見つめる中、矢作どんは少し、ひるみましたが、

「あの、あの……」

いきなり本題に入って、

「お政どんを、お政どんを、オラの嫁にくれろ。嫁にくれなきゃあ、ここさどかねえ」

言い切ってしまうと、土間にあぐらをかいて、動かなくなりました。

「まあ！」

お政どんは、矢作どんの決意を、目の当たりにして、

「オラも矢作どんの嫁になりてえ。是非とも矢作どんの所へ、嫁がせてくれろ」

矢作どんの横に座って、両親に懸命に頼み込みました。

「さあ、大変、大変……」

大騒ぎとなり、村長や矢作どんの両親や、親戚の人が急ぎ集まり、一晩中相談をします。

「こんなことに、なってしもうて」

「みんなに迷惑をかけるのお」

「どうしたもんじゃろうか」

「そりゃあ、やっぱり二人の気持ちは、大事にせにゃあ」

「だけんど、準備はかなりのところまで、済ませておるんでのお」

「先方が、何と言うかのお」

　村の夜空を飾る月や星たちが、上空からそのなりゆきを、心配して見下ろしています。

「ホッホウ、ホッホウ」

　森の中ではフクロウが、ゆったり静かに、鳴いていました。

　やがて東の空が、うっすら白みだして、暗闇（くらやみ）のカーテンを、ススウ、ササアと引き払うように、だんだんと、明るくなります。

「コケエッ、コオッ、コオオオ」

　朝の光を感じた一番鶏（いちばんどり）が、村中聞こえるように、元気に鳴き始めました。

「さあ、決まった」

「これでいいじゃろう」

「わしが先方を説得するから、大丈夫だあ」

「あとは若いもんに、任せときゃあいい」

「とにかく二人とも、体だけは世界一、丈夫じゃからのう」

お政どんの家から、笑い声が流れてきました。相談の結果は、どうやら皆が、二人の熱意に心を動かされたようです。

「矢作どんが三年間、町工場でしっかり働いたあと、いったん村に戻って、お政どんと祝言（しゅうげん）をあげる」

という話に決まりました。

「ピュウル、ピュルルル」

森の大木から、飛び立ったトンビが、青空に浮かんで、高らかに歌います。

「キラキラキラ」

朝日が差すバス停には、矢作どんとお政どんの、むつまじい姿がありました。二人とも寝不足なはずなのに、晴れ晴れとした顔をしています。バス停の丸いスタンドの頭に、白い蝶がとまって、ぴくぴくと二人を祝うかのように、触覚（しょっかく）を左右に動かしています。矢作どんのもう片方の手には、お政どんから渡された手荷物が、しっかりと握られていました。

「プッ、ププウ」

バスが車体を揺らして、やってきます。矢作どんはひと言、ふた言、お政どんと言葉を交わして、バスに乗り込みました。お政どんが盛んに手を振る中を、バスが排気（はいき）ガスを吐いて発車します。

「ブッ、ブバッ、ババ」

矢作どんの笑顔を映した窓ガラスが、宝石の光を放って遠ざかります。バスを見送るお政どんの顔は、ピンクに染まって、フンワカ、ホンワカ幸せそうです。

（ポッ、ポッ、ポロロロ）

二人の様子を遠くから、ずうっと見ていた泣きべそかかしの目玉から、熱い涙が、次から次へと溢れ出ます。涙は大きな玉となって、じゅずのように流れ落ちます。

「まあ、アッラ、アラ、アラ」

泣きべそかかしの白い顔には、目からほほにかけて、涙の太い筋が二つ、はっきりとできておりました。

「サッワ、サワ、サワ」

一面の稲穂が、柔らかな風に乗って、ささやき始めました。数日のうちには、ほかの田んぼでも、にぎやかな稲刈りが、始まることでしょう。

(今年の新米は、格別おいしいぞう!)

遠く連なった緑の山並みへ、泣きべそかかしは大声で知らせてやりたくなりました。

# しのぶえ姫

私の肩の高さまで繁茂した灌木道を、黙々と歩いている間、真夏の重たい陽光が、じりじりと帽子の頭と登山服の両肩に、注ぎ続けておりました。

「フワア、暑い」

風もとどこおりぎみの道を、大きく曲がりますと、私の行く手には、ブナの森が口を細く開けて、吸い込むように待ち構えています。ようやく木陰に入れる安堵で、思わず唇から吐息が漏れました。

「フウッ、森に入れば、涼しいに違いない。だけど目的地は、まだ先なんだよなあ」

私は一人きり、地形図を頼りに、奥深い山中に踏み込んで以来、ずうっと心細く感じておりました。仲間たちと山へハイキングをした経験はありましたが、奥深い山へ一人で入るのは初めてでした。樹木の天幕に入ったとたんに、マイナスイオンを、たっぷり含んだ森の涼気が、優しく体を包みます。すぐに、頭にのせていた帽子を外しました。

「ほてった頭と顔が冷やされて、だいぶ元気が出てきた」

重たい登山靴を持ち上げる足が、前より軽くなった気がします。

「ジジイン、ジイイン」

雨のごとく鳴き続けるセミの声は、すでに大分前から私の鼓膜を麻痺させていました。天空から、木の葉を通り抜けた強い日差しが、地面のあちこちに、濃い枝葉の影を作っています。

「サザッ、ザアッ」

ひとしきり吹きだした風が、頂上の木の葉を強く揺らします。密なる葉のこすれる音の一つ一つが、私に呼びかけているようです。

（そこの旅人よお。どこまで行くんだあ。その道は、大丈夫かあ。迷ってはいないかあ）

重なり合った葉が騒めき立てて、私に忠告しています。

「ウム、こっちの道で、良かったのかなあ」

少し前に通り過ぎた分岐道が、気になり始めました。

「ちょっと確かめよう」

私は歩みをいったん止めて、辺りをながめ回します。胸ポケットの磁石盤と、リュックの脇に差し入れておいた地形図を、取り出して調べ直します。

「うん、やっぱり、こちらでいいようだ」

安心して磁石盤と地形図を、元に戻しました。父のお下がりの腕時計に目をやると、

「もうこんな時間かあ」

ふもとの村を出発してから、二時間近く経っていました。軽く首を回し、背伸びをして、ついでに周囲に気を配ります。

「フホウ、あの大木はすごいな。横枝が木の幹から、針山状に出ているぞ。あれを、はしごのぼりにして、下から頂上まで楽に上がれそうだ。ふうん、森の木々は色、形、厚さなど、独特の葉っぱを

持っているけれど、よく見れば幹の皮も、色や形や光沢など、それぞれ特徴があるものだなあ。へへえ、あれは、見るからに古そうな木だ」

広く葉を茂らせて、根元から細長いうろを持った大木に、立ち寄ってみました。荒い幹に手を触れて、下からてっぺんを仰ぎ見ますと、

「フエエ、あまたの手を持った怪物だあ」

枝が扇形に空高く突き出しており、先端は宇宙までつながっているように思われます。

「なんて神々しい」

古い大木から、勇気をもらうように、幹に軽く手を触れたまま一周し、もう一度見上げて離れました。

地面の落ち葉に隠れていた古い木の実を、グチッと踏みつぶしながら先を急ぎます。

「源爺さんの山小屋まで、もうすぐだあ。もうすぐだあ」

疲労感をまぎらわすよう、この言葉を頭の中で繰り返し歩いていますと、前方の木立ちの背後から、急峻な山が、ヌヌウと立ちはだかりました。頂上部の黒い岩肌は、背をわずかに丸めた地蔵様の立ち姿に似ています。

「あれは地蔵岩だ。地蔵岩が見えれば、もう少しの辛抱だな。アレッ……」

一瞬、地蔵様が優しくほほ笑んでくれたように見えました。私は無意識に、頭を軽く下げておりました。

「やはり道は間違っていなかった。前に来た時の記憶は、けっこう残っているもんだな」

北に向かっていた道は、山の壁にふさがれて、東方向へかぎ形に曲がっていました。せまい谷を埋めた樹林の中の小道に入ります。

「枝や葉っぱが、体に覆い被さるように茂っていて、辺りは夕暮れ時みたいだ。少し気味が悪いや。キツネかタヌキが出てきて、だましたりしないかしら」

藪の中から獣の目が、自分を見張っていそうな気がします。見えない獣の動きを察知するべく、耳に神経を集中させて進みます。

「あれれ、白い光？　ホタルかな？　いいや、違うみたい」

密集した枝葉と、地面との薄暗い空間に、豆粒のような白い蝶が、数匹飛んでいました。それぞれの蝶が、白いハネをはばたくたびに、淡い光を反射して、ホタルが発光し飛んでいるように見えたのです。

「なんだあ。ホタルじゃないのか」

昼間のホタルでは幻想性も薄れ、気分的に似合いません。目の前の枝葉を両手で押しのけながら、緑のトンネルをしばらく進みますと、突然前景が谷間に抜け、両目をさえぎっていたカーテンを一気に開いたように、見通しが良くなりました。

「やあ、まぶしいな。遠くの山脈が、はっきりと見えだしたあ」

谷の峰を越えた背後では、重なり合った山々が、ぼうぼうと地上の広がりを示しています。前方の左手は、熊笹の斜面を挟んで、広葉樹の森へ伸びており、右下には勢いよく流れる谷川、その間を山道が細い棚となって、えんえんと続いています。

「ヒュウ、ヒュリ、ヒュリリリ……」

高く澄んだカジカの合奏音が、

「チャラ、チャラ、チャラ」

谷川のせせらぎをともなって、リズムカルに地表を伝わります。カジカが話しかけてきました。

（さあ、さあ、おいで、おいで。そこの無器用そうな、お兄さんよ。みんなで大きく広がり、輪になって、楽しく踊ろうよ。両手を小さく揺らし、軽やかにステップを踏んで。ほうら、恥ずかしがらずに、小声でもいいから、みんなで一緒に歌おうよ）

「ヒュ、ヒュウリ、ヒュリリ……」

何匹ものカジカの声が、陽気に私を誘っています。

「あの声の持ち主は、どんな形をしているのだろう」

残念ながらカジカの姿は、遠すぎてここから見えません。たぶん波をかぶって湿った岩に這い上がり、指の吸盤でしっかり張り付いているのでしょう。谷川の波立った流れが、日光をチリチリと、まぶしく分散させていました。真下の地面に、小さな影がフウワ、フウワ動いています。

「あれっ、何の影かな。なあんだ、蝶々かあ。うん、どこかで見たことのある蝶だね。ハネの色模様が、すこぶるきれいだな」

高く生長したブナの中間付近で、二匹の蝶が木の葉の上にも己の日陰をともなって、前後にからみ合っています。

（ハアイ、ここまでおいでえ。オオイ、待ってくれよ。ホラ、ホラア、しっかりついてきてえ）

二匹は空中に円を描（えが）きながら、追いかけっこしています。

「あれは、オオムラサキかも知れないな」

蝶の黒くふちどられたハネまで青色が広がり、白と黄色で点々と引かれた筋が、日に反射して、私の目を引き付けます。仲よしのオスとメスでしょうか。

「そうれっ」

ずり落ちた背中のリュックを両手で押し上げて、再び歩きだしました。

「シャツに引っ張られているみたい」

背中の汗（あせ）で、リュックの下のシャツが、肌にピタリと張り付いています。

「あの谷川の水にタオルを浸（ひた）して、体を拭いたら、気持ちいいだろうな」

首近くの高さまで伸びた藪の上から、涼し気な水流を見下ろして進みます。

「パサッ！　バッサ、バサ」

足もとから急に大型の鳥が、羽音を立てて飛び出しました。私はとっさに足を引いて、立ち止まりました。

「キッ、キッ、キッ」

鳥は黒羽に白色をちらつかせて、谷川沿いに飛んでいきます。

（ヘッ、びっくりしたあ。夢中になって、枯（か）れ葉に隠れた虫を、探していたのに）

「ごめん、ごめん、地面にいるところを、驚（おどろ）かせたようだ」

その鳥を小さくなるまで見送ったあと、辺りを見回して、改めて耳を澄ますと、

「ピュウウ、ククック、クル、クルウ」

「チチイ、チチッチ、チイヨ、チイヨ」

「ピイッピヨ、ピヨ、ピヨ、ピュウルル……」

「やあ、さまざまな鳥が歌っている。ここは鳥たちの社交場みたいだな」

天に向かって競うように広がった樹木のあちこちから、思い思いに発声される鳥のさえずりが、耳に心地よく流れてきます。

（私の声は、甘いフルートよ。私は、優しいバイオリン。おいらは、陽気なトランペット。わしは、ゆったり支えるコントラバス……）

それぞれの鳥が山に響き渡るよう、高らかに歌い上げます。

「ピユーッ、ピピッ、ピッ、ピッ」

私も鳥の声らしく工夫して、口笛を鳴らしてみました。

「エッヘッヘ、変な雑音が入って、鳥たちが首をかしげているだろうな。世間には野鳥の種類を、鳴き方によって区別できる人がいるけれど、うらやましいなあ」

鳥や動物の鳴き方を、言語に置き換える場合に、世界各国で表現が違うのは、面白いことです。それぞれの鳥自身は、種独特の鳴き方を、どのように習得しているのでしょうか。親鳥の近くにいれば、鳴き方を聞いて、学習することができるでしょうが、生まれてすぐに親鳥と離れたら、わからないはずです。やはり生まれた時点で、鳴き方がすでに体の細胞に入力されているのでしょうか。

「でもねえ。鳴き方がへたなウグイスもいるようだし」

テレビの映像で知り得たことですが、世界の鳥の中には、歌まねの上手な鳥がいます。鳥の声以外にも、楽器や機械音さえ、まねてしまいます。

「そんな鳥は、自分本来の鳴き方も、きちんと把握しているのかしら」

何事も中途半端で、不勉強な私には、鳥だけでも、わからないことが多すぎます。

直線道は行き止まりとなり、少し手前で左と右に分かれていました。

「さっき村人の話に出ていたのは、あれかしら」

道の分岐点にブナの古木があり、太い幹がねじれて、節くれ立っています。その根元には目印と思われる平らな小石が、いくつか積み重ねられていました。

「あれだ。あれだ。面白そうな話だったから、寄り道をしてみよう」

今朝方出会ったふもとの村人に、これから自分が歩く山道の状況を尋ねた際、私は新しい情報を耳にしていました。

「もしも興味があるんならば、左側の道を三十メートルほど行きなされ。道に沿った山のすそに、洞窟があるはずじゃあ。一昨年の秋のことじゃあ。わしが仲間とともに、茸とりに夢中になって歩いているとな。やけに涼しい風が、顔に当たるでのお。その風を探して草を分け入っていたら、穴全体がツタの茂みでふさがれていたのを、発見したんじゃあよ」

私はその話を思い出し、新たに胸をときめかして、村人に教わった方の山道へ、足を踏み入れました。

「アッ、あれかな。あった。あった」

地面から私の背丈くらいに、アーチ状に空いた岩穴です。付近の植物はおおかた切り払われていて、容易に近づけました。

「穴の中は、どの程度の広がりをみせているんだろうか」

入り口の岩壁に片手を添えて、頭を入れてみました。

「ヒヤア、涼しい」
一、二歩先に、岩で囲まれた一部屋分の空間がありました。
「へええ、岩肌のしま模様が謎めいて、神秘的な雰囲気がする」

奥に二箇所、大人の胴回り以上はありそうな横穴が丸い形に開いています。暗い穴から、スウスウ吹き出る冷気が、日差しでほてった顔を、気持ちよくなでていきます。

「一度ばかり村の有志数人で、洞窟の探検を行なったんじゃあ。若い衆が、数人がかりでロープを頼りに、中に入っていったんじゃがな。その穴は予想以上に、深かったらしい。彼らが持っていったロープが、途中で足りなくなり、その場であきらめて、引き返してしまった。山は石灰岩を含んでいて、奥の天井に、鐘乳石の卵らしき物が、いくつか見られたそうな」

それ以後は、まだだれも本格的に調査した人は、いないそうです。暗い横穴から流れ出た浅い小川が、チロチロと透明な流れを見せて、地底の岩の隙間で消えていました。首を反らして、でこぼこな天井をよく見ますと、薄暗い中に丸い物体が、ぎっしりと張り付いています。

「ややっ、コウモリだな」

私はただちに判断しました。彼らは不意の侵入者に警戒したのか、それぞれが黒い体を、サワ、サワと、うごめかしています。日が暮れ始めると、一斉にこの穴から飛び出して、エサの虫などを探し回るのでしょう。コウモリは小さな目を光らせて、用心深く私の次の動作を監視している模様です。

（お前はだれだあ。断わりもなく、入っちゃあだめだぞ。ここはな、人間の来る所ではないんだ。ボヤボヤしていると、顔を引っかくぞ。痛い目にあう前に、この場から、さっさと立ち去れい）

コウモリたちが超音波を発射して、私をおどしつけてきそうです。私はコウモリの目の光におそれをなして、少しばかり頭を引っ込めます。でもコウモリは中の岩から飛び出しそうな気配はありません。

「私に穴の奥にある未知の場所を、案内してくれないかな」

彼らなら穴のすべてを、知っていることでしょう。コウモリたちは秘密宝庫の番兵のような気がします。

（オレたちにゃ、穴の奥なんて用はない。勇気があるんなら、自力で入ってみな。だがなあ、二度と外の世界に、戻れないかも知れないぞ。その覚悟があるんなら、ここを通してやってもいい）

コウモリたちは落ち着いたのか、あまり動かなくなりました。あの横穴の先には大空洞があって、驚くような鍾乳洞が、深く展開しているように思えて仕方がありません。そこでは広い天井から、鍾乳石が長く垂れ下がり、床面一帯には石筍がさまざまな形状で林立した、芸術性豊かな広間となっていることでしょう。いつか私が、この洞窟を探検して、探し当ててみたいものです。

「ほかにも洞窟が、あるんじゃあないかな」

体を外に出して、周辺の山の斜面を見回していましたら、枝の間に張られたクモの巣に、うっかり顔を突っ込んでしまいました。体は小さいけれど、派手なしま模様のクモが、スルスルと素早く枝近くまで逃げました。

（ヤアイ、ヤイ、大事なオイラの巣を。何てことするんだ）

クモは丸めた体を震わせて、私に文句を言いたそうです。

「ごめん、ごめん」

顔にくっついたクモの糸を、指先で何度もつみ取りながら、ブナの木の二股道まで引き返しました。

「アハッ、あそこは、部分ハゲみたいだな」

山の急斜面で、緑色の肌面が土色に変わっている箇所がありました。たぶん大雨などで、山くずれが発生した跡らしく、下方に岩と土のかたまりがありました。

「痛々しいな」

遠くから見れば、そこに穴が空いているように見えるでしょう。大自然の営みの一つで、仕方のないことです。

「災いを転じて、福となす」

この言葉を口にして、時には、くずれた場所から、意外なものが出現することもあるんだと、考え直します。

「古代の生物の骨や化石が、出ることだってあるんだから」

立ち止まって、壁面を注意深く見回します。珍しい恐竜の化石が、まるまる発掘されたら、ここは一躍有名な場所になるでしょう。

「でも、あの山肌には、岩面しか見えないようだ。ウム、期待外れ、残念なり」

山のふところを目指して、さらに歩を進めます。この先の山奥には、泊まり込みで働いている村人がいます。私は中学校の夏休みを利用して、その中の一人と久し振りに再会するために、山にやってきました。

「本当に一人切りで、大丈夫かい。道筋はつけられているとはいえ、無事山小屋に、たどり着けるのかなあ」

「わかりやすい地図もあるし、平気、平気」

「忙しい皆さんの仕事のじゃまを、するだけでしょうよ」

「ひ弱な子供じゃあないんだから。毎日クラブ活動のスポーツで鍛えていて、足腰や腕に力もついているんだ。簡単な山仕事なら、楽に手伝えるさ」

「お兄ちゃんは、あきっぽいから、お手伝いなんて、長続きしないわよ」

「そんなことはないや。やる時にゃ、バカみたいにやる男だよ」

昨日私は、家族の見送りを受けて、意気揚々と出かけてきました。

「あまり、えらそうなことは言えないかな」

今から考えてみましても、幼少期の私は、体も気も弱くて、何事にも尻込みしていました。

「そらあ、手足が亀みたいに、ちぢこまっているぞ。そんなにこわがってちゃあだめだ。自分の力を信じろ。ほおれ、岩角をしっかり握り、足を踏んばって、ここまで登ってこい」

小さな岩山の頂上で手を叩き、大声で励ましてくれた源爺さんの笑顔を思い出します。ほんの一年余りでしたが、幼い私を森や川など自然の中に連れ出して、勇気づけてくれたおじさんです。

「なつかしいなあ。あれからもう、十年も経っているんだよ」

ここまで成長した今の私を見て、おじさんが、どんな言葉をかけてくれるのか、楽しみにしています。

「おやあ、風が強くなったな」

谷を通る空気が重たくなって、私の服をはためかせます。汗のにじんだ皮膚に冷たく触れて、一斉に鳥肌が生じるのが感じられます。樹木の頂上部が、

「ブオオ、ザッワ、ザッワ」

あわただしく揺れて、枝に引っかかっていた枯れ葉が、忙しく舞い落ちます。

「だいぶ強い風だな」

空を仰ぎますと、厚い雲が後方から次々と押し出され、正面の山を乗り越え大きくせり出して、辺り一帯が急に暗くなり始めました。みるみる頭上の樹木にも霧が襲いかかり、地上の私を飲み込み始めます。

「シュワア、シュワ、シュワ」

たちまち白い闇の中に、ただ一人取り残されていました。

「うわあ、山の中で、こんな経験は初めてだ。うーん、どうしよう」

もはや私は方向感覚に、自信が持てなくなりました。

「ここにしばらく、とどまっていた方が、いいかも知れない」

雲は動きながら厚くなり、太陽の位置も判然としません。

「こんな状態が、どれくらい続くのかなあ」

先のことを考えると、この場でじっと霧の晴れるのを待つ時間も、惜しい気がします。

「この先は一本道だから、歩けそうなんだけど」

激しく動き回る雲が、すうっと薄らいで、時折明るさを増す空を見ていますと、霧はすぐにでも消えそうな気がします。

「さあて、大丈夫かな」

足まわり数歩先は、かすかながら見えています。半ば不安に思いつつも、ゆっくりと動き始めました。歩きだすと霧がほうぼうから噴き出して、包み込むように寄ってきます。

(さあ、さあ、おいで、おいで。何も心配は、いらないよ。このまま白い世界へ、案内しよう。全身の力を抜いて、気持ちを楽にして。ホウラ、体が軽くなっていくでしょう。今から出かけるその場所は、心静かで、穏やかな良い所だよ)

霧の中から白い手が私の腕をつかんで、いずこかへ誘い込もうとします。

「なあに、だまされないぞ」

白闇の誘惑に負けぬよう、まなこを広げて、足もとのまばらな草の道を、注意深くたどって前進します。上空をいっそう強い風が、サワサワと不規則に通り過ぎます。先ほどまでにぎやかだった鳥の声は、とっくに絶えており、私を追いかけていた靴音も、山の騒めきに掻き消されていました。

「これ以上天気がくずれて、雨にならなければ、いいんだけれど」

雨具の用意はしているけれど、天候の悪化はやはり心配です。

「山の天気は甘く見てはいけないと、源爺さんから言われていたんだが」

奥へ進むほど霧は深くなっていくようで、白い光の中でいっそうの心細さと、孤独感を味わっていました。花やかだった祭りの舞台で、幼児の私がいつの間にか、一人切りになってしまった時の心境です。沈んだ気分を奮い立たせるため、息を止めて、握りこぶしと腹筋にウンムと力を入れてみました。この閉ざされた状況を打ち破ろうと、思い切り、声を張り上げたい気持ちになります。大きく息を吸い込んで、

「ウッオウ！」

雲をかぶって、眠りかけた山々に、驚かすような声を発するのです。でも異様な雰囲気の中で、本当に大声を立てたならば、たちまち大異変が、私の身辺に生じそうな恐怖心も、ないまぜになっていました。

「さあ、弱気にならずに、楽しかったことだけを思い出して、沈んだ気分を晴らそうよ」

手を交互に強く振り上げて、自分に言い聞かせます。

「イチ、ニイ、イチ、ニイ……」

だけどもう私は、すでに人の世を離れて、怪しい未知の世界に、踏み込んでしまった気さえします。

とにかく自分の行くべき道を、見失わないように、目線を足先に据えて、そろりそろりと歩き続けました。遠くで聞こえる鳥の声に、顔を上げていたら、

「オットウ、一瞬、ひやりとしたあ」

落ち葉に隠れていた窪地に、ズルリと片足を取られてしまいました。短いすべり跡を見て、己の注意を呼び起こします。冷たい風が体に当たって渦を巻き、周辺の霧をかきまぜます。そのたびに霧が瞬時に薄れて、周囲におぼろげな物体が現われ、それを見定める間もなく、たちまち白闇に戻ります。

「私のまわりをスウ、スッ、スウと、忍者が素早く動いているみたいだ」

そんな状態が繰り返されていましたが、いつしか私の周辺に、丸いものがタケノコ状に集まっていました。

「岩場に入り込んだのかな。だけど、ここいらに岩場なんか、あったっけなあ」

上空を見上げたとたんに、ぶ厚い雲が、スッサアと二手に割れて、空が広がり始め、手前の山のりんかくと暗い森の頂上部が、うっすらと見え出しました。

「良かった。天気が回復しそうだ」

空の明るさが広がるにつれて、風が霧を下方へ押しやり、目前の景色が、上方から浮き出して見え始めました。

「うん?」

私は地面周辺に、何かの気配を感じて、目線を下げたとたん、とっさに危険を感じ、短く息を吸い込みました。

「ウウッ、なな、何だ……」

薄らいだ霧の中から、無数の目玉が、私に迫り来るごとく注がれています。

「ヤヤッ、さ、猿だ、猿だ。猿の群れだ」

さっき小岩だと考えていたものは、猿たちが地面に腰を下ろしたまま、私を警戒して見つめていたのです。

「わわわ、どうしよう」

いつの間にか私は、猿の群れの真ん中にまぎれ込んでいました。今まで霧の中を歩いていて、よくも彼らに、ぶつからなかったものです。おそらく猿は、私の進行方向を予想して、素早く避けていたのでしょう。その輪の中に立って、私は異様な雰囲気を察知しました。

（そこに突っ立った二本足よ。俺たちに、挨拶くらい、したらどうだあ。この辺の山は、俺たちの領分だぞ。もしや霧にまぎれて、悪さをしに、やってきたんじゃないのか。それなら、とんでもない奴だ。鋭い爪と牙で、引き裂いてやろうか。フム、待てよ。顔かたちがまだ小さいな。お前は、まだ子供だな。かわいそうだから、少し時間を与えてやろう。すみやかに立ち去れい）

猿の表情には、自分たちの安息地に、じゃま者が無遠慮に入ってきたという、非難の色が宿されていると感じました。

「困ったな。どうしたものか」

近くの岩に、ひと回り体の大きな猿が、尻を落として構えています。

「あれは、ボス猿らしい」

彼は上体と顔を突き出し目を据えて、私に対して明らかに、敵意を持っている風です。

「駆け出そうか。いや待て。変に動かない方が、良さそうだ」

静寂な空気の中で、彼らが身動きもせず、私へ一様に冷たい目を向けているのが、誠に不気味です。

「ふふう、あわてるな、あわてるな」

私はゆっくり息を吸い、自分の脳に冷静な判断が浮かぶのを待ちます。群れの中には、背や胸に小猿を抱いた母猿も数匹見かけます。

（フン、さっきあんたの足で、蹴られそうになったわよ。おわびのひと言くらい、言ったらどうなの。あたいたちの力を見くびっちゃ、いけないよ。オス猿をけしかけるのは、あたいたちのひと声なんだから。かわいい小猿に、いたずらなんかしたら、承知しないからね）

メス猿の目も、間違いなく私を、非難しています。

「まずいことになった」

私はわざと遠方に顔を向けて、彼らと目を合わせないようにしていました。

「でも早く、群れから離れなきゃあ」

私は彼らに無抵抗を示すため、両腕を下げたまま、しかし神経は研ぎ澄ませて、ゆっくりと足を動かし始めました。

「ボス猿の指令で、一斉に跳びかかってきたら、どうしようか」

私は内心、気が気ではありません。濃い霧のかたまりが、スワリと私の顔近く流れかかるたびに視界が閉ざされ、彼らとの距離感が失われて心臓が高鳴ります。少し前から私のまぶた辺りに、粒状のものが光っていました。

「水滴のようだけど」

私のまつげに霧が残したらしい水滴が、一つ付いていましたが、手で払うこともせずに、そのままにしていました。

「さっさと水滴を取り除きたいんだけど、今はがまんして、手は動かさずにいよう」

私のどんなささいな動作変化でも、猿たちが行動する引き金となるやも知れません。

「彼らが、おとなしく見張っているうちだ」

できるだけ歩調や動作を変えずに移動します。その間も彼らの危険な動き出しを、素早く察知するべく、全神経を張り付かせて、ようやく群れの外れに達しました。

「もう安全だろう。いざとなったら、一目散に駆け出すまでだ」

かけっこなら、少し自信があります。群れから数歩離れて、だんだんと心に余裕を取り戻した私は、

「ピイイ、ピイイ……」

不安ながらも、静かに口笛を吹き出しました。その音は高低もなく弱そうに。

「うーん、大丈夫かなあ」

私が突然取った行動は、その場の緊張(きんちょう)した雰囲気を和(やわ)らげて、

「安心してよ。私は無害な人間なんだから」

野性の猿たちへ、口笛で伝えようとしたのです。群れに背を向けたまま、ゆっくり遠ざかりながらも、猿の気が変わって、後ろから襲ってこないことを念じておりました。

「サラ、サラ、サラ」

ようやく木の葉の静かな動きが、耳に入るようになりました。

「葉っぱが上空の光で、すっかり元の色に戻ったよ」

森の風が残りの霧をすべて連れ去り、騒めきもおさまりました。

「霧があるうちは、肌寒く感じていたのに、今度は逆に暑くなってきた」

頭上の葉の緑が、ステンドグラスみたいに輝いています。空は青色を取り戻したようですが、広葉樹で厚く覆われた林の地面まで、日の光は届きません。地面に近いほど、空気が重たく感じられます。

「ヒイ、湿度が高そう」

登山靴の下は、いにしえから歳月を積み重ねた落ち葉の山道。

「フッサ、フッサ」

疲れて重たくなった足で、落ち葉を柔らかく踏みしめて登ります。

「リュックが肩に食い込む。皮膚が少しすれたかな」

肩の痛さを少しでもまぎらすために心の中で、でたらめに歌います。

「ここは葉っぱの山道だあ。葉っぱを重ねたカーペット道路。葉っぱの下には何がある。その下は、やっぱり葉っぱだね。古い古い葉っぱだよ。オット、危ない。靴がすべった。注意をしよう。しっかり歩こう。葉っぱで靴がすべらぬように。いえ、いえ、すべって転んでも大丈夫。葉っぱの道は柔らかい。葉っぱは立派なソファだ。大きなベッドだよ。すべって転んでも、怪我なぞしない」

道に散在する枯れ枝を踏みつけますと、クキッ、ペキッと軽い音を立てて砕けます。頭を強くブルッと振ったら、汗が額と頬を伝って流れ落ちました。

「最後の峠まで、あとどれくらいだろう。もう、かなり登ってきたはずなんだけど」

私は腕時計を再び確かめて、リュックのベルトに掛けておいたタオルで、ていねいに汗を拭き取ります。

「ゲッ……」

私は一瞬、タオルを握りしめて、身をかためました。十メートル先の藪の中から、

（おいで、おいで）

ゆるりと手招きしているものに気づいたからです。

「ウヘッ、だれかいるのかあ」

まぶたを広げてよく見ますと、薄茶に枯れた葉が二枚、クモの糸にからんで風のそよぎに、フラリと揺れていたのです。

「なあんだ」

タオルを軽くたたんで、リュックに戻します。

「ブブ、ブウン」

小さな甲虫が、背のヨロイを広げ、薄いハネを震わせて、大きくうねりながら、顔の前を横切りました。

「この森には、カブト虫やクワガタ虫も、たくさんいるんだろうな」

少しばかり辺りを探しただけで、樹液に集まる昆虫なんか、簡単に見つけられそうです。

「虫好きにとっては、ここは宝の森だな。だけど今は、宝探しをしている暇はない。さあ、もうひと踏んばりだあ」

気合いを入れ直しましたが、道の勾配（こうばい）は一段ときつくなり、息遣（いきづか）いは早くなりました。

郵 便 は が き

料金受取人払郵便

新宿局承認

2524

差出有効期間
2025年3月
31日まで
(切手不要)

160-879

141

東京都新宿区新宿1－10－

(株)文芸社

愛読者カード係 行

| ふりがな<br>お名前 | | 明治 大正<br>昭和 平成 年生 |
|---|---|---|
| ふりがな<br>ご住所 | □□□-□□□□ | 性別<br>男 |
| お電話<br>番 号 | (書籍ご注文の際に必要です) | ご職業 |
| E-mail | | |

| ご購読雑誌(複数可) | ご購読新聞 |
|---|---|
| | |

最近読んでおもしろかった本や今後、とりあげてほしいテーマをお教えください。

ご自分の研究成果や経験、お考え等を出版してみたいというお気持ちはありますか。

ある　　ない　　内容・テーマ(

現在完成した作品をお持ちですか。

ある　　ない　　ジャンル・原稿量(

| 都道<br>府県 | 市区<br>郡 | 書店名 | 書店 |
|---|---|---|---|
| | | ご購入日 | 年　月　日 |

どこでお知りになりましたか?

店店頭　2.知人にすすめられて　3.インターネット(サイト名　)

Mハガキ　5.広告、記事を見て(新聞、雑誌名　)

質問に関連して、ご購入の決め手となったのは?

イトル　2.著者　3.内容　4.カバーデザイン　5.帯

他ご自由にお書きください。

(　)

についてのご意見、ご感想をお聞かせください。

容について

バー、タイトル、帯について

弊社Webサイトからもご意見、ご感想をお寄せいただけます。

力ありがとうございました。

寄せいただいたご意見、ご感想は新聞広告等で匿名にて使わせていただくことがあります。

客様の個人情報は、小社からの連絡のみに使用します。社外に提供することは一切ありません。

籍のご注文は、お近くの書店または、ブックサービス(0120-29-9625)、セブンネットショッピング(http://7net.omni7.jp/)にお申し込み下さい。

「やあ、丸くてふんわり柔らかそう。あの茸のベッドの上に、思い切り寝そべって、休憩してみたい」

木の根元周辺に、黄色がかった茸が、隙間なく群生しています。

「あれは食べられるのかしら」

小さくてすべすべした笠は、なめこ汁を思い起こしますが、派手な色合いの茸は、いかにも毒がありそうです。山道を覆った落ち葉を押し上げて、色もさまざまに奇妙な笠を立てた茸をながめ、歩いていきますと、前方は道幅が二メートルほどで、両側から岩の壁に挟まれていました。その道は苔むした岩が曲線を描いて、回廊状態となっています。

「ここは、何かに似ている。そうだ、迷路コースだよ」

町の遊園地にあった生け垣の迷路を、思い浮かべていました。その時私を連れ出した上級生は、さっさと進んで姿を消してしまいました。方向音痴の私は、コース中でしばしば立ち止まり、途方に暮れていました。

「だれか来ないかな」

あとから来た仲間の尻にくっついて、ようやく迷路を脱出できました。

「緑のヒゲみたい」

岩石の下方は、芝生並みの長い苔で覆われています。かたいはずの岩も、表面に張った苔のために、本体すら柔らかいものに感じられます。手のひらで苔に触れてみますと、ひんやり水気を含んでなめらかでした。

「オット、危ない」

突き出た岩角を避けて、前かがみになって回り込みます。

「ふわあ！」

背を伸ばしたとたん、木立ちの隙間から、日光が激しく顔面を射ったため、思わず声を張り上げてしまいました。それまでの私は、岩壁を覆った薄暗い樹林の下を、手でヒザを押しながら、地面を這うように登っていたからです。

「ヤヤッ、もしかして」

私が進むべき道の先端は、高く澄んだ青空によって、スカッと水平に削り取られていました。

「やっぱり峠だあ。登山の終点は近いぞ。あとは下り坂ばかりだから、ひと安心だ」

ついに目当ての峠に到達したようです。

「よおし、ラストスパートだ」

私はリュックのベルトを、両手で握りしめて固定すると、

「ホイサ、ホイサ」

明るく視界の開けた峠の崖っぷちまで、一気に駆け寄りました。

「どおれ、どれ」

私は岩の端っこに、注意深く立ちました。

「ウッホウ、こりゃ、高いや」

私の眼下には、密生した低木と岩石に導かれた谷が、ほぼ垂直に、はるか深く沈み込んでいます。

谷の底には白い流れが、しんしんと静かな曲線を形成しておりました。まぶたを広げて谷川の細かいきらめきを見つめていますと、眼中の光景が、ゆるりと回り動いて、真っ逆さまに引きずり込まれてしまいそうです。私は腰が次第に引けて、こわごわと背を丸めてながめていました。

「とにかく、すごい。地球はなんて、すばらしいんだろう」

気の遠くなるような時間をかけて、大自然がこしらえた造形美です。神の芸術品に対して、素直に感心するだけです。細部の地形まで行き届いた映像美を、自分の網膜(もうまく)へ永遠に、焼き付けておきたくなります。下流はあちこち頭を見せた岩石付近で波立って流れていき、すぐに谷の重なりに消えています。

「あの水は長旅のあと、最後には大海へたどり着くんだな」

上流はくねりながら、いったん山陰に隠れ、再度奥の山間から、溢れ出るように、か細い姿を見せていました。短く間を置いて、繰り返し谷間から、スッスウと吹き上がる涼風(りょうふう)が、汗のにじんだ体に、心地よくまといつきます。

「心細い思いをしながら、苦労して登ってきたかいがあった」

対岸を覆った樹林の山の背後には、青く澄み渡った天空が、地球のはてまで続いています。空の青色を背景に紫がかった高山が、遠方へ遠方へと連なっておりました。

「ここは地球の原点なり。パノラマ、パノラマ、大いなる天地」

目線をゆっくり移動させながら、頭に浮かんだ言葉を、口ずさんでいました。

私は昨夜乗り込んだ夜行列車を途中下車して、駅舎でひと休みし、朝早く配送された駅弁を食べたあと、客の少ない一番バスに乗り込んで、最初の目的場所であるふもとの村に向かいました。

「うわあ、なつかしいなあ」

村の停留所に降り立った時、私の幼い心に残されていた山里の原風景が、次々と呼び起こされて、

「ここが、そうだ、あれが、そうだった」

以前見たと思われる林や田畑、川やため池、山すそに寄り添った家屋、小さな学校や神社、それらをつなぐ田舎道の姿に、いちいち納得していました。たちまち私の頭の中は、当時の時間に戻ってしまいました。

「私を覚えてくれている村人はいるかしら」

わらぶき農家を見ますと、思い出す光景があります。縁側(えんがわ)に座ったおばあさんと女の子たちのお手玉遊びです。女の子は、おばあさんに手ほどきを受けていました。それは女の子の遊びだと決めていましたので、私はお手玉を、手にしたことはありません。上級生の女の子が、一度に四、五個のお手玉を器用に操るのを、私は感心して見ていました。

「さあ、さあ、おやつだよ」

時おり、おばあさんは私たちに、手作りの黄な粉もちやぼたもちなどを、ごちそうしてくれました。

「そろそろ食べ頃でしょう」

春先に私と妹が、母に連れられて竹林に入りますと、枯れ葉を小さく押し上げて、タケノコが頭を出していました。重たいクワを使って、タケノコを掘り出し、味噌汁やごはんに入れてもらい、おい

しく食べた記憶があります。竹林の中で、黙って立っていますと、風が通るたびに、密に茂った竹同士で、キッ、キリ、キリと、こすれ合う音が聞こえていました。

「村の皆さん、手先も器用だったなあ」

村人の中には、冬期の家内仕事として、竹を使って、カゴやザルなどを作る人も多かったようです。太い竹の皮を、細く長くはがして、その皮で編み上げるのです。平べったい竹の皮で、さまざまな立体物に仕上げられるのが、不思議でした。竹細工と並んで、みやげ用の木彫り(きぼ)を職業としているおじさんがいました。こけしや動物などを、木で作り上げるのです。家の奥にお釈迦様(しゃかさま)の木像が、置いてありましたが、それもおじさんが彫ったものでしょう。

「サック、サック」

おじさんの手さばきと、彫刻刀(ちょうこくとう)のあざやかな切れ味に感心して、私は長い時間、見つめておりました。

村の小学校の隣に建てられた、農家のブタ小屋から、二頭のブタが校庭に、やってきたことがありました。

「ブタだ、ブタ、ブタ」

教室は漢字の書き取り練習中だったのに、みんな窓辺に集まり、はやし立てます。たぶん農家の人がうっかり、小屋の柵(さく)を閉め忘れていたのでしょう。

「ブハハ、ブハハ」

ブタはせまい小屋から、広いグラウンドに出て、とまどっているようです。

「ほうら、ほうら」

少し経って年寄った夫婦が、両手を広げて、ブタを追い込み始めました。

「ブッブブ」

大きな体のブタは、夫婦の思う通りには、動いてくれません。

「がんばれ、がんばれ」

クラスのみんなは、面白がって声をかけます。先生も授業をあきらめて、ブタが連れ去られるまで、ながめておりました。


あれは図画の時間でした。

「今日は外に出て、スケッチだあ」

みんな画用紙を持って、校庭に飛び出しました。私も友達と一緒に、桜の木の下で描いていましたが、花は満開を過ぎた頃で、画用紙の上にも、花びらが落ちてきます。おおかた描き上げた頃、

「いいこと思いついた」

私は一つアイデアが浮かびました。私はきれいな花びらを拾い集めます。次に職員室に行って、ノリを少しもらいました。私は花びらにノリをつけて、自分が描いた図の上に、ペタペタはりつけます。

「桜の花びらが、散っている風景だよ」

その絵を先生に提出したら、

「まあ、面白い」

目を広げて、びっくりしていました。私の絵は森や家屋を背景に、畑でクワを打つ農夫を描いた風景画に、生の花びらが散りばめられていたからです。

学校の裏手奥に、池がありました。池は周囲百メートルくらいで、半分以上を森に囲まれていました。岸近くは水草がはえていて、中に行くほどすりばち状に深くなっています。風のない日に水面は、周辺の森をさかさまに映していました。土手の上から、コイやフナなどの魚影(ぎょえい)を見ることができます。

「ここにカッパがいるそうだ」

「じいちゃんが、カッパの親子を見たことがあると言ってたよ」

「後ろからカッパに、肩を叩かれた人がいるんだって」

「池で遊んでいると、カッパが足をつかんで、池の底へ引っ張り込むそうな」

おくびょうな私を、村の子供たちはおどかします。今考えますと、あの池で泳いでいると、長い水草が手足にからみ、おぼれるおそれがあるため、村人が子供たちに、カッパのうわさ話を残したのでしょう。

あれも授業中でした。開け放った窓から、鳥が教室に飛び込んで来たことがありました。

「ヒャア、鳥だ、鳥だあ」

「鳥が算数の勉強しに、やってきたあ」

みんな大騒ぎするものだから、鳥もあわてて、はばたきを繰り返し、教室の壁に何度もぶつかります。

「やだあ、かわいそう」

女の子が叫びます。鳥は天井付近を飛び回って、それより低い窓を、抜け出ることができないようです。

「ガラス戸を、全部外そう」

先生の手を借りて、男の子たちが、窓枠（まどわく）からガラス戸を取り除きました。

「みんな、こっち、こっち」

全員窓と反対側にかたまって見ていますと、鳥は二、三度往復してから、スイッと窓を通って外へ消えました。

「うわあい、飛んでったあ」

「よかったあ」

全員手を叩き、喜び合いました。

「あの時の仲間は、今どうしているのかなあ」

当時の幼い友達の顔立ちは、残念ながら私の記憶に残っておりません。今ここでクラスメートの一人に出会っても、おそらくわからないでしょう。

「さあ、さあ、昔をなつかしむのは、あと回しだ。早く山小屋へ、行かなくちゃあ」

私は帽子のすわりを直して、村人が切り開いた山道を、登り始めました。樹木の隙間から見える村の景色を振り返り、見下ろして歩いていますと、道の中央で寝そべっていたヘビを、木の枝かと思って、踏んづけそうになりました。

「ゲッ……」

反射的に飛び上がり、冷や汗をかきます。

「ヘビはどうも苦手だなあ」

しばらくは、地面にヘビの姿がないかと、注意の目を注ぎつつ歩きます。

「チロ、チロ、チロ」

山道の途中に数箇所、細く湧き出る清水がありました。

「うっひゃあ、冷たくて、おいしい」

渇いたのどをうるおしながら、難儀な峠をいくつか越えました。私を快く迎え入れてくれた山の放つ香りが、優しく身にしみて、私の心まで広げてくれます。

「もうひと息がんばれば、源爺さんの山小屋に着くんだなあ」

そう思うと自然と足がはやります。ブナ林の影絵が続く谷沿いの坂道を、早足で下っていますと、再び小さい頃の記憶が浮かんできました。


「坊、やっと目が覚めたか。今日もいい天気だぞ。さあ、外に出てみんなと、どろんこになって遊ぶんだ。夢中になって自然に近づけば、いろんなことを教えてくれるはずだ。さあて、わしは山へ出かけるとするかあ」

村人から親しげに、源さんと呼ばれるおじさんは見るからに、たくましい体つきの大人でした。若い頃から腕のいい猟師で、その技量のすごさで源さんの名は、この地方の猟師の間で、広く知られていました。

「鉄砲と猟犬は、とっくに人に、ゆずってしまったよ」

今では村人と共同で、植林や間伐、炭焼きなどをしているということです。ふもとの村人は、一年のうちの一定期間を、山奥にあるそれぞれの小屋に住み込んで、山仕事をしています。

「私たち夫婦と子供二人、この村での生活、よろしくお願いいたします」

それは私が幼かった頃のことです。父が仕事としている地質調査の関係で、家族四人は約一年間、ふもとの村に滞在することになりました。その期間、間借りしていた源さん宅では、生活する上で特別世話になりました。

「さあ、坊よ、メシをたんと食って、でっかくなれよ。大きくなって、もっと強くなれ。怪我をしても泣いたりせず、その傷を皆に自慢しろ。山の大将の熊と相撲をとったなら、ひと息で押し倒すくらいの力をつけろ。足には猪の牙をかわせるくらい、うんとバネをつけろ。メシをモリモリ食わなきゃあ、強くはなれない。強くならなきゃあ、お日様の中へ放り込んで、コンガリと焼いてしまうぞう」

源さんは、小さくて軽い私を、両手に持って太陽に近づけ、

「さあ、飛んでいけえ」

空中へ低く放り上げたり、

「天狗だぞ。こわいこわい天狗様だあ」

肩車に乗せ、空を飛ぶように走りだしたりして、私をかわいがってくれました。

「鳴き比べだ。ウウッ、ウワン、ワン」

源さんが飼っていた、三匹の猟犬とも仲よしになり、

「どっちが強いか、勝負だあ」

しばしば取っ組み合いをして、猟犬と遊んでいました。

「こらっ、金太郎様だぞ。おとなしくしろ」

小さい私は、犬の背中に乗ろうと、手足を回してがんばります。

（ソウラ、ソラ、ソラ、坊や、もっと力を出せえ）

犬はしなやかに体をねじり、グワッと口を大きく開けて牙を見せますが、決してかみつくことはしません。

（フフン、やっぱり子供だな。おいらたちと勝負するには、まだまだ力は、足りないぞ）

動き疲れた私に、犬は軽く反撃（はんげき）して、私を地面に柔らかく、押しつけていました。

私はおじさんのヒゲづらが、少し前に父に買ってもらっていた絵本の中の老人と、そっくりだったことから、

「源爺さん、源爺さん」

と呼んでおりました。

山奥の小屋には、夏休みに一度だけ、父に連れられてきたことがあります。私には森に囲まれた丸木の家が珍しくて、おとぎ話の世界に来たみたいでした。その時には父と源爺さんは、連日朝早くから、猟に出かけておりましたが、

「猟なんて、お前には危険で、とても無理だあ。山に取り残されて、たちまち迷子になってしまうよ。足手まといになるから、おとなしく留守番をしていなさい」

私は小学生になったばかりで、激しく走り回る猟には、残念ながら連れていって、もらえませんでした。

「大丈夫よ。猟なんて一日中、走りっぱなしで、疲れるばかり。運が悪いと、痛い目にあうだけですよ。おばさんがいい所へ連れていってあげますからね」

その代わりに、奥さんのフミおばさんと、近くの森に入り、

「あの木のウロは、大きさから、フクロウの巣穴らしいわ」

「中にいるの？」

「フクロウは夜行性だから、今は寝ているかも知れないね」

「それじゃあ、じゃましない方がいいね」

「こっちに来て、葉の裏にいる虫をごらん。きれいなしま模様でしょう」

「うわあ、でっかいな。この虫は、かみつかない？」

「ほうらね、このように背中を、両端からつかめば平気よ」

昆虫採集をしたり、茸狩り（きのこがり）や木の実とりなどをして楽しみました。

「これなんか、町に住んでいては、めったに食べられない代物ですよ」

フミおばさんは、山の新鮮（しんせん）な食材を使い、毎日おいしく料理してくれました。

「山の神様は、泉の水を酒に変え、山の幸をごちそうに、動物たちと宴会（えんかい）を始めました」

「うわあ、楽しそう。ぼくも加えてほしかったなあ」

フミおばさんは話上手で、土地の昔話などを、面白く話してくれました。

「だけど、とても残念なんだよなあ」

フミおばさんは、ずっと前に亡くなったと父母から聞いておりましたから、今の山小屋には、源爺さん一人きりのはずです。

「源爺さん、お元気ですか。久しく御無沙汰をいたしております。私は今年、中学三年生になりました。学校では優しい先生や、愉快な友達に支えられて、毎日学業や、クラブ活動、おしゃべりなどに励んでいます。先月届いた手紙を拝読した父から、源爺さんの近況を知らせてもらいました。私は聞いているうちに、自分の怠け心を恥じ、改めて心身を鍛え直すために、一つの決心をいたしました。夏休みに入りましたら、源爺さんの山小屋に数日間おじゃまして、山仕事の勉強をさせてもらいたいと思います」

私が今日、小屋を訪ねることは、手紙であらかじめ知らせておきました。

「源爺さんは私のことを、私の顔を、覚えてくれているかなあ」

私の記憶には、優しい眼差しの源爺さんしか、残っていません。

じきに坂がゆるやかになり、谷がふくらんで、林の屋根の中に入りました。頭上で盛んにパサッ、パサッと葉音がするので、帽子を押さえて仰ぎ見ますと、鳥が数羽小枝を揺らして、動き回っていました。枝のしなり具合で大きな鳥だとわかります。熟した実でも、ついばんでいるのか、

「パッ、パッ」

カケラが下葉を叩いて落ちてきます。

(チッチチ、まだ熟していないや。来るのが少し、早すぎたかな。チィーチ、こっちの枝の実は、柔らかくて甘いぞ)

鳥は枝を移るたびに短く鳴いて、仲間に味具合を知らせているみたいです。はっきり鳥の姿をとらえようと、真下に近寄り調べていましたら、

「ピッ」

目の前をよぎって、足先に白いものが落下しました。

「オットウ」

口を開けて見上げていた私は、鳥の糞の爆弾に危険を感じ、下からの観察をあきらめて、急いで通り過ぎました。

「おう、崖沿いの道だ」

樹木の透けた谷の外に出ますと、涼しい風が流れ込み、対岸の緑が濃淡を呈して輝いています。前方を見て歩きながら、茂みに隠された山道をさぐっていますと、

「あれえ?」

半分枝葉に隠れた一箇所に、私の目玉は釘付けにされていました。谷を覆った緑の波の中に、茶色の物体が、ぽつねんと角ばってのぞいています。

「ええっ、もしや」

私の目がとらえたものは、木材を頑丈に組み合わせた平屋造りの建物でした。

「やあ、とうとう見つけたあ」

それはかつて、私も寝泊まりしたことのある、源爺さんの小屋でした。

「なあんだ。こんな所に、あったのかあ」

自分の記憶では、最後の峠を越えてから、もう少し遠くの位置に、建っているはずだったのです。

それは間違いなく窓も戸も、押し開き式の小屋でした。外壁は古い丸木のままでしたが、屋根は新しい木の皮で、ふき替えられています。私は湧き出す感情をおさえ切れずに、駆け出していました。

「今小屋にいるかしら」

入り口の戸が開きっぱなしだったので、ノックもせずに、

「源爺さん、源爺さあん」

外から大声で、呼びながら入りました。

「わあっ」

数歩入った所でつまずいて、転んでしまいました。日光にさらされた瞳のまま薄暗い小屋に入ったため、目がくらんでしまい、足もとの敷居に気づきませんでした。

「おう、おう、よう来た、よう来た。一人切りで来るというから、心配しとったぞい」

私がまだ起き上がらないうちに、源爺さんが、しわのふえた顔をほころばせて、迎えてくれました。

頭には昔通り、細くねじった手拭い（てぬぐ）を巻きつけています。

「そそっかしいのは、ちっとも直っとらんのお。以前も小屋に入るたびに、ここでよう転んどったわ」

源爺さんの呆れた言葉に、

「なるほど、この敷居には、何度も泣かされたみたいだなあ」

　私はてれ笑いをしながら、

「エヘッ、失敗、失敗」

　尻を叩いて立ち上がりました。

「こんにちは。源爺さん。お久し振りです。とてもお元気そうですね」

「うん、うん、お前が来るのを、首を長くして待ってたぞい。おう、背丈も、よう伸びたのお。四角い顔に、太いまゆげ、それに大きな耳。顔の特徴は幼い頃と、一つも変わっとらん。顔色を見れば、健康そうで何よりじゃあ。親父さんやお袋さんは達者かな。それに妹は、だいぶ美人になったろうな」

　源爺さんの笑い顔を見たら、いっぺんに時間が逆戻りしてしまいました。部屋に上がり、天井に目を向けますと、

「広い板の節の数を、何度も数え直したなあ。あの木の模様は、お猿さんの泣き顔に見えて、おかしかったっけ」

　複雑な木目や、節立った昔のままのハリが走っていました。

「あれえ、部屋は元通りだけど、こんなにせまかったかなあ」

　私の体が大きくなった分、部屋が小さく見えたのでしょう。

　谷を望む窓のそばで、源爺さんと向き合って座りますと、体験談に熱中して、

「それで、それで」

「それから、どうなったの」

話の先を知りたくて、急かしていたのを思い出します。

「あの時には、いろりを挟んで、向かい側に源爺さんとフミおばさんがいて、私の横には父がいて。いろりの炭の輝きに見とれて、私が目を近づけているうちに、胸ポケットの物を、灰の中に落としてしまったり、フミおばさんが大ナベのフタを開けると、白い湯気が天井まで昇(のぼ)って、びっくりしたり」

源爺さんは腕っぷしが強いばかりでなく、物知りであることに、子供心にも不思議に思っておりました。

「源爺さんは、何でも教えてくれるから、山の神様みたいだな」

熊や鹿や猪、それに鳥などの習性や、動物たちの子育ての仕方をはじめ、病気や怪我にききめのある薬草とその利用方法、嵐(あらし)や雪山における避難(ひなん)方法、山の気象変化を知るための雲の動きや風向き、樹木の種類と、その適した利用方法など、問いかければなんでも、即座に答えてくれるのです。

「源爺さんみたいな、優しくてたくましい猟師になりたいな」

私は大きくなったら、源爺さんに鉄砲の撃(う)ち方や、山刀の使い方、猟犬の育て方などを、習いたいと思っていました。

「坊、ぜったいこれに触(ふ)れてはならんぞ。もしもこれに触(さわ)ったら、怒った天狗が、腕を引っこ抜いてしまうからな」

源爺さんは、鉄砲に近寄ることを、許しませんでした。当時の私は、好奇心が一度に噴き出した年頃だったから、鉄砲のからくりなどを、根掘り葉掘り質問して、困らせたことでしょう。

「さあ、おなかがすいたでしょう。おやつにしましょう」

奥の部屋から、今にもフミおばさんが笑みをたたえて、果物やマンジュウやモチなどを持って、現われてきそうな気さえします。

「わあい、おいしそう」

そのたびに私は手を叩いて、大喜びした記憶があります。それは私にとって、ほんの数日前の感覚なのですが、目の前にいる源爺さんの白色の頭髪とヒゲが、長い時間の経過を明確に教えてくれます。

「これは出がけに、駅前の商店街で買ってきたものですが……」

父から教わった源爺さんの好物である、海の魚の干物をみやげに差し出して、改めて再会の挨拶をしていますと、

「コトッ、コト」

奥の方で、小さな物音がしました。

（おやあ、だれかいるのかしら。ここは源爺さん一人きりのはずなんだけど）

少しばかり緊張しましたが、

「以前も源爺さんの小屋は、人の出入りが多かったから、村人が借りた道具か何かを、返しに立ち寄ったのだろう」

単純に考えて、私たち家族が村を離れてから、およそ十年間の出来事を、せきを切ったごとく話し始めました。私たちが現在町に住んでいる家の状況や、父の仕事先の移動や昇進のこと、家族それぞれの健康状態、私自身の生活振りについて、息継ぎもそこそこに、夢中になってしゃべりまくりました。

「私は今、運動クラブでキャプテンを任せられています。いいえ、名誉（めいよ）キャプテンなんかじゃあ、ありません。皆が私の実力を認めたからです。部員のだれよりも、スタミナと技術は負けない自信があります。まあ、体調が悪い時には、少しはミスプレイをすることはありますけれど。そうそう、先月の対抗試合では……」

「ほほう、そうか、そうか」

その間源爺さんは、何度もうなずいたり、時には感嘆（かんたん）の声を漏らし、私の失敗談には大声で笑ったりして、話をじっくりと聞いてくれました。

「ところで……」

私が次の話題に、移ろうとした時でした。

「カチッ」

物音がして、奥の扉が開きました。私は一瞬、ウッと息を止めておりました。あわてて扉に顔を向けますと、

「あれれ?」

髪を一つに束ねた娘さんが、頬を赤らめて静かに現われました。

「だれっ、だれかしら」

私は予期せぬ事態に、うろたえてしまいました。娘さんは、両手に支えた盆に目を置いて、静かに近寄り、ヒザを折って、私たちの間に盆を置きます。

「どうぞ……」

短くすすめてその場にかしこまりました。私の目玉は、娘さんの顔に引き付けられたままです。娘さんが顔を上げた際に、一瞬間、私と目が合いました。

「ウッホ」

私は心臓を軽く打たれた気がしました。娘さんの方は、

「あらっ」

と言ったような、口の動きを見せた直後は、目線を下ろした姿勢となりました。

（やあ、かわいいな）

短いけれど、娘さんの澄んだ音声が私の耳の奥底を震わせ、黒い瞳と涼しい目もとが印象的でした。意外な娘さんの出現に、私が口を半開きにして、顔を向けていましたら、私の呆気に取られた変な顔に気づいたのでしょうか。娘さんは口許をゆるめながらうつむいて、垂れた前髪で、顔を隠そうとしていましたが、次第に肩が小さく動き出し、

「ウッフッフ」

とうとう笑い声を押さえ切れずに立ち上がり、肩をすぼめて、サササと奥の部屋へ逃げ込みました。

「ありゃりゃ」

この有り様の了解を得ようと、源爺さんを見ましたら、

「ああ、孫のちいじゃあ」

あまりにも簡単な言葉が、源爺さんの口から出ただけでした。私はその先の事柄を聞きたくて、うずうず待っているのに、

「さっそくちょうだいするかの」

源爺さんは腕を伸ばして、私が持参した干し魚の包みを破ります。

「どれ、どれ」

干し魚を小さく引き裂いて口に入れ、満足気な表情をします。

「うん、旨(うま)い魚じゃあ。酒のさかなは、こいつが一番じゃな」

源爺さんは自分のコップに、香りの強い酒を、注ぎだしました。

(とにかくあの娘さんは、ちいさんと言うんだな。今時の女の子の名前にしては、ちいだなんて珍しいよ。源爺さんの孫に、あんなかわいい娘さんがいたなんて、ちっとも知らなかった。父も母も、ちいさんのことなど、ひと言も教えてくれなかったんだもの。本当に、びっくりしてしまったよ。ましてや、こんな寂しい山の中で会えるなんて、思いも寄らなかった。服装を見ると、紺色の長そでと、スラックスで身を包んだ格好から、山仕事の手伝いに来ているらしいけれど、いつまでここにいるのかしら)

一瞬にして心を奪(うば)われてしまった私としては、ちいさんに関することについて、さらに詳(くわ)しく知らなければなりません。

「海の魚と川の魚の違いはどこにあるのか、わかるかな」

源爺さんは、干し魚をちぎりながら、私に問いかけます。

「えーと、海の魚は塩っぽいし……」

酒の入ったコップを悠然(ゆうぜん)と口に運ぶ源爺さんの方から、ちいさんの話をしてくれそうもありません。

そのきっかけをつかもうと、待ち構えているのですが、酒を飲む際のおかずの話題中に、私が出し抜けに、ちいさんの名前を出したら、すごく関心を持っていることを表明することになります。それでなくとも、急にそわそわしだした私を源爺さんに悟られたくなくて、話が途切れた際に、ついほかのことを尋ねてしまいました。

「あのお、下の谷間にこの地方で有名な滝がありますが、どうしてそこは、『しのぶえ姫の滝』って、呼ばれるように、なったんでしょうか」

実際のところ、この名の謂れについては、以前この山に来た時に、フミおばさんから何度も聞いていて、おおよそは知っていたのです。

下の滝に関しては、ふもとの村人の間に古い伝説が残されています。ここいらの山岳地帯は、四季折々の気象変化が織りなす幽玄さをもって、類ない動植物の豊かさをもたらし、一帯に神々しさをかもし出しています。古来猟師や樵たちに混じって、日本全国から修行者が訪れておりました。修行者は、各人の信念にふさわしい場所を求めて、数日間に渡る修行を行ないます。巨木に囲まれた高台、水の子たちが踊るように湧き出す泉のほとり、深い谷に突き出た大岩、古木が作った大きなうろの中、とりわけ、この谷間の滝場には、不可思議な精霊が溢れていると言われており、修行者のだれもが一度は訪れる場所でした。

「私は眠れば悪夢に悩まされ、目覚めれば息苦しくてたまらない。長年背負うた憂いの重圧に、つぶされてしまいそう。なんとか救いの手はないものか」

　胸中に格別な責務を抱いたある人が、この滝近くに参りましたら、清らかな流水の単調な落下音に混じって、

「ヤヤッ、何だろう。聞こえる、聞こえる。何かが聞こえる」

　その人がさらに、聴覚神経（ちょうかくしんけい）を研ぎ澄ませておりますと、

「ピイラ、ピイララ……」

　いずこからか、優しく心を包み込むような笛の音が聞こえてきました。

「おおう、なんとも言われぬ、旋律（せんりつ）のすばらしさよ」

　その調べは、草木も揺するごとく高まり、谷間の鳥たちが、

「ピュウリリ」

「ピイイ、ピュウララ」

「ピュウルルル……」

　笛の音に合わせて、一斉に楽しく歌い出したと言うのです。

　またある修行者は、滝の水を背に受けて、

「あめつちの神よ、汚（けが）れ切ったわが心身を、洗い清めたまえ」

　ひたすら念じていますと、

「おおう、あれは幻（まぼろし）か」

　優美な着物を着た美しい乙女（おとめ）が岸辺の岩に座り、篠笛（しのぶえ）に指を添えて一心に吹いている姿を、刹那（せつな）目にしたというのです。

「あの方は、地上の人ではなくて、天女に違いない。ああ、ありがたいことだ」

幸いにも乙女の姿を見たり、笛の音を聞くことができた人は、心中一切のわだかまりが消えて、辛い過去を忘れ去り、素直で安らかな心境になれるそうです。

「ここは、神聖な大地なり」

「天上界に一番近い場所」

「何人も、この地を、けがしてはならぬ」

山を訪れる人々は、この谷や滝を神様の宿る場所として、後生大事にしておりました。その話が、信者や村人から旅人に伝わって、遠くからも新たな信者が、やってくるようになりました。いつしかこの滝は、「しのぶえ姫の滝」と呼ばれるようになりました。

その話が商人の耳に入りますと、

「無病息災、家内安全や、商売繁盛のためにも、よろしいらしい」

いろいろと尾ひれが付いて、武士たちに伝わり、

「ただ今領内の民どもが、しきりに山の滝のうわさをしております」

この地方を支配していた、殿様の耳まで達しました。

「フウム、美しい天女が人間界で生活しているとは、なかなか興味ある話だ。なになに、しのぶえ姫の姿を、ひと目見れば長寿を得て、代々繁盛するとな。それはわが一族にとって、願ってもないことだ。わが領地の一隅に住むという、しのぶえ姫とやらに、是非とも会ってみたいものだ。麗しい笛の音も聞いて、天国にいる心地を味わい、さらなる領地拡大の知恵を授かろうぞ」

さっそく殿様は、

「皆の者、奥の山へ向かう準備をいたせ。天女に会いに行くのだから、きらびやかなもの、めでたいものも持参しろ」

選りすぐりの家来や腰元、絵師や踊り手を引き連れて、立派な駕籠に乗って、山にやってきました。

この殿様は父親から、この地を治める地位をゆずられて以来、ほかの国といざこざが絶えません。平和に暮らす他国へ押しかけては、いくさで獲得した富を、

「敵に勝つためには、国外のものでも、どんどん取り寄せろ」

と、大船の持ち主に命じて、最新で強力な武器を手にいれて、なおも周辺の国々を乗っ取ろうと、たくらんでいました。

「贅沢はさせるな。生きるだけの食べ物を、与えておけばよい」

領内の民には、厳しいおきてを作って服従させ、農民が収穫した米の多くを取り上げていました。

「やつらに金をたくわえさせると、やっかいなことになるぞ」

商人には重税を課して、己自身は、贅沢三昧な暮らしをしていました。

「さあ、盛大にやって、天女を迎えるのだ」

この谷間でも、殿様は真っ昼間から酒宴を開き、笛の音を今か今かと待ちました。

「皆の者、良いか。ここが山の中とて、服装は乱してならぬぞ。踊り手は、笛の音が流れてきたら、音に合わせて踊って見せよ。しのぶえ姫が現われたならば、絵師はその姿を、素早く紙に写し取れ」

ところが幾日経っても、笛の音は流れてきません。もちろん、しのぶえ姫の姿を見ることもありま

せん。

「いったい天女はどうした。すでに舞台は整えておるのに」

とうとうしびれを切らした殿様は、

「わざわざ遠方から、貴重な時間をつぶして来てやったというのに、知らん振りとはけしからん。身分の卑しい者どもには、さまざまな恩恵を与えておいて、国のあるじであるこのわしには、姿を見せないわ、笛の音も聴かせないなどと、まったくふざけている。しのぶえ姫の話なんて、すべて嘘っぱちだ。ええい、こんな滝はつぶしてしまえ。この谷も燃やしてしまえ」

たいそう腹を立てて、

「わしが城に戻ったならば、兵を集めてすぐさま実行せよ」

殿様は家来に、ようしゃなく命令を下しました。これは大変なことになりました。

「なんと、とんでもないことだ。殿様とて、許されるものではない」

「神様の怒りに触れてしまうぞ。なんとしても、やめさせなければならない」

家来から殿様の命令を聞き知った、山の代表者や信者たちが、

「山で生きる者が、いにしえから大事にしてきた場所でございます」

「滝を破壊することは、ご勘弁ください」

「あの谷は、私ども庶民や信者の、心の支えでございます」

なんとかやめてもらうよう、必死に願い出たのですが、

「殿の命令だ。つべこべ言うな」

たちまち追い払われたり、

「ええい、しつこい奴だ」

ある者は牢屋に、放り込まれてしまいました。

「これより山に向かう。さあ、出発だ」

数日後、準備を整えた家来たちが、隊列を作って山に入ってきました。

「大変なことになってしまった」

「このままでは山の神様に、申し訳が立たないぞ」

「われわれの手で、なんとかしなければ」

「手持ちの武器で、追い返すのだ」

山の男たちは決死の覚悟で、防ごうと立ちふさがります。近辺の国からも猟師の応援を頼み、樵たちは竹を切って、槍や弓矢を急ぎそろえました。

「ここが滝の真上だな」

「うまい具合に、岩の出っ張りがあるぞ」

「よおし、そこに火薬を仕掛けろ」

家来たちは山の斜面を爆破して、滝をつぶそうとします。爆薬隊は、滝上の岩の方々に穴を空けて、火薬を取り付け始めました。

「やつらは爆破した岩で、滝の形を変えようとしているぞ」

それを阻止するために、山の鉄砲打ちは、家来の鉄砲隊と応戦しました。射程の短い弓矢は、できるだけ敵に、接近しなければなりません。けれど近づいたとしても、防護服を着た家来たちには、歯が立ちません。

「なんとしても、あの場所を確保しなければならない」

「ヤヤッ、数をふやして反撃してきたぞ」

「ひるむな。ていねいに狙(ねら)いをつけろ」

しかし山の鉄砲打ちは、腕が良いと言っても少人数です。

「兵隊の鉄砲は最新式だ。ひっきりなしに撃ってくる」

「おい、玉があったら寄こしてくれ」

手持ちの鉄砲の玉も、なくなってしまいました。

「わしらの鉄砲は、もう役に立たなくなった」

「なにくそ、最後まで、あきらめないぞ」

ついには竹槍や山刀だけで、はむかっていった者もいます。何発もの鉄砲の玉で傷ついた猟師は、

「もはや、これまでだあ」

家来が持参した大量の火薬箱に、たいまつをかかえて突進し、

「ババ、バアン！」

火炎(かえん)もろとも、爆死してしまいました。

もう一方の隊は、滝近くの木に火をつけました。

「滝の周辺を、裸(はだか)同然にするのだ」

「一斉に火をつけろ」

「さあ、燃えろ。燃えろ」

滝のしぶきで湿っていた樹木は、初めのうちは、ゆっくりと燃え出します。

「何をしているんだ。火が弱い、火が弱い」

「枯れ葉を火に投げろ」

「ややっ、風向きが急に変わったぞ」

「ウヘエ、すごい煙だあ」

「ウウッ、目とのどをやられたあ」


滝壺から吹き上がった強風に、炎は急に渦を巻いて勢いを増し、

「グオウ、ゴゴオ」

「炎が、炎が噴き出したあ」

「うわあ、熱い。こりゃあ、たまらん」

「火の範囲が広がったあ」


瞬く間に谷全体を、襲いだしました。


「ギャア、危険だあ」

「炎がこっちに、向かってくるぞ」

「わしらには、もはや、どうしようもない」

「逃げろ、逃げろ」

家来たちはなす術もなく、山の中を走り回ります。火を見た樵たちは青ざめました。

「大事な山の木を……」

「とんでもないことをしやがる」

「大火事になってしまうぞ」

「早く木を倒せ。木を倒して、炎を食い止めるんだ」

樵たちは懸命に周辺の木を切り倒しますが、熱風に煽られて次々と火が移り、間に合いません。

「だめだ。だめだ。もっと外側に立っている木を倒せえ」

さらに遠巻きに位置を取って、立ち木に斧を振り下ろします。

「ボウ、ボウ、バッラ、バラ」

夜になっても燃え続けた火は、山を昼のように赤々と照らし、ふもとの村からも、それが見えたほどです。

「ああ、山と空が真っ赤だ」

「山風に乗って、炎の音が伝わってくるぞ」

「山の神が怒っているんだ」

「なんて恐ろしい」

信者や村人は、赤い山に手を合わせて、なげき悲しみました。赤色がいっそう広がりだした時でした。

「サザザア」

突然、暗闇の上空から大粒の雨が降りだし、火の勢いを弱めていきます。

「おう、雨だ、雨だ」

「ああ、恵みの雨か」

「いや、いや、これは神様の涙（なみだ）に違いない」

雨音が続く中、山の頂上は次第に闇の色に、溶け込み始めました。

まもなく稜線（りょうせん）が、うっすらと浮き上がり、朝日が昇（のぼ）りだしますと、滝を中心に谷は広い範囲で、樹木のこげ跡（あと）を残して、鎮火（ちんか）していました。昼夜火焔（かえん）に身をさらし、伐木（ばつぼく）と消火に当たった樵たちは、全員大火傷（おおやけど）で命を落としておりました。

「動物たちが、あんなにたくさん」

滝壺の岸辺には、猛火（もうか）を逃（のが）れていた鳥や獣たちが、鳴き声も立てずに、怯（おび）えた表情で集まっていたということです。

「なんという悲しい人間の性（さが）だろう」

「多くの尊い生命を失ってしまった」

数日後、滝近くに信者や村人が集まりました。まだくすぶり続けている焼け跡で、猟師や樵など、悲壮（ひそう）な最期（さいご）をとげた人々や、

「もう敵も味方も、ありゃあしない」

わがままな殿の命令に、従わざるを得なかった家来たちの死を悼（いた）んで、葬式（そうしき）を執（と）り行ないました。

「すべての死者の冥福を祈って」

しめやかな葬式の間中、

「ヒュウリ、ヒュウララ、ヒュウラララ」

しのぶえ姫の吹く悲しい笛の音が、静かに流れていたということです。

この出来事を、痛く悲しんだ全国の信者たちが、幾人も谷を訪れて、祈りを捧げました。

「無惨な光景に、胸が痛む」

「聖地の復活を、お願いしよう」

それから長い長い年月をかけて、谷も元通りの緑深き森林地帯に戻ることができたのですが、しのぶえ姫の姿や笛の音は、あの日以来だれ一人、見聞きすることが、できなくなりました。しばらくして、この地を訪れた信者から、ある話が伝わり始めました。しのぶえ姫の姿は現われませんが、滝の周辺から悲しげな泣き声が、かすかに聞こえてくることがあるそうです。今ではその泣き声は、人一倍悲しい人生を送った人や、ひそかに恋い慕われている人にだけに、そっと耳にすることができると、言われています。この謂れを唯一形に残したものとして、滝に行く道の途中に、しのぶえ姫を祭った小さな石の社が、建てられております。

この話の終わりになって、

「滝音の中から、そっと聞こえる泣き声って、とてもロマンチックだなあ。いつの日にか私も、しのぶえ姫の泣き声を、聞き取ることができるでしょうか」

ためしに源爺さんに尋ねてみましたら、

「一生かかったとしても、お前にゃ、とうてい無理じゃろうのお」

私が予期した通り、一笑されてしまいました。

「それなら源爺さんは、今まで耳にしたことがあるのかしら」

私は意地悪く確かめてみようと思いましたが、源爺さんの自信満々な表情を見ますと、一つ返事で肯定されそうなので、問い返すのはやめました。

そのようなやりとりの合い間にも、

（ちいさん、何をしているのかしら。ここに来て、私のそばに、座ってほしいのに）

ちいさんが戻ってくれることを、願っていました。

「茸の炊き込みごはんと山菜のつけもの、すごくおいしいや」

私は登山中は何も食べていなくて、十分おなかがすいていましたので、盆に添えられた料理に箸が進みます。

「あれは山菜とりの、帰り道じゃったな。子熊が何か食べているのに、出くわしての。立ち止まって見ているると、近くでグスッと鼻息がした。そちらに顔を向けるとな。笹藪から親熊が後ろ脚で、ムックリと立ち上がったんじゃあ」

「ウヘエ、大変だあ」

話題が動物のことに移りますと、源爺さんの口が、一段となめらかになります。

「その時、わしにゃ、腰に山刀があるだけじゃった」

「ゲエッ、その後どうしたの？」

私は次から次へと、繰り出される武勇伝に耳を傾け、心を躍らせるとともに、

「山中を勇敢に駆け巡る猟師は、男らしくて、格好いいなあ」

源爺さんの職業が、むしょうにうらやましくなりました。

「なあに、私だって」

つい先ほど出会ったばかりでしたが、ちいさんには男として認められたいという願いもあって、

「私にできて、源爺さんにできないことって、何かないかなあ」

私の小さな負けじ魂にも、だんだんと火がつきます。

「お前が一人前の大人になったらな。こいつで、たんと祝ってやるからなあ」

源爺さんは、自慢の地酒をコップに注ぎ入れて、うまそうに飲んでいます。

「うーん、くやしいなあ。私だって、ほとんど大人なのに」

私を子供扱いにする源爺さんを、見返してやりたくなりました。

「クラブのメンバーも充実して、今秋の全国大会では、わがチームが県代表に選ばれるべく、いっそう厳しいトレーニングを……」

私が数年来、熱中しているスポーツを持ち出して張り合います。

「高校、大学に入って技を磨いたら、海外にも出かけて、プレーするつもりです」

「ヘエエ、そうなのかあ」

源爺さんは目を細めて、私の自慢話を聞いてくれますので、

「外国のテレビにも出演して」

次第に図に乗り、大風呂敷を広げます。

「おやあ、風が強くなったようじゃな」

源爺さんが背後の窓を閉めに立ち上がったすきに、

「よしっ、今だ」

さっとコップに手を伸ばしていました。

「カプッ」

そのコップに残った酒を素早く口に放り込み、飲み込んでいました。

「なんだ。たいしたことないや」

私はその地酒さえ飲むことができれば、二十歳に達していなくても、大人の一員になれそうな気がしていたのです。

「ウップ」

とたんにのどに火がついたように、熱くなりだしました。

「ウッ、ウ、ウ」

手でのどを押さえ、口を閉じて、変な顔をしている私を見て、

「どうかしたのか」

源爺さんが心配します。

「い、いいえ、急にせきが出そうになって。カフッ、カッ、カッ、はい、はい、もう大丈夫です。もう

「……」

なんとかごまかしましたが、自分が酒に弱い体質だったことを思い知らされる羽目となりました。

「そう、そう、昔お前の親父さんに、聞いた話じゃがな……」

源爺さんの話し言葉が、ほんわかうつろに聞こえ始め、

「ああ、いい気持ちで、眠くなってきた」

ちいさんの顔を再び見ないまま、その場で寝込んでしまいました。


翌日、私が目を覚ましたら、すでに真昼近くになっていました。

「あれえ、ここはどこだっけ。そうか、山小屋だった」

布団の中から、天井を見ているうちに、次第に頭がさえて、源爺さんとの再会の場面や、ちいさんのことが思い浮かびます。二日越しの列車の旅に続く、不慣れな山登りの疲労と、強い地酒の酔いで、二日分熟睡していたようです。グッと腹に力を入れて、軽くなった体を勢いよく起こしました。

(やっと目覚めましたね。ホウラ、良い天気だよ。早く身仕度をして、外に出よう。きれいな空気を胸いっぱい吸って)

窓の外の青空が美しくて、緑あざやかな木の葉が、手招きして私を誘っています。

「そうだ。源爺さんは？　ちいさんは？」

目覚めた時から、小屋の中は物音一つしません。二人はどうやら、山仕事に出かけたあとのようです。

「気がねせずに、起こしてくれたら、手伝えたのにな」

自分の力をちいさんに示す機会をのがして、がっかりします。部屋のすみを見ますと、白布を被せて、私のために食事の用意がしてありました。

「ウホッ、うまそうだな」

それらは、ちいさんの手料理によるものでしょう。

「なつかしい味つけだ。フミおばさんから、教わったのかな」

山でとれたものが、色もあざやかに料理されています。

「フフウ、源爺さんの孫の、ちいさんかあ」

箸を動かしながら、昨日数分間だけの面影を何度も思い起こしているうちに、残らず食べてしまいました。

「わが家にはしばしば、妹の友達が幾人も遊びに来るけど、どの女の子とも、ちいさんは違うんだよなあ」

昨日初めて会った時点で、心の底から、ちいさんを好ましく思っていましたから、

「平生、ちいさんはどんな場所に住んでいて、どのような暮らしをしているのだろうか。年齢は今いくつで、いかなるファッションの趣味や特技などを持っているのかな。好きな食べ物は何かしら。女の子だから、ケーキなんか、好物の一つなんだろうな。何より気になる恋人なんか、いるのやら、いないのやら」

そのほか、ちいさんの生い立ちや身辺についても、源爺さんから細かく、聞き出す必要があります。

「なんとか努力して、ちいさんと親しくなりたいものだなあ」

食事が済んでからも、あれこれ思案しているうちに、

「そうだ。あの滝は今、どうなっているんだろう」

ふと下の滝を見に行きたくなりました。

ここから少し先に、谷底へ下りる細道があります。

「滝壺までの下りは、楽に行き着くけれど、戻りの上り坂は、とても長い道程に感じたっけな」

この小屋から滝の落下音は、少しも聞こえません。途中の山道でも、立ち木や高い草の壁にさえぎられて、滝を目にすることは、できないのですが、一箇所だけその姿を見せる場所があります。それは、しのぶえ姫を祭った、石の社のある所です。腰の高さくらいの花崗岩に、社の形を浅く彫っただけの素朴なものです。その社を背にして、谷を見下ろす岩場に立ちますと、なだらかな斜面を覆いつくした森林の中央に位置取って、深く抱かれた格好の滝の全景が、楽に眺望できるのです。滝はわずかに湾曲した形をしており、谷の水を縁で一瞬ため込んで、白く短く落とします。加えて滝の上方と下方でキラキラ輝く流れが、木立ちの間から見え隠れしているのがわかるのです。

「谷の景色を見ると、心がグウンと広がって、気持ちが落ち着くなあ。初めてここに立った時は、滝を中心にして谷間全体が、お椀の内側みたいなすべり台に見えたっけ」

昨日源爺さんが滝の話の途中で、うっとりとした表情で、語った言葉を思い出します。

「冬の寒風も次第にゆるんで、雪解け水で芽吹く早春はなあ。山が一気に目覚めて、薄緑色に輝くんだあ。真夏の濃い緑に、ふくれ上がる時期もいいがの。秋の紅葉の季節になるとなあ。全山がひとし

お趣（おもむき）を増して、一日中ながめていたいくらいじゃあ。冬は一面の積雪で、天地の境がなくなってのお、一人宇宙に漂（ただよ）っている感覚だあよ」

きれいな水を見下ろしていますと、上流を目指して水面を歩いてみたくなります。谷川の源流は、重なった山の、ずっと奥の方にあるのでしょう。

石の社から滝までの道も、森林に埋もれており、木漏れ日（こもれび）の中を下るにつれて、落下音が一足ごとに大きくなります。最後に巨大な岩の門をくぐり、川岸に跳び下りて、上手（かみて）に顔を向けますと、「しのぶえ姫の滝」が、両目の網膜いっぱいに投影されるのです。それと同時に、

「ドッドコ、ドッドコ」

腹に響くような、重い滝音に包まれます。谷の本流は、いくつかの支流を集めて、上流から階段状に落差を持っており、ここで一気に落下しています。川の端部で空中に投げ出された流水は、真下の滝壺をえぐるように突入し、波を弾いて深く沈み込みます。滝の高さは、私の背丈の五、六倍くらいですので、期待したほどの落差はありません。それでも川幅は十分あって、水量は豊富であり、落下直前で突き出た岩にぶつかり、周辺は水しぶきで霞んでいます。滝に近づきすぎますと、谷風の急な動きによっては、たちまちびしょ濡れとなってしまいます。滝の両岸から、腕を伸ばした枝や葉は、いつも水に濡れてしずくになっており、天気の良い日には、空中に細い虹（にじ）のアーチが見られます。

「やあ、あった、あれだ、あれだ」

滝の裏側の岩壁に、コの字形の窪地が、少しばかり水平に走っていました。幼い頃の私は滝壺の岩伝いに、その窪地に楽に入ることができました。滝を裏側から見ますと、天空の日の光が落下水を通

して、内部にすだれ状になった光と影を作ります。それらは窪地にいる私に向かって、黒い影が、サア、サアと投げかけて、大量の落下水が、襲いかかってくるように感じました。

「あらあ、おかしいなあ。あんなにせまい窪地だったかなあ」

今の私の体では、無理に入ったならば、完全に水浸しとなってしまうでしょう。

滝壺の周辺は、なめらかな岩で囲まれており、落下点から押し寄せる波に、岩の縁は常に洗われています。主流の水は滝壺を溢れ出て、対岸に押し寄せ、大きくうねりながら、勢いよく流れ去ります。

およそ十年振りの滝を幼い記憶を手繰（たぐ）りつつ、なつかしがっていますと、

「チッ、チッ、チッ」

川下から長い尾を短く振って、水面すれすれに飛んで来た鳥が、滝にぶつかりそうになった瞬間、流水に沿って急上昇し、

「チチッ」

とひと声残して、晴天の中へ消え去りました。

「しのぶえ姫に、一度会ってみたい」

無論今の私は、しのぶえ姫の伝説をそのまま信じていません。けれど、大自然と人の心をつないだ、しのぶえ姫の話は、小さな村の中にとどまらずに、もっと広く知られてほしいと願っています。

「ほら、ほら、濡れた岩の上を走るとすべりますよ」

初めてフミおばさんと、ここに来た時には、笛の音や泣き声が本当に聞こえてきそうで、何度も耳を澄ましてみたものでしたが、清冽（せいれつ）な谷川の落下音と、波の寄せ来る音以外には、それらしき音はせ

ず、がっかりした思い出があります。

「しのぶえ姫って、どんな人なんだろう」

当時の私には、しのぶえ姫の顔かたちは、想像できませんでした。

「ここで、しのぶえ姫が、笛を吹いていたんでしょうね」

フミおばさんの手の動作をまじえての話に、熱心に耳を傾けておりました。しのぶえ姫が座ったであろう平らな小岩も見つけてもらい、殿様の命令で、ここを攻めてきた家来たちの行動だとか、山男たちの勇敢な奮闘振りや、大火事の時に森の中を逃げ惑った鳥獣の様子などをフミおばさんから面白く話してもらい、ものすごく興奮したものです。

「しのぶえ姫は、どのようにして天から地上へ下りてきたの？　とっても長いすべり台を使ったのかなあ」

「そんなすべり台が、あるのかも知れないわねえ。そうそう、天の使いの竜の背に乗って、やってきたのかもね」

「うわあ、竜かあ。きっとおとなしい竜だよね。そんな竜に、一度は乗ってみたいなあ。もしも竜に乗れたら、ぼくも天に行けるかも知れないね」

天上界に行ったらどんな遊びができるのかと、私はわくわく考えたものでした。しのぶえ姫と手をつないで雲の上を跳ね回り、雲をちぎって投げ合ったり、雲の中を泳ぎ回ったり。幼い頭の中は、さまざまな遊び方で溢れていたのを思い出します。

「もう一度フミおばさんに会って、世話になったお礼を言いたいし、新しい物語も聞きたかったのになあ」

今回の旅では、それが唯一残念なことでした。前に来た時と比べて、谷全体の景観も、自然の移ろいにより、かなり変化していることでしょう。

「わあっ、いる、いる」

岩の間や割れ目に、サワガニがびっしりと張り付いています。靴が濡れないよう乾いた岩の頭を選んで歩き寄り、へりにしゃがみ込みました。

「何かいるかな」

両手で日陰を作り、滝壺をのぞきます。

「イワナだ。ふええ、大きい、でっかいな」

波のうねりの合い間に、忙しくヒレを動かしている魚影をいくつか見定めることができます。水中の岩肌には、ハゼ科の魚が群れをなして、吸い付いていました。

「おかしな顔付き」

ハゼのいくつかが、大口を水面際まで持ち上げているので、人差し指でハゼの頭部を軽くつつきましたら、ツツッとあわててもぐります。

（ヒェッ、危ない、危ない。たった今、オイラの頭をつついたのは何だろうか。危険な水鳥が、オイラをねらったのかと、肝をつぶしたぞ）

ハゼは降下速度をゆるめて停止し、やおら体の向きを上方へ戻します。

（川に落ちてくるエサは、水面近くにいた方が、有利なんだよ。仲間たちに横取りされぬように）

ハゼは再び体をくねらせて、そろり、そろりと岩伝いに上ってきます。

「どのくらい大きな魚が、いるのかな」

波立つ水面に顔を近づけて、水中を熱心に探していますと、顔近くで、

「トボッ」

と水音がしました。

「ウッ、今のは何かな」

その方向へ顔を向けていましたら、今度は反対側で、

「ポチッ」

再び音がし、瞬時に私の目が小さな水柱をとらえました。

「魚が跳ねたのかな」

不思議に思って顔を左右に振り、水面を注意深く調べていますと、

「クッ、クッ、クッ」

突然背後から、笑い声が聞こえました。

「ウヒッ」

仰天(ぎょうてん)して立ち上がりざま振り向きますと、岩陰から人の姿がパッと跳び出しました。

「あれれ、ちいさん？」

昨日と同じ服だったので、すぐにわかりました。

「ウッフッフ、ごめんなさい」

両手を軽く叩き、手に残った砂粒を払いながら、笑顔で近づいてきます。さっきの水音は、ちいさんが小石をこっそり投げていたのです。

「なあんだ。びっくりしたなあ。ちいさんのせいかあ」

初めて名を口にしましたら、

「ちいじゃありません。ちえです」

「えっ?」

「センのめぐみの千恵……」

どうやら正しい名前のようです。

「千恵さん?」

私が変な顔をしたら、

「じいちゃん、前歯が欠けているので、千恵と言えないの」

口を押さえて、クスリと笑いました。

「なるほど、千恵さんか。千恵さんなら、今時の女の子の名前らしいや」

訳もなく感心していますと、

「私ね、あなたの小さい頃のことをじいちゃんから、いろいろ聞いちゃった」

ひとしお目を輝かせ、いたずらそうな顔をして、言い出しましたので、

「困ったな。いったいどんなことを知られてしまったんだろうか」

不安な心地で、待っていますと、

「幼い頃、山小屋でじいちゃんに抱かれて寝ている時に、あなた、おねしょしたんですってね。そうしたら、じいちゃんの着物も見事に濡れちゃったから、おばあちゃんから、あなたも一緒に、やったんでしょうって、ひやかされたって、ウッフッフ」

これはまずいことに、なったものです。

「そうそう、滝壺の魚をつかもうと手を差し入れて、頭から水中に落ち込んだことも知っているわ。濡れた服を乾かしているその前で、裸ん坊のまま、エエン、エエン、泣いていたでしょう」

確かに落下して、水をいやというほど、飲んでしまった記憶はあります。

「大変、大変」

フミおばさんが、急いで駆け寄り、私を水から引き上げてくれました。

「小屋に立ち寄ったリスの背中を追いかけて、迷子になってしまい、じいちゃんの犬に探してもらったでしょう。ウッフフ、それから、もっと面白い話も、知っているんだから」

明けっぴろげな源爺さんのことだから、おそらく何でも千恵さんに、話してしまっていることでしょう。

「昨日初めて、あなたの顔を見たとたん、その話を思い出して、おかしくなっちゃった」

これはますます、えらいことになったものです。こちらは千恵さんのことは、何一つ知らないと言うのに。

「あっ、そうだわ。じいちゃんが仕掛けておいた罠(わな)に、大きな猪をつかまえたから、早く戻っておいでって」

千恵さんは、それだけ言うと、クルリと背を向けて岸辺を走りだし、谷の登り口で消えました。

「あっれれ」

要するに、わざわざ私を呼びに来てくれたのですが、幼い頃の弱みをいくつも握られた格好で、なんら反論、攻勢に転じることができませんでした。これじゃ私は、最初から千恵さんに、頭が上がらないのではないかと、不安になってきました。

「将来のためにも、しっかり作戦を立て直さなくっちゃぁ」

それには源爺さんを味方につけなくてはなりません。足もとを見ますと、溢れた水に腹を浸していたカエルが、グワッと口を動かして、体の向きを変えました。

（さっきから、待ち構えているんだが、エサは飛んで来やしない。少し場所を変えてみるかな）

カエルは左右に目玉を振ります。

（ややっ、垂れた枝近くで、羽虫がたわむれているぞ。しめしめ、羽虫に気づかれぬよう、舌の射程範囲まで近づこう）

カエルは縁に沿ってゆったり歩き、目的の場所で静止しました。再び辛抱強く、待つつもりでしょう。

「あっ、そうだ。どんな猪を捕えたのかな」

私は獲物の姿を確かめてみたくなり、滝をあとにしました。

「ホイ、ホイ、ホイサノサ」

私は坂道を急ぎ足で登ります。すぐにも千恵さんに追いつくかと思いましたが、見通しのきかない曲がりくねった細道です。千恵さんの足音さえも、聞こえません。

「こんな急坂を素早く登っていくんだもの。千恵さんは、ずいぶんと足腰が丈夫そうだな。ウハッ、まさか竜の背に乗って、飛んでいったなんてことはないだろうな」

私は坂道を息を切らして登りながら、辺りに目をやり、竜が飛行中にこすった木がないかと、探していました。

「ガサ、ガサッ」

ふいに前方を犬くらいの大きさの獣が横切りました。私は一瞬立ち止まり、

「待て、待てえ」

藪を素早くかき分けて、数歩追跡(ついせき)を試みましたが、たちまち見失ってしまいました。

「なんてすばしっこい動物なんだろう。さっきのはタヌキかな。キツネかな。ウーン、それともウサギかな。あれっ、シッポの形は、どうだったかなあ」

いろいろ想像しているうちに、小屋に到着しました。

「アッ、いた、いた」

猪は小屋の外で、厚手の布袋に入れられて、横になっていました。

「グホッ、グホッ」

猪の息遣いとともに、布袋が小刻みに動いています。

「こりゃ、でっかそうだ。よおし、逃がさないように」

両手でそっと袋を開いたら、

「ブハアッ、ブハアッ」

猪は激しく息を吐き出し牙を見せ、腹を波立たせて怒りだしました。私はとっさに、布袋を押さえていました。

「グゴウ、グゴウ」

うなり続ける猪は、袋の中で四本の脚をかたく縛られていますので、それ以上は動けません。

「これはオスなのかな。メスなのかな」

生け捕りにした猪は、村の牧場で飼ってふやします。

「あれれ、ウヘエ、失敗、失敗」

自分の衣服のあちこちに、草の実がからんでいました。さっき藪に突入した際に、布にからみついたのでしょう。腰を曲げ、体を左右にひねって、服を上下に、

「パッタ、パッタ」

叩き払い、草の実を落としていますと、

「おう、戻っていたのかあ。さあ、明るいうちに、湯浴びに行こうや」

源爺さんが、窓から顔をのぞかせて、呼びかけました。

「わかりましたあ」

今にして思えば、旅に出てから二日間、私は風呂に入っていませんでした。私はリュックの中の手拭いを取りに、小屋に駆け込みました。

「村人専用の露天風呂じゃあ。どんな疲れも、いっぺんに吹き飛ぶぞ」

源爺さんを先頭にして、手拭いを肩に掛けた私と、湯浴びの支度をした千恵さんが、細道を一列になって歩きます。

「うん、今が攻撃するチャンスだな」

千恵さんに滝場での仕返しをしてやろうと、話しかける前に、優位に立つ言葉を考えているのですが、うまい策が思いつきません。

「まあ、いいか。それなら身近な話題でも、取り上げてみようか」

後ろを歩く千恵さんと、言葉を交わしたいのですが、いざ話すとなると、源爺さんの耳にも届くことだし、どうも気恥ずかしくて声がかけられません。

「でもただ黙って歩くのも変だし」

落ち着かない自分のてれ隠しもあって、源爺さんに向かって、

「どのような場所に、猪の罠を仕掛けるんですか」

一番無難な話題を選びました。

「誘いのエサは？」

「傷つけない工夫は？」

源爺さんの背中へ盛んに話しかけ、ついにはそのほかの獣の罠についても、細かく問いかけていました。

谷沿いの道を上流に向かって数分後、

「さあ、ここだ」

斜面から大きく岩の、せり出した所に着きました。

「ホレ、頭に気をつけな」

岩を抜けますと、石を並べた段々の下に湯船が見えます。そこから、話し声が聞こえていました。

「村の郵便局長の所へなあ、嫁さんが来たそうな」

「へえ、あのせがれは、もうそんな年だったのけえ」

底に直径二メートル強の窪地があり、山の斜面からトロトロ湧き出た湯が、なめらかな岩を広がり落ちています。

「わしらの村には、新しい赤ん坊が待ち遠しいのお」

すでに年配の村人が二人、湯船につかっており、岩の縁に両手を投げ出して、体を預けていました。

「私は、こっちの方よ」

千恵さんは、上の石段を上がります。上方にもう一箇所、小さな湯船があることを私も知っています。

「お花畑の中を転げ回って、花粉にまみれたから、きれいに流しましょうね」

フミおばさんに連れられて、そこで体を洗ってもらった記憶があります。

「ハハア、源さんかあ。先に使わせてもらっとります」

「まったく、ここは極楽じゃあて」

「一日の仕事のあとは、湯に入るのが、一番の楽しみだあ」

「湯のあとの酒の味は、格別じゃしなあ」

村人と源爺さんが、手酌のまねをして、親しく挨拶を交わします。

「なんだかてれくさいな」

私は源爺さんの背中に、隠れるように降りていました。

「ほれえ、お客さんだあ」

源爺さんは、私の肩を抱いて前に出し、村人に紹介します。

「さてえ、どこの子じゃろう」

「村では見かけない顔じゃが」

「ふうむ、顔立ちからして、源さんの子でも、なさそうだし」

「まさかあ。ほれえ、覚えておらんかあ。十年ほど前に、わしのうちで、寝泊まりしていた子じゃあ。四人家族の……」

「おう、おう、あの、ちっちゃい坊かあ」

「あっらら、こんなに大きくなってえ」

「ほう、そう言えば目鼻には、幼い頃の面影が残っとるぞ」

「あれからもう、十年経ったのけえ」

「わしらも年を取るはずじゃあ」

村人は身を浮かして移動し、湯船の入り口を開けてくれました。

「こんにちは。また、お世話になります」

私は素早く服を脱いで、ポウンとまとめて、近くの枝に預けました。

「どうじゃあ。いい湯じゃろうが」

「ええ、透明な湯なんですね」

「お山の仙人も毎日朝晩、欠かさなかった湯じゃあ」

湯の温度は若干低めですが、疲れをいやすには十分です。湯面には木の葉が、いくつか浮いていま
す。

「学校は、どんな具合じゃな」

「先生の話は、ちゃんと聞いているかあ」

「得意な学科は何かな」

「授業中はのお、窓の外を見てたり、居眠りなんぞ、しちゃあいかんぞ」

「いい友達を、たんと持っているかあ」

「ガールフレンドちゅうのは、もうできたかいの」

村人は湯につかった私に、矢つぎ早に問いかけます。

「へえ、クラブのキャプテンやっているんだってえ」

「そりゃあ、たいしたもんだ」

「将来の夢はなあ。日本代表で、オリンピックに出場して、活躍することじゃあて」

私が昨日、大げさに言ったことを、源爺さんは口にして村人に自慢します。

「ほう、オリンピック選手かあ」

「そんならメダルの一つでも、取ってもらわんとなあ」

「オリンピックは、外国でやる方が、多いんじゃろうな」

「そりゃ大変だあ。銭を貯めて外国まで、応援に行かにゃあ、ならんぞい」

「じゃがの、向こうじゃあ、わしらの日本語は通じんぞお」

「ならばもう一度、この古頭を叩いて、外国語の勉強もせにゃあ、いかんのお」

源爺さんたちは、冗談（じょうだん）を言い合い、谷を驚かすような笑い声を立てます。

「愉快な人たちだなあ」

私は一緒に笑いながら、少しばかり感傷的にも、なっていました。

「昔とちっとも、変わっていないと、思っていたのに」

湯に入る前に、源爺さんの裸の背を目の当（ま）たりにして、肉付きがあまりにも浅（あさ）かったせいでした。

「いや、なあに、源爺さんは、気力も腕力（わんりょく）も衰（おとろ）えているはずがない。人一倍、山仕事に務めているんだもの。だけど源爺さんは、危険なことはしないで、フミおばさんの分まで健康で、長命でいてほしいな」

源爺さんの顔も、しわが深くなっていることを改めて知りました。

「湯気に木の香りがするよ」

湯の流れに木の根が、触れていたのでしょうか。湯場の周辺は、岩の上から垂れた枝に囲まれて、頭だけスッポリと口を開けています。そこから、たそがれ時の柔らかな光が、注いでいました。

「あれを伝って、上方まで登れそうだな」

岩の壁に這った蔓（つる）の葉を透（す）かして見ますと、岩肌が段状に盛り上がっています。

「よじ登ってみよう」

私は湯船を出て枝葉を寄せながら、岩伝いに這い上がってみました。岩の先端に達したら、ハラリと開けた山並みと、深く落ち込んだ谷が見通せます。

「源爺さあん、ここは見晴らしが、とてもいいですよう」

私は肩越しに、大声で知らせました。

「オウ、そんな所まで、登っていたのか。すべらんよう、気をつけてなあ」

源爺さんは頭の手拭いをつまみ上げて注意してくれました。

「ハアイ、わかりましたあ」

昔の幼い自分なら、決してこんな所まで、登ったりしなかったはずです。

「ちょっと子供っぽかったかな」

心の片すみに、今の私は勇気を持っていることを、暗に源爺さんに示してみたかったのでしょう。

私は岩角をしっかり握り、首と背を伸ばしてのぞき込みました。谷底はとうに暗くなっており、谷川の位置も、夕霞で判然としません。そのせいでしょうか。谷がなおさら深く、沈み込んで見えます。

「地球が割れているみたい」

ここから飛び降りたら、谷の深い隙間を通り抜けて、地球の裏側まで、到達しそうな気さえします。

「フウム、物理的に考えると、この割れ目に落ちた自分の体は、地球の中心まで落下が加速し、中心を過ぎたら、逆にブレーキがかかって、ちょうど反対側の地表に出た所で、軟着陸(なんちゃくりく)できるだろう」

こんなバカなことを考えていました。遠くの岩山は、夕焼けの太陽に照らされて、赤色に染まっています。いつか見た赤富士の写真と、比べていました。湯に濡れた体を、スウラ、スウラと風が気持ちよくなでていきます。その風の動きとともに近くの樹木が、重なった葉を、ササ、サッ、サッと擦り合わせます。

「ピピッ、ピピッ」

子鳥たちがかたまり、ささやき合って梢を移動しています。

（穏やかな一日だったね。十分なエサに、ありつけて良かったよ。明日は別の森へ行ってみよう）

夜を間近にして、ねぐらに向かっているのでしょう。私は空を仰いで、深呼吸をしました。自分の体が丸くふくらんで、一段と軽くなった気分です。

「ここから飛び出しても、空中に浮かんでいられそうだな」

谷全体がさらに、霞んだせいでしょう。地上と空の境界があいまいとなり、無重力の宇宙に、わが身を置いている心地です。

「ふう、いい気分」

悠久の昔から、自然の偉大な手によって、次々と形を変え、色や質を変えて造成されてきた岩に、年若い私が裸のまましがみついているなんて、こっけいな気さえします。

「へへエ、もう三日月が出ているよ。やけに白っぽい月だなあ」

遠方の山頂から間近い位置に、早めの月が舟形の姿を見せています。

「ヒヤッ」

私は背中をびくつかせました。

「冷たい」

突然頭上から散発的に、水粒が降ってきました。

「ややっ、雨かな」

それはすぐに止みました。

「ほとんど雲がないのに。ハハア、今のはキツネの嫁入りかな」

首を回して遠景の明るさと、月光のあざやかさを確かめていますと、さっきより大粒の雨が、バラッ、バラッと重なるように降ってきました。

「ヒイイ……」

私は水のあまりの冷たさに、全身に鳥肌が走りました。

「狙い撃ちの雨だあ」

足で岩を挟んだまま、両手で肌を盛んにこすってあたためます。

「ウッ、フフッ」

私の頭上近くで、含み笑いがします。

「あれっ」

側面の岩を見上げますと、千恵さんが、顔だけのぞかせています。

「キャア」

ひと声笑って短い木の枝を、頭上に振りかざしました。

「パッサ、パッサ」

「うっへえ」

清水に浸したらしい枝葉を揺すって、水玉を次々と振りかけます。

「バサ、バサ、バサ」

「わあっ、冷たあい」

「キャア、キャッ、キャッ」

千恵さんは大笑いし、さらに身を乗り出して、手の枝を激しく振り回します。

「ワアッ、もう、いたずらしてえ」

文句を言おうと、斜め上の岩角をつかみ、上体を反らしぎみに、千恵さんに近づきかけたら、

「ヤッ、いけない」

自分は素っ裸だったことに、ハッと気づきました。千恵さんの方から、私は丸見え状態です。

「ウッヘエ」

私は半回転して岩にしがみつき、へっぴり腰で岩を下ります。

「キャハア、ハア、ハア」

岩の向こうで、千恵さんの高笑いが、薄暗くなった谷間に、吸い込まれていきます。

「フウウ、ようやく湯船に戻れたか」

私は冷たく濡れた肩や背中を、いやすように首まで湯につかって、口の中でモグモグ苦情を述べます。

「いたずらっこに、またしても、やられたか」

その一方で、間近に目にした白い胸の迫力におじけづくとともに、私の網膜に刻まれた一瞬の影像が、はかなく消えないよう努めておりました。岩先からのぞいた千恵さんの乳房が、手の小枝を大きく振るたびに、元気に揺れていたのを……。

「確かここら辺りに、入れておいたはずなんだけど」

夕食後、私はリュックに入れておいた大判の手帳を、中の荷をかき寄せて、手さぐりで探していました。

「ホッフォウホ、ホッフォウホ」

どこかでコノハズクが、鳴いています。その声に混じって、

「チヨ、チヨ、チヨ」

小屋の外から、優しく呼びかける声が聞こえます。

「おやあ、あれは千恵さんの声らしいけど、なんだろう」

私がそっと小屋の扉を開けますと、すぐ前に千恵さんがいました。私に気づいた千恵さんは、しゃがんだ姿勢のまま、口に人差し指を立てて、

「静かに」

と暗に示しました。

「なあに」

千恵さんに小声で尋ねますと、

「近くに動物が来ているのよ」

小さく私に知らせます。

「チヨ、チヨ」

千恵さんが再び暗闇に向かって、呼びかけますと、

「クッ、クック」

小さく声が返ってきました。

「ほうらね」

千恵さんは私に笑いかけます。私はそばに寄り、同じくしゃがみ込みました。暗闇に目をこらしますと、頭を小さく動かしているらしく、月明かりが彼らの目玉で薄く反射します。その光は五、六個かたまって見えました。千恵さんは、私の耳に口を寄せます。

「少し前のことだったわ。斜面の岩の割れ目に、タヌキの子がすべり落ちたらしく、岩に挟まって動けなくなっていたのよ。通りかかった私が、岩から引き抜いて、傷口に薬をぬって、小屋の前で放してやったらね。翌日、親タヌキを連れて、小屋を訪ねてきたわ」

「お礼を言いに？」

「そうなのよ。それからは、夜になると仲間も連れて、小屋を訪ねてくるわ」

「毎日？」

「いいえ、気まぐれよ」

「彼らが来ていることは、どうしてわかるの」

「雰囲気でわかるわ。あらあ、今夜は来ているって」

「ふうん」

「このように対面して、お話をするのよ」

「えっ、彼らの言葉がわかるの」

「言葉じゃないわ。ほら、以心伝心って言うでしょう。心で感じて、心で話をするのよ」

「ふわあ、驚いたなあ」

「あの子たちが、今夜やってきた理由がわかったわ。今日、あなた昼間、山路で獣に出合ったでしょう？」

「ええっ、ああ、うん、滝の坂道ですれ違ったな」

「やっぱりね。珍しい顔だったから、どんな人間なのか、聞きに来たのよ」

「へへえ、私の素性（すじょう）を確かめに？」

「そうなのよ、ウフフッ、大丈夫よ。変な悪さをするような人ではないって、言っておいたわ」

「ほう……」

「それから少しは、おっちょこちょいなところもあるんですよって」

「へっ、そんなことも、話したのかい」

「それでみんな、すっかり安心しちゃったみたい」

「まいったなあ、どんなことを教えたのお」

「それはねえ、それは、ウフッ、内緒よ」

千恵さんはクスリと笑って立ち上がり、小屋に入っていきました。先ほどの暗闇から、ササ、ササと短く音がしたあと、そこは静かになりました。

「ハア、訪問者はみんな、帰っちゃったみたい」

「ホッフォウホ、ホッフォウホ」

　コノハズクは、まだ鳴き続けています。私は鳴き声のする闇の方へ目を向けてから、小屋に戻りました。

「千恵さん、動物たちと話ができるなんて、すごいなあ。山の神様から、特別な能力を授かったのかなあ」

　動植物が私へ示す反応は、自分の頭の中で自由に想像できますが、お互(たが)いの心の中のやりとりは、残念ながらできません。

「私も動物たちと、いろんな話をしたいのに」

　うらやましい気持ちになり、テレパシーという言葉を思い浮かべていました。

「私と千恵さんの山に対する愛情の差かなあ。めったに山に来ない私なんか、山の神様は目もかけてくれないだろう。フミおばさんはいつも、山からさまざまなことを教えてもらったと言っていたから、きっと動物たちとも、話をしていたに違いない」

　私は布団を敷(し)きながら、どうしたらフミおばさんや、千恵さんみたいになれるのか、考えていました。


　夜明けを感じ取った鳥たちが、遠慮がちに鳴き始めました。

「チチ、チッチ、チチイ、ピッ、ピッ、クックオ、クオッ、クオッ」

空の明るさとともに、五羽、十羽と鳴き声が増してにぎやかになります。目覚める直前の夢の中に、鳥の声が騒ぎ立てて、私は寝返りした弾みで、目を開けました。

「今日もいい天気になりそうだ」

小屋の外に出て、深呼吸をします。

「今の季節は夏なのに、朝の水は手がしびれるくらい冷たいや」

山の水を木の皮で導いた水場で、私が顔を洗い終わりますと、

「これから洗濯するので、全部出してちょうだい」

千恵さんが、私のリュックを持って立っていました。

「あ、いや、それは自分で」

「だめ、一緒に洗うんだから」

千恵さんの言葉の勢いに負けて、

「わかった」

私はすごすごと、リュックのヒモをほどき、着替えた下着を取り出します。

「ほらあ、これが洗剤よ。木をしぼった汁。これで洗うと木の香りが残って、気持ちいいんだから」

千恵さんは自慢そうに、ビンに入った白い液体をかざしました。

「ここは洗濯機なんかないから、すべて手揉みで洗濯か」

私は千恵さんに、申し訳ない気持ちです。

「今朝の雲の様子は……。ふうむ、よおし、よし」

朝食を済ませた源爺さんは、山仕事へ出かける準備もせずに、窓の外をながめています。

「天気が良さそうで助かった。本日は山で働く者にとって、大切な日でのお」

「えっ、大切な日？」

私は首をかしげて、そのわけを尋ねます。

「十二年に一度、山の神様に、お礼を申し上げる祭祀日じゃあ。今日はその重要な役に、ちいが選ばれているんじゃあよ」

源爺さんはすみに置いてあった木箱を、千恵さんの部屋に運びました。

源爺さんの話によりますと次の通りです。数百年前のひどい山火事で、いったん消滅した緑の谷間が再生し、つややかな樹木の色彩で覆われたあとに、その儀式が始められたそうです。この谷にしのぶえ姫がもう一度現われて、美しい笛の音を聞かせてもらえるように、人々がこいねがったものでしょう。さらに山の自然と、そこで暮らす動物の繁殖、山で働く人々の安全と、山の幸が豊かであることを祈念するものでもあります。この儀式には、しのぶえ姫と同じくらいの年齢の少女が、主役となります。山近辺の住民から選ばれた娘一人と、二人の婦人で構成され、世話役の男衆数人以外は、儀式に参加できないしきたりだそうです。奥ゆかしいしのぶえ姫にならって、少人数で静かな神事が、信者の間で考えられたのでしょう。先ほどの木箱の中に、儀式で使用する衣装が、納められているようです。祭祀場所は、南側の断崖にあって、屋根状に突き出た岩場に設けられています。そこは周辺の山々が一望できる神聖な場所となっています。その岩場に向かう入り口は、簡単な木柵で仕切られており、ふだんは人が足を踏み入れることはありません。儀式は正午前後にかけて、行なわれるそうです。

「お待ちどお様」

「おう、準備ができたかの。うん、うん、上出来じゃあ」

千恵さんが身仕度を整えて、奥の部屋から出てきました。

「ふわあ、すっごおい。神社の巫女さんみたいだ」

私は思わず感嘆の言葉を口にしていました。千恵さんは真っ白な着物と、白い袴を身につけておりました。当世離れした姿に、よその人と、見間違えてしまいました。

「ウフッ、着慣れていないから、とても変な感じ……」

千恵さんはそで口をつかんで、両手を広げました。

「頭に金の冠をかぶると、まるで女王卑弥呼様だ」

私がお世辞を含めて、感想を述べますと、千恵さんは、ニコリと笑って、

「卑弥呼だなんて、本当は妖怪か、キツネかタヌキが人間に化けているって、言いたいんでしょう」

小さくにらみました。

「あっ、それじゃあ、あの、あの、森にすむ白い妖精……」

私はあわてて、言い直します。

「どうもありがとう。でも目を見ると、妖精よりも魔女と言ってるみたい」

千恵さんは、口をとがらせました。

（魔女に、妖怪に、キツネにタヌキか。なるほど、どれも当てはまりそう）

私はとっさに、意地悪を言ってやろうと思いましたが、千恵さんが本当に、怒りだしそうなので、口に出すのはやめました。

「さあて、行こうかのお」

源爺さんはすでに、別の木箱を両手に持っています。

「はい」

千恵さんは、神妙な表情に変わって、小屋から出ていきました。

「祭祀日かあ」

私はのけ者にされた気分です。

「遠くから見るだけなら、構わないだろう」

私はその儀式が、どのようになされるのか知りたくて、

「急げ、急げ」

祭祀場を見通せる低い尾根に、登ってみました。

「ここなら、よく見えそうだ」

朝方、千恵さんに作ってもらった握り飯を手に、低木に座って見物します。

「あそこは、いかにも山の神様が、立ち寄りそうな場所だな」

枝の間から五十メートルほど先に、その場所が見えます。

「やあ、千恵さんたちが現われた」

崖っぷちの岩場には、儀式に使用する簡素な道具が並べられており、千恵さんと二人の婦人が、白服姿で動き回っています。手前の林の葉陰では、男衆が逐次出入りして、儀式が進められています。あの林の中に、源爺さんも待機しているはずです。

「見ているこちらも、居住まいを正したくなるよ」

清らかな緑に囲まれ、天上に近い高山と、自然界に漂う穏やかな物音の中で、粛然と実施される儀式は、いにしえの絵巻物を開き見している感じでもあります。千恵さんの白い衣装と、一つに束ねた黒髪の後ろ姿は、なおさら幻想性を際立たせます。

「まさに天上界の天女だよ」

太陽が真上に近づいて、千恵さんは供物をのせた台を、婦人の一人から受け取ります。それを両手に捧げて、岩の先端まで歩み寄りました。岩の浅い窪に台を置きますと、供物を覆った布を取って一礼します。岩場の入り口まで引き下がり、二人の婦人とともに、一礼してから林の中に消えました。

私は思わず、

「フウウ」

と長く息を吐きました。見物していた私自身も、緊張していたのでしょう。この位置からよくわかりませんが、供物は山の神様に、献上する食べ物のようです。単純な動作を、ゆったり時間をかけて行なわれた儀式が、いっそう厳かに思えました。

「天の神様の目には、どんなふうに見えたのだろうか」

祭祀場に人の姿が途絶えてからも、しばらく私は、ぼんやりとながめておりました。

「さあ、小屋に戻ろう」

低木から地面に降りかけたら、根元の草の間に、赤いものがのぞいていました。

「なんだろう」

低く這った木の枝の先端の一つ一つに、十個ほどのパチンコ玉大の赤い実が、扇状に連なっていました。実の全体は、手のひらにおさまるくらいの大きさです。

「博物館で見た、昔の髪飾りみたいだ」

和服を着た女性の人形が、豊かな髪にさしていた飾りの一つです。同時に私は、フミおばさんから話してもらった「赤いかんざし」の物語を思い出していました。

＊　＊　＊

昔ある屋敷から、盗人（ぬすっと）が女の赤ん坊をさらいました。盗人は後日、身の代金を要求するつもりでした。隠れ家に向かって、峠を越える途中で、盗人は弱かった心臓が悪化し、急死してしまいます。そこへ通りかかった熊が、泣いていた赤ん坊を拾い、森の中で数年間育て上げました。女の子は裸のまま、四つんばいで山野を元気に走り回り、山の動物たちと仲よく暮らしておりました。そのうちに食事時には、器用な両の手を使いだし、背筋を立てて二本の足で、立ち動くことを覚えました。

ある日、山を降りた猿が人家に忍（しの）び込み、台所で食べ物を腹いっぱいおさめます。帰り際に座敷に置いてあった物を持って、山に戻ってきました。それは赤い玉が、房状になった物でした。

「どうだい。甘そうな果実だろう」

猿は大勢の動物たちの前で、見せびらかして、房ごと口に含みました。

「ケケッ、かたあい」

猿はあわてて、口から吐き出しました。

「なんだ、色の付いた石ころかあ。熟した果実だと思っていたのに」

顔のしわをふやして、がっかりしている猿に、動物たちが大笑いします。猿が人家から持ち帰った品物は、高価な赤い玉のかんざしでした。

「フン、こんなもの」

ふんがいした猿は、そばにいた女の子に、ポンと投げ渡しました。

「ふうん」

女の子は、手にしたかんざしを不思議そうにながめています。そこへ熊が、ハチの巣をくわえて帰ってきました。

「ほおれ、おみやげだ」

熊は女の子へ、ハチの巣を渡そうとします。

「ありがとう」

女の子はハチの巣を両手で受け取る際に、じゃまになったかんざしを何気なく自分の髪にさしておりました。

「うわわあ」

とたんに周辺にいた獣や鳥たちが、騒ぎだしました。

「やっぱりあの子は、われわれと違う」

「あの姿は、まぎれもなく人間だぞ」

「そうだ。髪飾りを付けた、人間の女とそっくりだあ」

「どおりで尻に、シッポがないはずだ」

獣たちが、尻を振ります。

「背中にだって、翼がない」

鳥たちが、羽を広げます。

「その上二本足で、楽に立っている」

皆でバタバタ足踏みをします。

「長い五本の指さえ持っている」

互いのひづめや、脚の爪を見比べます。

「あの子は、わしらとは違うんだあ」

皆の騒ぎを見ていた親代わりの熊は、

「今がちょうど良い時期だろう」

女の子を手放す覚悟を決めて、皆の前で赤ん坊の時に、峠で拾った事実を話し、

「お前は平地に住んでいる人間の子供であるから、山を下りて人間と暮らしなさい」

と告げました。

「私はこのまま山にいて、皆と仲よく暮らしたい」

女の子は涙を流して、熊に頼みました。

「気持ちはよくわかる。だが人間の社会に戻るのが、お前の生きる道である」

熊は涙をこらえて、そのように女の子をさとしました。

「わかりました。丈夫に育ててくださった恩を胸に抱いて、新しい世界で暮らしてみます」

女の子は動物たちに別れを告げて、山を下りていきました。

「人間の生活って、どんなものかしら」

女の子が髪に赤いかんざしを付けたまま、不安げに人里を歩いていますと、

「ややっ、見ろよ」

「素っ裸の子供が、やってくるぞ」

「あの子は、どこのだれだあ」

「オウ、あれは、なくなったかんざしだぞ」

人々が取り囲んで、女の子をある屋敷に、連れていきました。

「なんと、これは驚いた」

「ありがたい。神様のお導きだ」

「ほんに、めでたや。めでたや」

赤いかんざしは、その家に伝わる宝物であり、女の子の背中にあった小さな星形のアザは、数年前にさらわれた赤ん坊と同じでした。女の子は裕福な家の跡継ぎだったのです。赤いかんざしの引き合

わせによって、女の子は、幸せに暮らしたそうです。

（おしまい）

＊　＊　＊

「赤いかんざしかあ。この実は、千恵さんの長い髪に、似合いそうだ」

私は粒ぞろいの赤い実がなった枝を、一本折り取って、持って帰ることにしました。

「ホイサ、ホイサ」

私は枝の実を振り落とさぬよう、両手に包んで下り坂を小走りで小屋に向かいます。

「千恵さんたちは、祭祀場からまだ、戻っていないだろう」

小屋の扉を開けますと、思った通りに中は静かでした。

「おやあ」

奥の部屋の扉が、少し開いています。

「そうだ。この赤い実を千恵さんの部屋に、置いておこう」

千恵さんが帰ってきて、この実を発見したら、どんな反応を示すでしょうか。私は扉をそっと押し開けました。

「チッチチ」

部屋の窓枠に小鳥が数羽、とまっていたらしく、軽く鳴いて飛び立ちました。赤い実を窓辺の台に

置いておこうと、数歩足を踏み入れましたら、

「スッ」

窓と反対の室内で、軽い布ずれ音が聞こえました。

「ウン？」

私はそちらへ顔を向けて、

「ア……」

息を止めて立ちすくみました。そこには、壁に向かって立っている、千恵さんがいたからです。千恵さんは、私が部屋に入ったのに、まだ気づいていません。細帯を落とした千恵さんは、そのまま白い着物を肩からすべり落としました。

「ヤヤッ」

真っ白い肌と、くびれた腰、丸く広がった臀部（でんぶ）と、健康そうな足が、私のすぐ前に立っています。千恵さんは腰をかがめて、白服を大まかにたたみ、普段着を引き寄せました。

「あらっ」

千恵さんは、小さく叫んで振り向き、

「ウハッ」

私も同時に驚いていました。千恵さんは、素早く服を手にして立ち上がります。

「うわわ」

私はどうしたら良いのか、わからなくなりました。千恵さんは、手にした衣服で、前をしっかり

覆ったまま、正面から私を強く見つめています。私はその大きな瞳の中に、吸い込まれそうになりました。

「あの、あの、これ、これを、この赤い実を、髪に、かんざしに……」

私は赤い実の枝を前に示して、しどろもどろに、言い訳をしていました。

(早く部屋から、出なくちゃ)

ぐるぐる頭の中で思いながらも、私はまったく身動きできません。

「ふうう……」

千恵さんは視線を、私の手の赤い実に移してから、少し目の表情が、和らいだような気がしました。

「ほっ……」

それに救われて、私は体が楽になり、半歩あとずさりしましたら、

「スサッ」

千恵さんは身の前の衣服を、手から離していました。

「あっ……」

私は再び息がつまりました。窓からの光が、千恵さんの全身を浮き彫りにしており、私の眼球いっぱいに、千恵さんの裸体が張り付いています。私は顔中に血潮がたまり、熱くなってしまいました。

「私は妖怪でも、キツネでも、タヌキでもないでしょう。ただの女の子……」

千恵さんは柔らかい表情で、両手を広げてゆっくり、体を回転させました。

「ほらあ、背中に翼や、お尻にシッポなんか、付いていないでしょう」

千恵さんは、ほほ笑んで私を見ています。

「アッ、あの……」

千恵さんの問いに、私は返事をしなければならないと思うのですが、次の言葉が全然出てきません。

「あのお……」

私は妹以外の女の子の、しなやかな肢体を、まともに目にし、その美しさに頭の芯まで呆然としてしまい、目の焦点すら定めることができません。

「ドサリ」

小屋の外から、何かを下ろしたような物音が、聞こえました。

「源さん、また一つ、頼みますよ」

「これだけあれば、十分じゃろう」

その話し声で我に返り、私は部屋を走って、あわてて外へ飛び出しました。

「皮に張りがあって、丈夫そうじゃあ」

外に出ますと、束ねた藤の枝を前にして、源爺さんと村人が、話をしています。

「ゆうにカゴ三個は、作れそうじゃな」

「山仕事が、はかどりますわい」

源爺さんと村人は、山で使用する大カゴの話をしていました。二人の会話に耳を傾けているうちに、私は次第に緊張から開放されていきました。

「そうかあ。源爺さんは、藤細工も得意だったっけ。いい機会だから、私も大カゴの作り方を教えてもらおう」

ただ今の心情とは、無理やり関係のないことを考えながら、ふと自分の手を見たら、赤い実を半ばつぶれた状態で、握りしめておりました。

「ふはあ、もう台なしだあ。でも千恵さん、この実に興味ありそうだったけど。アアッ、もしかしたら」

赤いかんざしの物語を、千恵さんもフミおばさんから、聞いていたのでしょう。それゆえ私と対面しているうちに、千恵さんは物語の少女の気持ちと、一体になっていたのに違いありません。

その日私は、千恵さんとの関係が、気まずいことになってしまったのではないかと、心配しておりました。

「私が無断で部屋に入ったことを、源爺さんに話していないかしら」

夕飯時に顔を合わせた千恵さんは、何事もなかったように、私や源爺さんと普通に話をするので、安堵しつつも不思議な気がしていました。

「私に体を見られたのに、千恵さんは平気なのかしら」

源爺さんの冗談に、笑いころげる千恵さんを見ていましたら、昼間の出来事は、現実だったのか、幻だったのか、わからなくなりました。

「あの時の光景は、昔と今がごっちゃ混ぜになっていたから……」

天上に近い山頂で、古色を帯びた立ち居振る舞いと、千恵さんの白装束（しろしょうぞく）をながめているうちに、私があらぬ空想にふけってしまい、天女の素性を確かめてみたくて、衣装に隠された素肌まで、思い描いてみただけなのでしょうか。

山小屋に来て、三日目の朝を迎えましたが、私はまだ仕事らしきことはしていません。

「私に何か手伝わせてください」

源爺さんと千恵さんに、自分が頼りがいある一人前の男子であることを示したくて、むずむずしていました。

「それじゃあ、炭焼きの仕事を手伝ってもらおうか」

「あら、良かった。食事前にこれ、お願いします」

千恵さんは昨夜使ったランプを持ってきました。

「こりゃ、簡単そうだ」

私が朝一番にした仕事は、石油ランプのホヤの内面に黒く付着した煤（すす）を、布で磨き取る作業です。

「ウム、思っていたより、やっかいだぞ」

石油ランプは、以前来た時と、映像や写真本で見る機会は何度かありましたが、実物を手にしたのは初めてでした。

「どうも、おっかなびっくりだな」

薄くふくらんだガラス筒（づつ）を、うっかり力を入れすぎてこわしやしないかと、磨き方に気を遣いました。

「さあて、そろそろ広場に出かけるか」

この日は、ふもとの村から、定期の馬車が通ってくる日でもありました。

「馬車にのせる荷は、全部小屋の外に置いてある」

「わかりました。あの猪は、袋に入れたまま、馬車にのせるんですか」

「そうじゃあ。あとのことは、村の者に任せておきゃあいい」

この馬車は、山奥で働く人々のために、相互の情報伝達も兼（か）ねていて、月二回往復することになっています。馬車が通う道は、私が通ってきた山道より、だいぶ遠回りになっていますが、全体がなだらかになっています。村から作業用品や、米などの食料、日用品などを運んで来て、帰りの馬車で、不要になった資材や、猟の獲物や、山で焼いた炭、山でとれたものなどを持って帰る運送手段でもあります。折り返し地点である広場で、荷物の積み降ろしが行なわれるのです。

馬車が到着するまでの午前中、私は源爺さんの炭作りを手助けします。千恵さんは、小屋で不足した必需品（ひつじゅひん）の注文準備や、この日広場に集まる村人との仕事や生活相談のために、小屋と広場に残ることになりました。

「いいチャンスだから、町のみんなに、山の生活を簡単に知らせておこう」

私はここに来る途中、駅前の売店で、絵葉書と切手を購入（こうにゅう）しておりました。

「ついでにこの絵葉書を馬車にのせてもらって、村の郵便ポストに入れてもらおう」

私は急いで、家族や学校の友人宛（あて）の文を書き終わり、

「千恵さん、お願い。馬車の御者（ぎょしゃ）とは顔なじみでしょう。この絵葉書をポストに入れてくれるよう、頼んでみてください」

千恵さんに、手渡そうとしましたら、

「その中の一つは、あなたの恋人に出すんでしょう?」

千恵さんは、絵葉書には目をやらずに、私に向かって口を小さく突き出しました。

「あ、いや、私の父や男友達へ」

絵葉書の束を指でずらしながら、おずおず言いますと、

「ウフッ、わかったわ。頼んであげる」

千恵さんは絵葉書を、笑顔で受け取ってくれました。

「フウ、女の子の名前を書かなくて良かったよ」

朝食を済ませますと、いよいよ山仕事の手伝いです。

「さあ、出かけるぞ」

私と源爺さんは、そろって小屋を出ました。

「荷物は二度に分けよう」

炭焼き場に向かう前に、荷を手分けして広場まで運びます。

「脚をすべて縛られていても、相変わらず元気いいなあ」

生け捕りにした猪は十分重たくて、二人で袋の端を持って運びました。

「こいつは生き物だあ。荷の一番上に、のせてもらおうか」

「やあ、源さん、いい獲物じゃのお」

広場では村人が数人、山から降ろす荷物を集めていました。

「さあて、これでいい」

広場から炭焼き場に向かいます。源爺さんが、山仕事の一つとしている炭焼き場は、谷を登り切った反対側の緩斜地にあります。周辺の森には、炭焼き窯が何箇所か作られていて、村人がそれぞれの場所で働いています。

「良質な炭は、原木が限られている。今回は一般用の炭を焼くつもりじゃあ」

「どんな木を使うんですか」

「材料はそこら中に、たんとある」

「それじゃあ、木の運搬は、私に任せてください」

「かなり骨が折れるぞ」

「大丈夫ですよ。体力には、少々自信がありますから」

私は付近の森に入り、間引きされた木材や枯れ木を炭焼き場まで運びます。

「痛い。かついだ木が肩に食い込む」

幹は細くても、水分を含んだ木は、見た目より重いのです。山刀を使って長い枝はあらかじめ切り落とし、太めの木は腰を構えて引きずります。枝の切れ端が立ち木や藪に引っかかって、運ぶのも苦労します。

「フフウ、やっぱりきついや。大口を叩かなきゃ良かったかな」

それらの木を窯の内部に合わせた長さに切断します。

「オッ、手ごたえ十分」

手入れの届いたノコギリは、力いっぱい引くたびに木屑が弾けます。汗のにじんだ手は、たちまち木屑に、まみれてしまいました。

「張り切りすぎんようになあ」

源爺さんは、せまい窯にもぐり込んで、残り灰をかき出します。木を蒸し焼きにするために、全体に熱が均等に渡るように、木片を並べていきます。

「新聞記事なんか読みますと、都会でも木炭の需要や人気が再び出てきたようですね」

「それでもなあ。昔に比べりゃ、炭の使用量は、かなり減ってしまったからのお」

源爺さんの手足は、窯を何度か出入りしているうちに、灰だらけになっていました。


「これは私たちの生活の、ほんの一端なんですけど……」

昨日の夕飯時に、リュックの中の手帳に挟んでおいた数枚の写真を、源爺さんと千恵さんに見せました。

「ほおう、みんな健康そうだあ」

家族の写真や、友人とのスナップ写真を手にして、二人とも興味深そうでした。

「親父さんは以前、やせていたんじゃがの。だいぶ、かっぷくが良くなったのお。それにお袋さんは、まだ十分若い」

源爺さんは、なつかしそうにしげしげとながめています。千恵さんは、妹や私と一緒に写っている友達についても、上目づかいで細かく尋ねます。

「妹さんは、目と口の辺りが、お母さんによく似ているわ。これは、いつ、どこで撮ったの？　親しそうなこの子とは、どんな関係なの？」

千恵さんはチラリと、私の顔色を確かめます。

写真のあとは二人とも、私の昔話を持ち出して、笑い者にしました。

「家の神棚に供えておいた菓子が、時々なくなるんじゃあよ」

「こっそり食べてたんでしょう？」

「いえ、そんなことは……」

「神棚の下に、腰掛けが残っとったがの」

「ウッフ、きっと踏み台に使ったのよ」

「いやあ、私にはそんな覚えは、ないんですけど……」

「時々神棚に、菓子の包み紙だけが残っとったな」

「きっと、神様が食べたようにしておいたんでしょう」

「い、いえ、私にはそんなつもりは、なかったはずなんですけど……」

必死に言い訳をしながら、私は男としての立場上、なんとか千恵さんの弱点を探り出して、少しぐらい優位に立とうと、頭に血液を送って策を巡らせました。ところが口を開くそばから、新しいトンマな事実を白状させられたりして、結局私はいいところなしでした。

「ヒイイ、手が痛いと思っていたら、マメができている」

ノコギリを握った手の皮膚が赤く水ぶくれして、今にも破れそうになっていました。

「源爺さんに、この手を見られたら、恥ずかしいな」

頑強な源爺さんの手とは違って、私のひ弱な皮膚を知られたくありません。

「もういい。そろそろ馬車がやってくる頃じゃあ」

源爺さんは、太陽の位置を見て、馬車の到着時刻を知らせてくれました。

「ふわあ、すごい汗」

木陰でシャツを脱ぎ、タオルをしぼりながら汗を拭います。絶えず聞こえるセミの声と、太陽に映えた山腹の緑の凹凸（おうとつ）が清新な興趣をかき立てて、私の心を動かします。そのまま広場に戻るはずだったのですが、さわやかな山の香りに酔わされて、私はそこいらを少し歩きたくなりました。

「近くを少し散策して、すぐに戻ります」

私は残って、源爺さんだけ先に帰ってもらいました。


「ミーン、ミーン、ジッジジ、ジイイ」

「うっへえ、うるさいはずだ。いろんなセミが、幹の根元付近からも、びっしり群がっているぞ」

私が樹木のそばまで近寄っても、セミたちは動こうとしません。

（おやあ、なんだ、なんだ。オイ、少しは気をつけろ。丸い顔の動物が近づいてきたぞ。飛び出す準備くらいはしておくか。フワア、めんどうなことはいやだあね。オイラはただ今、恋の相手探しに忙しいのに。こっちは腹ぺこで、甘い樹液をいただいている最中だあ。うん、どうやら、手を出す様子はなさそうだね。それじゃあ、このまま作業を続けよう。われわれは、残りの持ち時間を、地上で有

意義に過ごさねばならないんだから）

「ジジーン、ジジジーン」

セミの鳴き声が、一段と高くなりました。

「生きているセミを、詳しく観察しよう」

私はセミのハネの筋模様や、腹の動き方、幹に突き刺す口の形を知りたくて、さらに接近します。

「おっとと」

気づくと、私の帽子のひさしが、幹のセミに触れそうになっていました。

「ジイジジ」

セミは少しばかり、幹を横に移動します。

「いろんな種類のセミがいるもんだ。これじゃあ素手で、簡単に採集できちゃうよ」

自然の豊かさに感心していました。

「向こうは、どんな様子かな」

林を一つ抜けますと、ミツバチの羽音のような高い金属音が聞こえてきました。

「ウイン、ウイン」

遠くの森は、立ち木の伐採場になっているらしく、自動ノコギリのうなり音が、風に乗って途切れ途切れに伝わります。

「あの近辺の動物たちは、自動ノコギリの音にびっくりしているだろうな」

山道は繁茂した枝で、さらにせばまっています。両手で顔を保護してたどっていきますと、数名の男衆が、一緒に住んでいる共同小屋の前に出ました。

「今時分、小屋の中にだれかいるかしら。こんにちはあ」

戸口に近寄り、二度挨拶してみましたが、すでに馬車を迎えに出かけたあとのようです。

「チャラ、チャラ、チャラ」

山際に沿って流れている小川が、道の草に見え隠れしていましたが、

「トット、トット」

水音が高まり、目の位置辺りの斜面から、細く流れ落ちていました。

「ちょうど良かった」

手拭いを落下水流に差し入れて、水をたっぷり含ませ、軽くしぼって汗を拭きます。

「冷たくて、気持ちいい」

白く放物線を描いて、落下する水流を見ているうちに、ふもとの村にあった水車を思い出していました。

「学校のみんなと、見学に行ったっけ」

小屋の横に据えられた水車は、木をたくみに組み合わせたものでした。直径は私の背丈の二倍以上あって、上部で水を受けて回転し、底部で小川へ流し出します。

「ゴット、ゴット」

小屋の中は、ソバの実を粉にする木製の槌（つち）が、いくつか並んでいて、水車の動力で交互に上下して、軽やかな音でにぎやかでした。ソバ粉から、フウワリ漂う良い香りが、小屋の内部に満ちていま

した。小屋の外へ出てから、引率の先生が、

「江戸時代にね、太平洋を渡ってきたアメリカの船がこれですよ」

持参した絵を皆に示して、説明を始めました。小屋の水車と、船の横腹についた水車との共通点などを話していました。私は先生の話を聞きながら、絵本に描かれていた、お猿さんの玉乗りの絵と重ねていました。

「お猿さんが、水車に乗っている……」

そのうちに私の頭の中に、一つの絵ができあがっていました。海に半分沈んだ水車のてっぺんに私が立って、懸命に足踏みをしながら、太平洋をアメリカへ向かって進んでいる姿でした。私は自分の幼い記憶にほほ笑んで、再び歩きだしました。

「やあ、なつかしい果実を見つけたぞ」

日当たりの良い斜面では、葉っぱの裏にアケビの青い実が隠れていました。それは実が熟して、皮が割れ出したら食べ時です。周辺の低木に、山芋のハート状の葉と細い蔓がからんでいます。フミおばさんから教わったグミなど、甘酸っぱい木の実も何種類か見つけて、赤くなりかけの実を選んで、口にしてみました。

「ペッ、しぶい。やっぱり、まだ甘味が足りない」

その中には少し食べただけで、舌の表面が紫色に染まってしまうことなどを思い出しました。

「この実はね。黒く柔らかくなったら、甘くなった証拠だよ」

私が源爺さんや、フミおばさんより聞き知ったことを、千恵さんへ得意気に教えている自分を想像

していました。

「チジイッ」

セミがひと声鳴き、透明なハネを広げて、目前の幹から飛び出しました。

「ややっ、いた、いた、見つけたぞ」

飛び立った幹に、大型のカブト虫が二、三匹かたまっていました。傷ついた幹からにじむ樹液の取り合いをしているようです。隣の大木には、蔓性の木がからんで、上方へ伸びています。一部は横枝から長く垂れ下がっていました。

「あの蔓でターザンみたいに、大きく揺れてみたいな」

ターザンの仲間には、愉快なチンパンジーと、美人の女性が必要です。

「うん、千恵さんがいたっけ」

千恵さんを蔓のブランコに乗せて、大きく揺らしてみたいものです。

「ヤヤッ、あそこはガラス面みたいだぞ」

山路に並んだ立ち木の間から、横に伸びた暗い水面が見えました。そこの周辺は落ち込んだ地形をしていて、小さな沼になっています。囲まれた山のせいで、沼全体が日陰となり、漏れた光が水面に奇妙な模様を描き、不気味な雰囲気が漂っています。

「妖怪でもすんでいそうだな」

そこを通り過ぎようと、自然と足が速まります。

「ヘエエ、あんな所に、あんなものが」

谷の少し下った場所に、簡易な作りの吊り橋を発見しました。山から山へ、人の移動用として作られたのでしょう。ロープが主体の、細くて不安定そうな橋ですが、私は大いに冒険心をくすぐられました。

「よおし、渡ってみよう」

ロープが心配したほど古くないことを、両手を添えて確認しつつ、用心深く渡り始めました。丸棒をあらく並べて、一人がやっと通れる幅で、足先が丸見え状態の吊り橋です。足の運びを早めますと、ロープがギッシギシと、きしんで左右に揺れます。

「わあっ、危ない。おっかない」

そのたびに、ロープを持つ手に力を入れ、揺れがしずまるのを待って慎重に進みます。私の足もとから、

「ゴゴウ、ゴゴウ」

と流水音が激しく迫ります。突き出た岩に、水が光の飛沫を飛ばして、砕け散ります。

「この水は一直線に、下の滝へ向かっているんだろう」

水量豊かな谷川は、あい色の淵と連なり合って、清涼感溢れる衝突音を発し、せまい水路を早走りに通過します。

「ウッフウ、思いのほか、スリルのある吊り橋だったよ」

無事渡り終えて、なおも対岸の山頂を目指します。私は山を少し歩いたら、すぐ引き返すつもりだったのに、森のささやき声に操られるように、足は奥の方へと動いてしまいます。

「さあて、どっちに行こうか」

山道にはいくつも脇道がありました。それらは、山仕事のそれぞれの目的のために、村人が切り開き、長年歩き回って作り出された道でしょう。

「ヤヤッ、あれは獣道らしい」

樹木の下部を覆った藪に細い道があり、下草が帯状に踏みつけられていました。

「探検のついでだ」

私は冒険家になった気分で、腰を曲げ獣道へ入りました。

「エヘヘ、突然何かしらの獣と、鉢合(はち)わせになるかも知れないぞ」

期待と用心をしながら、垂れた枝を左右に寄せて進みます。しばらく歩いたら頭上の樹木もなくなり、前方の景色が明るく広がりました。

「ヘヘエ、ここに、こんな平らな台地があったのか」

その先は背の高さに伸びた灌木地帯となっており、小さな葉っぱが重なり合って、濃淡の色模様を描いています。

「チッ、チ、チ、クック、チジイ」

小鳥が短く鳴いて、茂みの中を動き回っています。興味をそそられた私は、すでに突入していました。細枝や葉の裏に、大小の虫がへばりついています。

「鳥の巣がありそうだし、珍しい昆虫も発見できそうだな」

私は期待感を持って、ブルドーザーのごとく、体ごと押し入りました。日光の刺激を受けた葉っぱが、強い香りを発散させています。細枝の海の中を、両手でこぐように払って、前進していましたら、羽虫の群れの中へ、不用意に顔を突っ込んでいました。

「ウヘッ、いやだな。一、二匹、口の中に入っちゃった。ペッ、ペッ……」

急いで唾とともに吐き出します。私のせいで、あわてた羽虫が目の中にも入りそうなので、顔をそむけますと、三本枝分かれした所に、袋状のものが付いていました。

「あったぞ。あれっ、中はからっぽ」

明らかに鳥の巣でしたが、巣の材料が古すぎます。とっくに鳥が見捨てたものでした。枝先には緑色の幼い実が、待ち針状に付いていました。その場に静止して耳を澄ませます。

「カサ、カサ、パサ、サササ、チキッ、キッ、キ」

枝葉が軽く風に揺れて、こすれ合う音がします。一つの音が風の動きとともに、水の輪のごとく広がり、ひそひそ話をしているようにも聞こえます。低木が発するさまざまな音色の呼びかけに対して、私も彼らの会話に応じてみたくなりました。

「そうだ。あの物語」

フミおばさんは私を連れて歩いている時に、珍しい光景に出会うと、即興で短い話を作ってくれました。

「ここは、どこでしょうという、会話調の物語だったたっけ」

私はその一つを思い出して、ここにふさわしい場面に置き換えて脚色してみました。

＊　＊　＊

「こんにちは。いい日よりですねえ。あらあ、あなたはここでは見かけない顔だわねえ。この地に迷い込んだあなたは、どこのだあれ？　ここは山の神様に選ばれた、大切な場所ですよ。見物するのはいいけれど、花や葉をみだりに、ちぎっちゃあだめよ。木立ちがじゃまだとて、倒しちゃあだめよ。揺すり叩いて、騒ぎ立てちゃあだめよ。ただながめるだけで、そっと歩いておくれな。ここは、かけがえのない植物の楽園だから。

かく言う私は、ここで生まれ育った低木の仲間で、木肌の世界一美しい木……」

「へへえ、植物の楽園だってえ？　いいえ、ここは小さな虫の広場だよ。あちこち自由に移動できる広場。柔らかい葉を食べ、甘い花ミツを吸って、遊び回れる広場。でもね。遊んで食べるばかりじゃあないよ。雨風も防いでくれる植物へ、少しばかり恩返し。花のオシベとメシベの仲立ちをして、実をつけてやるのが私たちの役目。

かく言う私は、低木にすみついた虫の仲間で、世界一賢（かしこ）くて、派手な虫……」

「なんだってえ。植物の楽園？　虫の広場？　いいえ、違う違う。ここはね、かわいい小鳥の広場だよ。美しい声で、力いっぱい歌える広場。甘い木の実を、腹いっぱい食べられる広場。植物がいやがる虫をもエサとして、気楽に探し回れる広場。でもね。遊んで食べるばかりじゃあないよ。植物の種を広くまいてやるのが、私たちの役目。

かく言う私は、山々を巡り、いろんな広場を渡り歩く小鳥の仲間では、羽も声も世界一きれいな鳥……」

「虫よ、鳥よ。何を勝手なことを言っているのですか。この場所の主役は、あなたたちじゃあないでしょう。この地は低木だけに許された楽園だから、主役はやはり私でしょう。私は弱い虫を育ててやれる植物なのよ。恐ろしい肉食動物から小鳥をかばう植物なのよ。激しい嵐から皆を守ってあげる植物ですよ。地球の母なる大地に根付いた私こそが、偉大な女王様……」

＊　＊　＊

「うん、うん、できたぞ。よおし、私もいっぱしの脚本家だ」

私はフミおばさん並みの、ドラマ仕立ての会話に満足して、大きくうなずいたら、顔近くの葉陰から、パラッと虫が飛び出しました。

「ヘッ、虫の奴、自分の存在を示している」

続いてそばの茂みから、パサッと小鳥が飛び立ちました。

「わあ、鳥までも、自分は役者だと主張している」

あまりのタイミングの良さに、私はおかしくなりました。

「ブフウ……」

突如、間近で奇妙な音がして、

「何だあ？」

その音源へ反射的に顔を向けますと、

「バサッ、バサ、バサ、バサ」

何か大きなものが、茂みを押し倒して、走りだしました。

「ウワッ、熊じゃないのか」

私は一瞬、体を硬直(こうちょく)させました。とっさに動きのあった茂みに瞳をこらします。小枝の間から後ろ姿の白い毛がチラリと見えて、それが鹿だと判明しました。


「ふう、鹿だったか」

鹿の移動音は、数歩走っただけで、ぴたりと停止していました。

「遠くへ行ってはいない」

どうやら鹿はその位置で、こちらをうかがっている気配です。

「だけど熊でなくて、良かったよ」

胸をなで下ろし、ゆっくり顔を回して、周囲に気を配りますと、

「ブフッ、フウウ、フッ、フッ」

藪のあちらこちらで鼻息がします。鹿は分散して、数頭いるようです。小枝にまぎれて鹿のツノらしきものが見えます。彼らは藪の中から私を見張り、鼻息を鳴らして、牽制(けんせい)しているのです。

「ウンム、どうしよう」

私は身動きできなくなりました。風がサッッサアと葉音を立てて通り過ぎますが、鹿は微動だにしません。彼らはその場から、私に何か伝えているようです。

（突然やってきた二本足の動物よ。鹿の楽園に、何をしに来たんだ。この台地は昔から、われわれの生息地だぞ。危害を加えようものなら、ようしゃせん。見たところ素手のようだし、ただ迷い込んだだけのようだな。鉄砲持参ならば、お前は即座にあの世行きだった。我らの機嫌がいいうちに、早くここから立ち去れい）

鼻息の強弱で、私に告げています。ササササと軽い葉ずれ音が、辺りの静けさを際立たせます。鹿はおとなしい動物だとの印象を持っていますが、相手は野生の動物です。己の身に危険を感じたら、どんな行動を取るのかわかりません。頑丈な角とともに、子牛ほどの体重で思い切りぶつかってこられたら、私なんかひとたまりもありません。

「おとなしく引き返そう」

私はそうっとあとずさりして、体を元来た方向へ変えました。ほど近い茂みで、サッッサと軽い音がしました。

「ウウッ、今の音は鹿の攻撃準備じゃないのか」

身構えて目を注ぎますと、数メートル先に小さな顔がありました。

「子鹿だ」

まばらになった藪の間から、耳をそばだてた子鹿が、ちょっこりと私を注視しています。子鹿は私に用心しつつも、珍しいものを見る目玉をしていました。子鹿がいるということは、すぐそばに親鹿が付き添っているのに違いありません。

「子鹿から離れた方が、良さそうだ」

息を押し殺し、できるだけ音を立てないように、私は一歩二歩と足を運びます。藪に視覚を奪われて、私は無防備状態でしたから、不安で仕方がありません。それでも鹿の方に、動く気配がないのは救われます。

「チッ、もう」

私の逃げ道をふさいだ何本もの小枝が、しつこく顔に寄りかかり、とてもじゃまっ気です。迷いそうになりながら、元の灌木地の境界まで達しました。

「フウウ、ここまで来れば、ひと安心」

全身の緊張がとけて、思い切り背筋を伸ばし、楽な歩幅で歩きだしました。そのとたん、あることに思い当たりました。

「そうだ、あの目玉」

さっき私を凝視していた子鹿の目が、千恵さんのものと似ていたような気がします。

「私に悪さをしている時に見せる、千恵さんの表情とそっくりだあ」

子鹿の人なつっこい顔が残像となって浮かび、千恵さんと重なり合っていました。

「もしも千恵さんが、この山に先回りしていたとしたら」

先ほどの藪の中に立ち、私にいたずらをする機会をうかがっている姿を思い描いたら、思わず吹き出してしまいました。腹の底から笑って、気持ちが勢いづいたところで、さらに頂上を目指します。

「タッタッタタタ……」

森の中ではキツツキが木の幹を盛んに叩き続けています。

「ものすごい首の力だな」

私は思わず自分の首を叩き、なで回していました。

小岩混じりの道で、安定した足場を選びながら、跳ね歩いていますと、

「ヤッ、あざやかな色彩だ」

日の当たった小岩の上にトカゲが一匹、ツウンと顔を上向けて、静止していました。トカゲの大きさは、私の手のひらからシッポが溢れるくらいあって、胴体は青紫色で、つやつやした肌を持っています。

（オイラはな、古代に隆盛を誇った、爬虫類様の子孫だぞ）

私に無頓着なトカゲの様子は、かつて地球上の生物の頂点に立っていた爬虫類の威厳すら感じられます。

「じっとして、何を考えているんだろう」

そのトカゲを、もっとよく観察しょうと顔を近づけますと、

（おっ、何だ、何だ。ひなたぼっこ中のオイラに、ちょっかいを出す気かあ）

トカゲはかさついた皮膚の、こわもての表情をくずして、スススッと四本の脚とシッポを左右に動かして、岩の隙間に逃げ込みました。

「うっへえ、すばしっこいなあ。だけど私は気味悪いから、トカゲやヘビなど爬虫類は、じかに触り

たいとは思わないよ。ふうん、この辺りなら、幻のつちのこでも、すんでいそうだな」

周辺の草むらを、枯れ枝で左右に寄せて、確かめてみました。

頂上付近に出ますと、

「わっ、倒木だ、でっかいな」

幹の途中で鋭く割れて、倒れたままの大木に出くわしました。残された木は、既に朽ちかけています。

「雷にやられたらしい」

近くの地面を見ますと、幼い木の苗が何本か、若葉を広げて育っていました。

「もう大木は役割を終えて、己の種子に、世代を託したんだろうな」

低木の間に繁茂した熊笹の細道を、バサバサとかき分けていましたら、

「うわあ」

突然、眼前に広い空間が生じました。数歩先の空との境界には、断崖が迫っています。

「そろり、そろりと」

私は足先の安全を確かめながら、崖まですり寄りました。

「ひええ、すごおい」

渓谷の風景が、私の目を釘付けにしてしまいました。両脇から流れ出た谷川が眼下でぶつかり合い、

「ゴゴウ、グゴオ」

互いの力で噴き上げるように、白い渦を巻いています。

「迫力満点だ。あそこへ落ちたら、水底深く引き込まれそう」

合流した水は、川下の岩を叩きながら、緑の山間に突入していました。

「この山で沢登りを敢行したら、とても難儀だろうな」

そこはまるで、劇場の暗がりから、拡大スクリーンを見入る気分です。

「あれは湖らしい」

V字谷のはるか遠方の山すそに、湖が鏡のように光っています。湖の形状は、いびつになったヒョウタンに似ています。たぶん、谷の流れは山間を抜け出たあと、あの湖に注いでいるのでしょう。

「ヤヤッ、大物だあ」

私の目線と同じ高さの大気に、上昇気流を捕えたイヌワシが、悠然と翼を広げた姿勢で浮かんでいました。どこかの大木に、イヌワシの巣があるのでしょう。私は思いがけない絶景に、しばし見惚れていました。

「これは世界に誇ることができる山水だ」

平らな湖と緑の山峡、激しく曲流する谷川、天を駆ける大鳥、青空を突く奇妙な岩と崇高な巨木群、それらをふところ深く抱いた山脈、青空にたなびく白い雲、おそらく春夏秋冬で変化するであろう展望など、もし自分に技量があったなら、それらのことごとくを、数幅の水墨画に納めてみたくなるほどです。

「千恵さんと一緒だったらなあ」

是非ともここに千恵さんを連れてきて、見せてやりたくなりました。ここなら自然とすてきな会話ができそうです。

「さあ、もういいかな」

景勝地は見つけたし、周辺の山の地形も、ほぼつかめたから、今回はこれで引き返すことにします。

「えーと、ここは、どこら辺りだろう」

戻る途中で自分の現在位置が知りたくて、短い岩場をよじ登ってみました。

「うん、ここは見晴らしがいいぞ」

体を回して、見渡していましたら、

「アッ、あれは、おう、馬車だ」

低い尾根近くで、馬車と馬一頭の後ろ姿が目にとまりました。帰路に向かった馬車が、峠を越える寸前でした。

「ああ、もうそんな時間だったのか。うっかり時を忘れていたよ」

積み上げた荷台には、布を被せているようですが、小さすぎてよくわかりません。木立ちに見え隠れしているうちに、峠の林に吸収されてしまいました。

「すぐに戻ると言っておいたから、みんな心配しているだろうな」

少しあせりぎみに、山道を急ぎます。森林探索（しんりんたんさく）からの帰りは、行きとは異なった景色にとまどいます。

「こっちの道だったかな。いや、もっと先の方だろう」

何度も迷いながら行き戻りし、吊り橋を見つけ出し、やっとの思いで小屋に、たどり着くことができました。

「二人とも小屋に戻っているはずだ。さっそく千恵さんに、探検した山林の様子を話してやろう」

私は意気込んで、小屋の扉を開けました。

「千恵さあん」

「源爺さあん」

呼んでみましたが、小屋はひっそりとしており、二人とも外へ出たままでした。

「折り返し地点に、行ってみよう」

小屋から一、二歩踏み出しましたら、林の道から肩に布袋をかつぎ、顔を下向けて戻ってくる源爺さんの姿が目に入りました。

「ああ、しくじったな。村から馬車が持ってきた荷物を、小屋に運ばなければいけないことをすっかり忘れていた」

私は両手で頭を押さえ、申し訳ない気持ちで声をかけました。

「ヤア、源爺さん……」

「おおう、帰っていたのか」

源爺さんは小屋の入り口で布袋を降ろし、手拭いで顔を拭いながら、

「昼間到着した馬車の件なんだがなあ。その御者の話でのお。ちいのおっかあが、急病で入院したという知らせじゃった。ああ、まだどんな病気で、どの程度なのかは、ようわからん。そんなわけで、ちいは馬車に乗って、帰ってしまったんじゃあ」

「ええっ」

急な話に、驚いてしまいました。

「ちいがもう一度、お前に会ってから帰りたいと言うんでな。出発をしばらく待っとったんじゃがな。だけんど、お前があんまり遅いし、これ以上ぐずぐずしていると、道の途中で暗くなり、馬車が危険だと、御者が急かせるもんでなあ。仕方なく出かけてしまったんじゃあよ」

「そうですか」

私はすっかり落胆してしまいました。さっき峠で見かけた馬車に、千恵さんが乗っていたのです。もう今は二つ目の峠を越えている頃でしょう。あの時、炭焼き場から、じかに広場へ戻っておれば、私も一緒に馬車に乗って帰ることだってできたかも知れません。

源爺さんは、小屋へ入る前に、

「腹が減ったろう。握り飯がまだ残っているでのお」

気落ちした私に気遣って、声をかけてくれました。

「いえ、昼に十分いただきましたから」

少々空腹ではありましたが、食べる気分にはなれません。今や千恵さんのいなくなった小屋に入るのが寂しくて、靴先で動く蟻の行列を、じっと見下ろしていました。

「村に着くまでの間、馬車の上で楽しい会話ができたろうなあ」

頭の中は、荷台に並んで千恵さんと話をしている自分の姿を思い描いていました。千恵さんと対面した場面や言葉のやりとりを、一つ一つ思い起こしているうちに、ぼんやりと歩きだしていました。

「小屋には千恵さんは、もういない。残りの山中生活をどう過ごそうか」

つい先刻までまぶしすぎるほど晴れ渡っていた空が、にわかに曇ってきて、私の心はなおさら重たくふさがってしまいました。

「もしかしたら、これっきり会えないかも知れない。そう考えると千恵さんのいたずらが、遠くなつかしいものに感じられる」

弱気になった私の足は、下の滝の方角に向かっていました。千恵さんと初めて言葉を交わした所に行くことによって、今の心の虚しさをなぐさめようとしたのでしょう。

「ドドドオ……」

「ここは常に躍動的な場所なのに。今日はなんて悲しい風景なんだろう」

目前の滝は、相変わらず大音を立てて、水しぶきを上げています。しかし滝の上空には、二日前のような美しい虹の帯を見ることはできません。

「ハア、ただ目に入るのは、無風流な黒雲の動きだけか」

山と樹木の日陰に入った滝壺はいっそう薄暗く、谷間の鳥の声も聞こえなくて、わびしさがつのります。

「千恵さんが、源爺さんと示し合わせて、山のどこかに隠れていればいいのに。フウウ、それはぜったいないだろうな。千恵さんは、すぐに小屋へ戻ってきてくれるかしら。ううむ、それもやはり、無理だろうなあ。大事な母さんが病気なんだし」

背もたれ状に窪んだ岩の表面を、クッションのごとく覆った蔓草の上に、私は腰を下ろしました。

その後は、山を下りてからのことばかり考えていました。

「源爺さんから千恵さんの住所を聞いて、家を訪ねてみたいな。千恵さんは私を、快く迎えてくれるだろうか。入院した母親のその後の病状も確かめなければ。二人きりで再会したら、どのような言葉で切りだそうか」

近くの水面では枯れ枝が数本、渦に引かれて動き回っています。上流の岸辺に、へばり付いていたのが、ここまで流されてきたのでしょう。

「そうだった。小屋には源爺さんが一人切りとなっているんだ。初めから千恵さんがいなかったことにすればいいんじゃないか」

千恵さんのことは無理やり脇に置いて、当初の目的の通り、これからの手伝い方を考え直していました。

「ペシッ、ペシッ……」

滝壺はひっきりなしに波が寄せて、岩の縁でしきりに跳ねています。じっと水面の波動をながめているうちに、私は昼間の疲れが、出てきたのでしょうか。次第にまぶたが重たく下がり、眠りに落ちていきました。


そのまま眠り込んでから、どのくらい経ったのでしょうか。浅い眠りの中で、夢を見ていました。

「私の周囲は、高く茂った木ばかりだ」

夢の中で私は、深い森の中をさ迷っています。大地に浮き出た根っ子を跨(また)いで歩いているうちに、

「でっかい木だなあ」

とある大木に手を触れるや、

「ややっ、猿になったみたい」

爪を立てて、軽々と登り始めました。梢(こずえ)に達すると、

「今度は鳥になった」

大空に向かって、身軽く飛び立ちました。空中を広く泳ぎながら、起伏(きふく)のある山々をながめています。

「あれは何かしら」

上空から白いものが、ふわふわと降りてきました。それは帯状になると、白い竜に変身しました。白い竜は高い山や樹木の間を、長い体をくねらせて、器用に飛んでいきます。私は白竜を見失わないように、追いかけていきます。白竜が降下し、谷に着陸するや、激しく流れる谷川に変わりました。すると谷川の風景が拡大すると同時に、一点にしぼり込まれて、滝が現われました。

「滝だ、滝だ、どこかで見たような」

私は滝を目指して急降下し、フンワリと音もなく、川岸に着地しました。

「あれれ、身動きできないぞ」

歩きだそうとした私は、全身を縛られたごとく、かたく重たくなっていました。

「どうしたんだろう」

顔を上げて瞳を広げたとたんに、私の視野に飛び込んだものは、さまざまな色の光の粒が、ザザア、

ザザアと四方に弾け散り、長いフェンスを乗り越えて流れ落ちる、仕掛け花火の光景でした。

「うわあ、迫力ある花火の連続落下。感動的なながめだなあ」

まばゆい光の滝を背景に、一つの小さな人影が写し出されました。

「あらあ？」

私の正面に、若い女性が背を向けて岩に座り、横笛を吹いています。

「だれかしら？　あっ、もしかしたら」

彼女（かのじょ）はしのぶえ姫に相違ありません。美しい笛の調べに魅（み）せられて、私はその場から一歩も、動くことができません。しのぶえ姫の豊かな黒髪が、着物の背に柔らかく垂れています。

「伝説のしのぶえ姫に、ようやく会うことができた」

その後ろ姿には、りりしさの中にも、あでやかさが感じられます。

「なんてすてきなメロディなんだろう」

いつしか私は、腕を組んだまま、上品な笛の響きに耳を傾けていました。そのうちに軽快な音楽に変わって、

「踊りたくなってきた」

私が曲に乗って、頭と手足を小さく動かしていましたら、しのぶえ姫は突然、笛の音を止めました。笛に添えていた両手を静かに下ろし、肩を震わせて泣き始めました。

「どうしたのかしら」

私はゆっくり近寄り、そおっと顔をのぞきました。

「幼い頃からあこがれていた、しのぶえ姫の素顔……」

　しのぶえ姫の両目から、シュワリと涙の粒が溢れ出て、頬を伝ってふた筋流れます。私はしのぶえ姫の黒い瞳を見つめながら、

「なんて冷たい涙なんだろう」

　自分の頬で、その涙の温度をはっきりと感じた時点で、ふうっと目が覚めていました。曇り空から、ポツ、ポツ、ポツと降りだした雨粒が、仰向けていた私の顔に、冷たく当たっています。

「ああ、夢を見ていたんだなあ」

　目をしばたたきながら、おもむろに上体を起こしました。

「空がかなり暗くなっている」

　顔を打つ小雨の粒を、一つ二つと数えているうちに、

「ああ、そうだった」

　千恵さんが山から去ってしまったことを思い出しました。

「これは私の心を濡らす、涙の雨だろう」

　感傷的な気持ちへ、再び沈み込みます。

「ザッワ、ザワワ」

　谷川を伝って下りてきた風が、頭上を吹き通るたびに、谷間の木の葉が騒ぎ立てます。

「ドドオ、ドドオ」

　滝の音は眠りから覚めてからも、私の鼓膜を震わせ続けていました。

「ピシッ、ピシッ」

滝壺の岩場を浸す水が、前より広がっている気がします。

「ゴオウ、ゴオウロロ……」

遠方から空中を伝って、重い音が一つ、少し間を置いてもう一つ、流れてきました。

「雷らしいな」

私はヒザに手を置いて、立ち上がりました。蔓草の上で寝転んでいる間、服に付いた枯れ葉や枝くずを軽く払っている途中で、

「うん？」

私の感覚神経が、何かをとらえました。

「何かな、何の音だろう」

私は息を止めて、身構えました。

「ドドドッ、ドドドッ」

滝が常より水嵩（みずかさ）を増して、勢いよく鳴り響く中から、何かが聞こえます。

「滝の真ん中辺りかな」

滝をにらんで、耳を澄ましました。

「しお、しお」

「これかあ。この音かあ」

いずこから流れてくるのか、短く間を置いて、たおやかに揺らいで、聞こえてきます。

「これは、もしかしたら」

かすかですが、その音は細くて高くて、艶(つや)があります。

「女性の声らしい」

私の脳はとっさに、村の古い伝説に行き着きました。

「しのぶえ姫だ。そうだ。しのぶえ姫が泣いているのだ」

私は断定していました。

「しお、しお」

いいえ、これは間違いありません。

「ダダッ、ダダッ」

激しい滝音に打ち消されもせずに、独立した音として、滝の奥の方からしっかりと発せられています。

「しお、しお、しお」

それは短く、明瞭(めいりょう)に、ゆったりと、寄せては返す声なのです。

「泣いている。本当に泣いている」

私は身ぶるいを感じました。

「しのぶえ姫の泣き声」

ついに私自身も、伝説の泣き声を耳にすることができたのです。

「そうだ。このことを源爺さんへ」

私は今一度、しのぶえ姫の泣き声を、自分の鼓膜に刻み込むと、

「よおし、間違いない」

早く知らせてやろうと、山道を急ぎ足で登りだしました。

「パサ、パサ、パッサ、パッサ」

上空は雨が強くなり始めましたが、

「まだ大したことはないや」

幾重(いくえ)にも枝葉を被せた林の下では、雨水は少しも気になりません。

「フッ、フウ、フッ、フウ」

濡れてすべりそうになった坂道に注意し、息を弾ませていますと、

「ザッザザ」

頭上から別の音が混じりだしたので、足もとから顔を上げました。

「アッ、あれは」

ちょうど社の近くまで駆け上がった時でした。山手の曲がり道辺りで、人の姿が見え隠れしています。

「ヤヤッ、源爺さんだあ」

頭の特徴ですぐわかりました。熊笹を払いのける音を立てて、急いで下ってきます。

「やあ、来てくれて、ちょうど良かった」

さっそく報告しようと、

「源爺さん、源爺さん、聞こえましたよ。聞こえましたよ」

社の前で立ち止まり、興奮したまま、上ずった声で呼びかけました。

「しのぶえ姫の泣き声が……。泣き声が、聞こえましたよ。本当に……」

私の声に気づいた源爺さんは、

「おっ……」

と発した口の形を示してから、片手を高く上げました。手拭い巻きの頭を揺らして、

「ハアッ、ハアッ」

かなり息を切らしています。私のそばに来るなり、

「そこにいたのか。良かった。良かった」

激しい息遣いの中から、変なことを言い出しましたので、

「どうかしたんですか」

私がいぶかって尋ねますと、

「あれを」

源爺さんは、体を回しながら山奥の谷を指差しました。

「何だろう?」

私はそちらに目を向けたとたんに、ハッと息を飲んでしまいました。谷の上流を真っ暗く覆った雲の下から、一度に水嵩を増した濁流(だくりゅう)が鉄砲水となって、

「ドッドドォッ」

眼下の滝をめがけて、押し寄せてきていたのです。

「うわわわ」

濁流はあたかも、厚いジュウタンを転がして、乱暴に被せるごとく、ダダッ、ダダアと瞬く間に滝を襲いました。その跡には白と茶色の泡が荒々しく渦巻いて、滝の落差を不明瞭にしてしまいました。

「向こうの山全体が真っ黒な雨雲で隠れてしまうと、非常に危険なんじゃあ。もう少し遅かったら、本当に危なかった」

肩で息をしながら、源爺さんの口から漏れ出た安堵のつぶやきに、私はようやく状況の重大さを悟りました。

「パカアッ」

遠くの山頂付近に、雷光(らいこう)が走りました。

「ガッガガアン！」

間を置かずに、雷鳴が耳を襲います。

「ふわわ、なんと恐ろしい」

轟音(ごうおん)を響かせて、眼前で展開される天変地異に、私は完全に怯えてしまい、しのぶえ姫の話をする気持ちも、吹き飛んでいました。

「おう、すごい」

濁流のかたまりが、大きな岩を次々と転がしてきます。

「ゴロッ、ゴロッ」

その激動が大地を揺すり、地上の波となって伝わってきたかのように、

「ガク、ガク、ガク」

私の足が震え出しました。私が滝の岸辺で、もう数分間眠り込んでいたなら、私の肉体は岩とともに粉々に砕け散って、押し流されていたことでしょう。今ここに自分が無傷で立っているなんて、まさに奇跡的だと、考えるほかありません。

「すんでのことで、命を落とすところだった」

激流によって押し倒された木が、ほうぼうでぶつかり、裸の根っ子を見せて、

「バサッ、バサッ」

と回転しながら流されてきます。陸地に、じわり、じわりと溢れた水流が、周辺の立ち木を浸して、川幅も見る間に広がっていきます。

「ザ、ザ、ザ……」

私の頭と顔を、雨が激しく濡らし続ける中、雷神の怒りと荒れ乱れた谷川を、恐る恐るながめておりました。

「あっ！」

その時、私の脳細胞を、鋭くつらぬくひらめきが走りました。

「夢、さっきの夢」

今し方、私の夢に現われたしのぶえ姫が、だれかに似ていたことに、はたと気づいたのです。

「千恵さん？」

もう一度、消えかかった記憶を、たぐり寄せます。

「うん、やはり千恵さんだ」

思いがけない人の登場に、先刻来の恐怖心は、消し飛んでいました。その確証となる情景は、急に泣きだしたしのぶえ姫の顔を、私がのぞき込んだ瞬間でした。

「今まで一番、印象深い表情」

私の前に初めて姿を見せた時、千恵さんが、とっさに示したしぐさです。ほんのり赤味を帯びた頬と、控えめな瞳の動き、それと同じしのぶえ姫の顔から、溢れ出た涙の記憶が、あざやかに蘇(よみがえ)りました。

「これは千恵さんの意思が、夢の中へ伝わったのだ。千恵さんが、しのぶえ姫となって現われて、疲れて眠り込んだ私を目覚めさせ、間近に迫った危険から、救ってくれたんだ」

そう確信した私は、再びうれしくなり、

「このことを、源爺さんに教えてやろう」

心を弾ませて、振り返りました。

「ああ……」

手拭いを頭から外した源爺さんは、丸めた背に雨粒を受けながら、社に向かって合掌(がっしょう)し、一心に念仏を唱えておりました。おそらく私が無事だったことに対して、神様にお礼を申し上げているのでしょう。

「しばらく、話しかけるのはよそう」

だけど、あのしのぶえ姫が千恵さんだったことは、本当に間違いありません。

## 捨てられた童話

県庁や市役所を間近に控えた地区は、銀行、デパート、レストラン、商店、酒場などが集まり、さらに人々を呼び寄せます。

「皆さん、今月末に実施されます参議院選挙には、どうか私に投票をお願いいたします」

大通りを議員候補者の選挙カーが、名前を何度も流して通ります。病院前に停車したバスに、治療を終えたばかりの男性が、腕と首に包帯姿で乗り込みました。

「おばさん、ほら、おまけが当たったよ」

駄菓子屋では、子供が数人、店の中を物色しながら、歩き回っています。

「開店記念日として本日、全商品二割引で、販売しております。お好きな物を選んで……」

華やかな店の並んだ建物の間には、細い通りがいくつかあります。その路地の一つを通り抜けますと、町中に残された広い野菜畑に出ます。ここまで来ますと、町のざわめきが抜けて、だいぶ静かになります。

「チッチロ、ザワ、ザワ」

畑のへりに沿って続く、雑草混じりの細道は、幅はせまいけれど、深く流れる小川と並行していました。その小川の対岸近くから、さまざまな形の住宅が、ビッシリと押し合うように、軒を並べて集まっています。

「ウウイ、ヒック……」

小川と野菜畑の間の細道を、まだ陽が高い昼間から、やけ酒を飲んだ男が、不安定な腰つきで歩いていました。

「もし、もし、カメよ、カメさんとくらあ。ふふんだ、ちくしょうめえ。オレは、オレは亀だよ、亀さんだあ」

男は童謡のふしから外れて、でたらめに歌います。

「ハッフウ、ハッフウ、バッタ、バッタ」

突如、男の背後から、リズミカルですが激しい息遣いが、靴音をともなって迫ってきました。

「ウン？」

背後の人の動きが気になった男は、後ろを振り返りかけましたが、片方のヒザの力が抜けて、大きくふらつきました。

「オヨヨヨ」

新品のトレーニングウエアを着た青年が、

「おい、おい、なんだよ」

口をゆがめて、ランニング速度をゆるめながら、前の男の左か右か、どちらを抜こうかと迷っています。太く丸まった体格におさまった両肩を、ななめに縮めて、

「ハッフッフ」

傾いた姿勢の男の側面を、触れんばかりに、すり抜けました。

「チチッ」

直後に小さく舌打ちして、わざとらしく足の速度を上げます。

「ウッ、なんだあ」

それを男が聞きつけて、後ろ姿をにらみつけ、うらめしそうに見送りました。

「ヘヘン、あの太ったヤロウ。いいものを、たらふく食ってさあ。さらに太らぬよう、体を動かして、時間をつぶすなんざあ、いい身分だぜ。オレなんか、太りたくても、このざまだあ。頬はこけるし、手足はヒョロヒョロ、あばらが浮き出て、かわいそうだよ。クソオッ、やせこけた俺の肉体とおんなじでよお、財布の中身も、見事にスッテンテンだあ」

ここ数日、男が出かける行き先は、職業安定所でありました。財布と言った直後に、男は仕事を世話する係との、やりとりを思い出していました。

「あのなまいきな職員め。てめえは机を前に、のんびり仕事をしているくせに、あなたの年齢では、希望する職は見当たりませんねえだと、しゃあしゃあ抜かしやがる。ちゃんとコンピューターで、すべての求人を調べたのかあ。なにい、調べたけどないだとお。なけりゃあなあ。外をすみずみ出歩き、会社、工場、販売店などを訪問して、新たに求人を開拓して来おい」

不景気風のあおりを受けて、男はふた月近く仕事を、さがし求めていました。

「年寄りでもなあ、食っていかにゃあ、なんねえんだ。資本主義社会は、このオレを、オレ様を見殺しにする気かあ」

男は泳ぐように、両手をかいて、大きくふらつきました。

「ウッフフ、あれを、見ろ、見ろ」

「よろよろしちゃってえ」

「ハハッ、やせ細った、よっぱらいだあ」

前方から少年が三人、それぞれがタモ網(あみ)を持ち、互いにヒジをつつき合いながら、近づいてきます。

少年の一人は、片手にプラスチック容器を持っています。

「ゴソゴソゴソ」

容器の中には、タモ網ですくいとったらしい、真っ赤なザリガニが、溢(あふ)れんばかりに入っていました。

「エッヘヘ……」

少年たちは男とすれ違(ちが)いざま、口にけいべつの笑いを浮かべて、

「やあい、よっぱらい」

ひと声投げつけてから、タモ網を振って駆(か)け出しました。

「ウッヒヒ、それっ、逃(に)げろ、逃げろ」

「なにい、ちくしょう、ガキどもめえ。バ、バカにすんなあ」

振り返った弾(はず)みに、男は路肩へ体をよろけさせ、小川に落ちる斜面(しゃめん)で、ズルリと足をすべらせました。

「ウッハア」

両足を投げ出した格好で、尻と両手を同時に、斜面の草地についていました。

「クッソオ……」

男はだるそうに、腹を下に向けながら、足もとに注目します。

「な、なんだあ?」

岸近くの草の上に、日に焼けた小冊子が一冊、引っかかっています。男は立ち上がるついでに、腕を伸ばして、その小冊子を握っていました。

「バアン、バン、バン」

紙面にこびりついた土と砂を、男は平手ではたき落とします。

「ナニ、ナニィ?」

表題の数文字は、よごれて読み取ることができず、かろうじて三文字だけ、童話集と読めました。

「ふん、ド、ウ、ワ集か」

男は童話の文字に、なつかしさを覚えて、きたない小冊子の最初のページを、震える手でめくってみました。

「ヘヘェン、第一話かあ」

一枚目のタイトルは、「季節の終わり」と読めました。

＊　＊　＊

その土地は、昔ながらの広い田園地が、県の土地開発計画によって、大きな住宅団地に変わっていました。方形状に仕切られた道路に並んだ建物は、穏やかな秋の日差しを浴びています。

「チュン、チュン」

道の角に建てられた白い家の、青瓦屋根の上を、短く跳ねて移動する鳥の姿があります。

「稲刈りは、おおかた終了したらしい。ぐずぐずしていると、田起こしが始まるぞ」

「次は麦の種まきだな」

「さあさあ、これから、裸になった田んぼに出かけて、残された落ち穂探しだ」

スズメが数羽、同一方向へ張り切って飛び立ちました。下の庭に植えられたハナミズキは、すでに屋根を越えて、梢を高く伸ばしています。その下枝に、目立つ色をした細い生き物がおりました。枝と同じ向きにしがみついて、しばらく石のように動かなかったカマキリであります。

「ああ、腹が減った。やせ我慢の辛抱も、とうに限度をこえた」

カマキリがため息混じりに、力なくつぶやきました。ハナミズキの枝先で、数個寄り集まった赤い実は、つややかにふくらみ、いつ落下してもいい状態です。少し前まで緑色だった葉も、急に冷えこんだ夜がやってきて、今やすっかり赤茶色に変化していました。

「まわりの葉が、季節の移ろいに敏感に反応しちゃあ、オレの体だけが際立ってしまうじゃないか」

暗色系の枝の中で、カマキリの浮いた薄緑色のハダは、鳥など敵の目があれば、とっくに隠せなくなっていました。

「フン、しょうがないな」

カマキリは、構えたカマを、一度だけ上下させます。その後、再び眼を据えて、己の半生をもう一度振り返ります。

「オレが生まれ育ったのは、川沿いの林だったな。一つ卵の仲間たちとすぐに別れて、自分一人、草木を動き回っているうちに、突風に吹き飛ばされてしまったっけ。ようやくたどり着いたのが、この家の庭だった。オレは次の世代のために、毎日メスの姿をさがし求めたけれど、目的はかなわずじまい。移動の途中で、運よく出あえた、傷ついたホウシゼミを食料としてから、どれほど日が経ったろうか。あれ以来オレのなわばりに、エサとなる虫の姿は、目にしていない」

辺りを見下ろしてカマキリは、ポツリと独り言。

「生まれてくるのが、遅すぎた……」

家屋のすみに、ヤツデがひとかぶ、ありました。天狗のうちわに似た広い葉を、周囲に差し出して茂っています。天に向かっていくつか突き出た枝先には、ヤツデの黒粒の実が玉状にかたまり、その一つにスズメバチが乗っかかっていました。

「ああ、腹が減った。やせ我慢の辛抱も、とうに限度をこえた」

スズメバチが、黒くちぢんだヤツデの実に足を置いて、力なくつぶやきました。下方の葉のいく枚かは、茶色に枯れたまま、しぶとく枝にくっついています。

「実がこんなにかたくては、かみつくこともできないし、エサの代わりにも、なりゃあしない」

足もとに眼を落として、スズメバチは、自分の半生を、もう一度振り返ります。

「このオレは、農家の軒下に作られた、丸い巣の中で生まれたんだ。せまくて暗い巣から、明るい外界へ飛び立ち、喜びのあまり遠出をしてしまったよ。向かい風にあらがって、無理な飛行をしているうちに、まだおさない羽の筋を痛めてしまい、帰れなくなった。どうにか飛び込んだのが、この家の庭だったな。その時、庭に迷い来た近所の小犬とたわむれていたのが、この家の母と子だった。オレはうっかり、母と子の顔近くを横切って、母親に悲鳴を上げさせてしまったよ。あの日から、もういく日経ってしまったろうか。庭の花は、花びらを離して立ち枯れて、はや果実のミツも枯れはてた。ここら辺りに、エサとなるハナバチの巣のあてなど、ありそうもない」

スズメバチは、辺りを見回して、ポツリと独り言。

「生まれてくるのが、遅すぎた……」

庭のかたわらで、赤くなったしぶ柿は、熟すそばから通い来る鳥に、つつかれます。柿の下枝に、ねばっこい糸の巣網を張ったのは、黒いクモ。

「ああ、腹が減った。やせ我慢の辛抱も、とうに限度をこえた」

黒いクモが、巣の真ん中で、細い足を広げたまま、力なくつぶやきました。風が時おり糸を揺すっても、黒いクモは、かたくなに動きません。

「たいして腹の足しにならぬ羽虫さえも、今では大切な食料となってしまった」

糸にくっついた白いほこりに眼を置いて、黒いクモは自分の半生を、もう一度振り返ります。

「原っぱで生まれ育ったオレは、草に糸をからめて、タコのごとく飛び出した。大空を遠く旅をして、ようやく降り立ったのが、この柿の木だった。そのままここに、住みかを構えてみたのだが、強風で枝がねじれたり、鳥が飛び抜けたりして、引き裂かれた巣網を、オレは何度編み直したことだろうか。やせおとろえたオレの腹には、エモノをからめる糸や、つくろいの糸も、残り少なくなった。ここ数日、網にかかったエモノはなく、しばらく前まで聞こえていた虫のハネ音も、ぱったりなくなった」

黒いクモは、隙間の目立つ、自分の巣をながめて、ポツリと独り言。

「生まれてくるのが、遅すぎた……」

晴天続きで乾いた庭を、風が思い出したように、草木を揺すって吹き抜けます。

「もうじき冬だあ。寒くて厳しい冬が、やってくるぞう」

周辺に気温変化を知らせる、風の強い動きとともに、カマキリとスズメバチと黒いクモの体も、小さく揺れ動きます。

「オレにとって短い夏は、とっくに過ぎ去って、秋までも駆け足で、逃げていく」

体にまといつく、風の冷たいささやきで、三匹は改めて、冬の季節の間近いことを知らされました。

「ああ、とうとうそんな時期と、なってしまったか」

忘れかけた感覚を、今一度取り戻すように、カマキリとスズメバチは触覚を、黒いクモはしょくしを、ヒクリと揺すってみます。

「スッサア」

いつしか風向きは、北寄りに変わっていました。

「ブルルッ」

三匹は身ぶるいをして、ちぢこまります。

「こりゃ、いかん」

体温低下の不安を払うがごとく、踏んばった足に体をのせて、出し抜けに大きく上下させました。

「ピチッ」

かたまった関節の急な動きで、期せずして発せられた音が、それぞれの場所から、小さいがはっきりと鳴っていました。

「オオウ？」

それを体の器官で鋭く感じ取った三匹は、

「今の音は、オレが久しく待ちわびていたものではなかったか」

ほど近い場所で生き残った、互いの存在に初めて気がつきました。

（黒いクモは、スズメバチを）

（スズメバチは、カマキリを）

（カマキリは、黒いクモを）

彼らは久びさに、腹におさめるエサの相手と見て、身構えました。それぞれの眼に、一粒の希望を抱いて、ササと活気づきます。

黒いクモは、ただちに次の場面を描き出しました。

「あのハチが飛び立ったあと、そのままオレの巣に突っ込んで、この網の粘液で、かなしばり状態に……」

スズメバチは、針をおさめた尻を、わずかに持ち上げて、作戦をねっていました。

「カマキリの背後から襲って、柔らかい腹に針を刺し、マスイで弱ったヤツの体液を、たっぷりと味わいたいものだ」

カマキリも、カマをこすりながら、思いついておりました。

「巣の支え糸をからめた枝近くで、じっと待ちぶせしていれば、黒いクモがあきらめて、そばまで寄ってくるだろう」

三匹はそれぞれ、足のふしぶしに、

「グイッ」

と全身の力を注いで、攻撃力を確かめてみました。

「コクリ」

長い間同じ姿勢で、静止状態を続けていたせいで、体中の筋と筋の連結が、完全にゆるんでいました。

「ムムッ、なんたることだ。戦闘を直前にして、このていたらくは何だ。オレの体力は、こんなはずではなかったのに……」

三匹は互いのエモノを、うつろな眼でながめて、

「フハア」

先ほどねった己の策略を、やむなく引っ込めます。

「もはやオレの体は、昔ほどではない。ヤツも見かけほど、元気じゃないだろうが、一気にねじふせる力がオレにあるのか、自信はない。よしんばとらえて、最後の食事にあずかったとしても、そのあとはいったい、どうなるというんだ」

西の山に向かった太陽が、雲の端から、真っ赤な姿を現わしました。庭の三匹は、ななめの日差しを受けて、まぶしくなった眼を、プイと横にそらします。

「弱り切ったオレ様が、早死にするか。もしくはヤツを落とし入れて、生きながらえるか。それとも倒れとなってしまうのか。はてさてオレは、ヤツのそばまで動くべきか。このまま見すごすべきか」

三匹は大きく息を吸って、

「チッ」

短く舌打ちをしました。

「ヤツがさっさと逃げてしまえば、オレも完全にあきらめが、つこうものよ」

意気込んだ戦いを、思いとどまった反動で、さらに全身から力が抜けていきます。

「ウムム、早くも体力と気力の限界に達したか。オレは己の種に対して、いっぱしの誇りを持ちながら、今まで何をやってきたのだろう。弱肉強食の世にあって、腹いっぱい食うこともなく、わずかな交尾の機会ものがし、オレは仲間たちの将来に何も影響をもたらさなかった。ささやかな救いと言えば、オレは仲間の足を引っ張ることはしていない。だがそれは、己の種になんら、影響を与えなかったことの言い訳になるのだろうか。寿命がつきかけた今際に、何をにくみ、何をいかり、何を悲しがるのか。ああ、この世で何一つ残すこともなく、はててしまうなんて、オレの一生は、いったい何だったのか」

どこかの家の庭で、ゴミを燃やしているのでしょうか。風の中に、こげたにおいが混じっています。

「それにしても、オレはこのあと何日間、同じ思いを繰り返して、過ごさねばならないのだろうか」


父親はせまい庭で、足をそろえて、ゴルフクラブを構えています。

「社内のゴルフコンペで、みじめな成績は、残したくないからなあ」

指導員に教わっていた通り、脇をしめて、クラブを低く振り上げました。

「ピキン」

「あれっ？」

ミスショットで飛んだゴルフボールが、花壇のレンガに当たって弾み、柿の下まで転がりました。

「エッヘヘ、失敗、失敗……」

父親はてれくさそうに、ゴルフクラブを持ったまま、ボールを拾いに走ります。落ち葉の中に隠れたボールを、

「ガサガサ」

靴を振って探しているうちに、肩にかついだゴルフクラブで、

「スッサア」

その場に張られたクモの巣を、まっぷたつに引き破ります。

「ウヘッ」

不意をくらった黒いクモは、あわてて糸を繰り出して着地します。

「どうもまっすぐ、打てないなあ」

父親がボールを拾って、戻ろうと踏み出した足は、地を這うクモの上に下ろされていました。

「グスッ」

靴跡には、つぶされたクモの体が半分土にめり込んでいました。


母親が洗濯物を取り込むために、カゴを持って庭に歩き出ます。

「朝から良い天気だったから、十分乾いて助かったわあ」

太陽のぬくもりを含んで、ずいぶんと軽くなった衣服を、物干し竿から、まとめて引き抜きました。

「あらっ」

手がすべって竿を地上に落としてしまいました。

「うん、まあ」

ぶきような所作をくやんだ母親は、顔をしかめて、いったん家の中へ入ります。すぐに現われた母親は、庭の土でよごれた竿を、ぞうきんで、ていねいに拭き取りました。

「よいしょっと」

物干し台にのせようと、両手に持った竿を半円描いたところで、

「カチッ」

ハナミズキの下枝に、ぶちあてました。

「あらっ」

「パラッ、パラ、パラ」

ハナミズキの実が雨粒のごとく、いくつか落下します。

「まあ、きれいな赤い実だわ」

母親は落ちた実の一つを、つまみ上げてながめています。

「グウ……」

竿が当たった枝には、カマキリの腹がつぶれていました。カマキリは、体をゆっくりそらせたあと、

「ポロリ」

と枝から離れ落ちました。


庭の芝生で、男の子がゴムボールを追いかけます。

「ワールドカップに出て、世界の注目を浴びるほど活躍(かつやく)をしたいなあ」

一流のサッカープレイヤーになりたいと願っている男の子は靴の横にボールを止め置くや、

「そおれっ」

体を反しざま、物置き小屋に向かってけり上げました。

「パカアン」

ボールは自分がねらった場所より、大きくそれて、

「サザア」

ヤツデの茂みに、突っ込みました。

「しまったあ」

ボールは葉を突き抜けるついでに、頂上の実から、スズメバチをさらい、腹に載(の)せていました。

「バアン」

家のかたい壁(かべ)でボールは、大きくはね返ります。

「エヘヘッ、ボールの端っこを蹴(け)っちゃったかな」

男の子は舌を出し、再びボールをとらえて、両足で操り始めます。ボールが当たった白壁には、スズメバチが平たく張りついて、

「ズッ、ズル、ズル」

転がるように落下しました。

黒いクモとカマキリとスズメバチは、

「ヒック、ヒク、ヒク」

地面の上で、足をうごめかせています。三匹はやっとの思いで、広がった足を短くたたみ終えました。

「フウ、ようやくこれで、あの世への旅姿は、ととのった」

三匹は息を引き取る寸前で、最後の同じ言葉を吐(は)いておりました。

「ふうう、なんとも情けない結末だけど、これでオレは、ヤツの命だけは奪わずに済んだじゃないか……」

バイクが住宅地を走り回って、各家庭に夕刊を配り終え、

「ブッバ、バアババ」

うるさい排気音を残して、遠ざかります。

「サアッ、サッ、サッ」

家の各窓は、夜間用の厚いカーテンでおおわれました。太陽は山のいただきに近づいて、日陰はいっそう長い尾を引いています。

「クモ一匹、エモノ見つけ！」

「カマキリ一匹、エモノ見つけ！」

「ハチ一匹、エモノ見つけ！」

庭の地面では、蟻の群れが、三匹のなきがらを、

「ヨイトコ、ヤレ、ソレ」

せわしく運び出していました。

「やあれ、やれ、助かったあ」

「これは天からの、ありがたい贈り物」

「さあ、これで今年の冬のたくわえは、まったく心配ないぞ」

「えんやら、さっさあ！」

「どっこい、さっさあ！」

蟻たちが喜びいさんで、穴の奥へエモノを引き入れました。

「祝いだ。祝いだあ」

「ヤットコ、ナア、ソオレ、ソレ」

「チンチャカ、チャン、トトン、トン」

穴のほうぼうで、蟻たちが歌い始めました。地上近くは、次第に黒一色へとぬりかえられます。

「サザッ、サアッ」

冷たい風が庭の中をまい走り、弱った草木の葉っぱを、情けようしゃもなく引き離します。山陰に姿を消した太陽は、地球のはてまで沈んでしまい、辺りはみるみる闇となっていきました。


（おしまい）

＊　＊　＊

男は読み終えたページに手を置き、顔を上げて深く呼吸をしました。

「ふうう、季節の終わりが、すなわち命の終わりかあ。へへん、虫らは死んでも、ほかの虫の役に立つんだな。オレ様がくたばって、灰になってもな、だれの役にも立ちゃあしねえや。チチッ、オレはなあ。右肩上がりのバブル景気が、はじけ散ったとたんに、リストラされた身だあ。世の中が景気のいい時に、金の卵として就職したんだがな。入社して一年も経たぬうちに、オレのノウミソは、はやばやと賞味期限が来てしまってよお。そのあとは、頭を氷で冷やし、風を当てて、ごまかしながら、腐敗を一日一日、引き伸ばしてきたんだあ。ヘン、たいして役に立たないオレなんか、遅かれ早かれ、人員整理される運命だったのさあ」

送電線上の黒い影が、急に羽音を立てて飛び立ちました。

「カウ、カウ、カウ」

カラスが鳴きながら、黒い羽を広げ、頭上を横切っていきます。男はカラスをうるさそうに、うわ目で見送ります。

「もうちょっと、オレもさあ。うまく化粧をほどこして、変身できりゃあな。少しは出世できたはずだあ。他人の受け売りなんかを、うまく使ってよお。社長や上役に、やり手だと思わせたり、ついでに会社の女の子にも人気の出るような、派手な武勇伝なんか？　チチッ、オレにそんな芸当なんか、できるはずはないや。良いお客に出会ってもなあ。調子の出たところで、スイと逃げられるし。かんじんな場面で、つまらない失敗をしでかしてよお。まるっきり華のない人生だったあ」

「ガッタン、ゴトッ、ゴトッ」

農夫が自転車で走ってきます。前輪の荷物カゴにのせた草刈り鎌が、車体の振動で踊っています。

農夫は平らな土を選びながら、かたわらの男を、うさんくさそうに見て通り過ぎました。

「パサ、パサ、パサ」

自転車のスタンドに、引っかかったままの枯れ草が、後ろの車輪にからんで、上下に振られている

のを、男はチラリと流し見ます。そのあと男は口を広げて、ゆるりと顔をゆがめると、

「クシュン」

がらにない、かれんなクシャミをして、次のページをめくりました。タイトルは「海外旅行」と読めました。

＊　＊　＊

その時代は、世界の国々が少しばかり、落ち着いた二十世紀後半のことです。

「そろそろ出発の時間だよ」

「大事な携帯品の、忘れ物はないかしら」

「パスポートは、しっかり身につけておきなさい」

「フウ、あわただしくて、気持ちが落ち着かないわね」

東南アジアへ長期旅行に出かけた、米国の団体客がありました。

「バスのステップに気をつけて、あわてずに乗ってください」

十数名の旅行客は、年配の男女で占めており、生涯目標とした仕事を終えたり、すでに子供が独立したりして、自由な時間を得た人々でした。中には成人した子供たちから、旅行費用をプレゼントされた親もいます。

「皆さん、公共の場所で喫煙したり、路上などにゴミを捨てないようにしてください。町中での飲み

水は、現地の水道水は避けて、きちんとした店の容器に入れられたミネラルウォーターが無難です。青空マーケットなどで売られている食べ物は、珍しいからと、安易に口にいたしますと、おなかをこわすおそれがあります。小さな店や露店で、安い値段表示のブランド商品が売られていても、にせものである場合がありますから、十分注意してください。自由時間中に、むやみに横道や細道に入りますと、スリや強盗、きょうかつに出あう危険があります。それから、基本的なことですが、当国の服装や食べ物、習慣、宗教など、訪問先の文化を尊重するように心がけてください」

米国からの添乗員は、団体客に細かい注意を与えていました。

「私は生まれて初めての海外旅行だから、とっても不安だわ」

「なあに、添乗員に、くっついていけば、問題ないだろう」

米国を出発した時点では、まったく他人であった同行客も、ポツポツ会話を重ねているうちに打ちとけて、それぞれの人柄や、生活スタイルも、わかるようになりました。

「あら、あらあ、私はホテルの部屋を出発する前に、枕銭を置いておくのを忘れてしまったあ。ベッドメイクさんに、悪いことをしてしまったわ」

「へっ、俺なんか、手荷物を運んでくれたボーイに、チップを間違って、うっかり大金を渡してしまったよ」

「昨夜は部屋の空調機が故障してしまったんだ。ホテル員に、修理を依頼したんだけれど、業者に頼まないとわからないと、冷たく言われたよ。部屋も満員で、取り替えてくれないし、ひどく暑くて眠れやしなかったぜ」

団体客には、英語が流暢な現地の案内人も加わり、

「ハアイ、皆さあん、この通りは、大勢の人々でいっぱいでえす。この小旗を見失わないように、ついてきてくださいねえ」

それぞれの観光地で、新しく入れ代わり、詳しい説明を与えておりました。

「アジアの人々の服装は興味深くて、ファッションデザインの参考になるわね」

「フワア、広い海に小島が散在して、すてきな景色の海岸だなあ」

「動物公園は、珍しい動物の見物以外にも、ちょっとしたショーがあって楽しいや」

「私たちが次に向かう有名な庭園では、どんな感動が得られるのかしら。わくわくしちゃうわねえ」

「色彩豊かな寺院や、古い建物がたくさん。とても一日では、見物できないなあ。もう一度ゆっくり、観光に来たいものだよ」

「あれえ、あの夫婦、またバスの発車時刻に遅れているぞ」

「あの人たちはね、孫たちや友人のみやげ物選びで、もう夢中なのよ」

ツアーバスは、しばしば遅れて出発します。彼らは、あわただしい日程にとまどいながら、昨日は香港の九龍や、マカオ島を遊覧して回り、本日は香港島に入りました。

「ふわあ、近代的な建物がいっぱい……」

巨大なオフィスビル内を通り抜けて、にぎやかなショッピング街に到着し、

「さて、掘り出し物でも探すとするかあ」

一行は自由時間となりました。

「ほら、ほらあ、中国風の装飾で、きれいな店だわ。ここに入ってみましょうよ」

「自分も、今回の旅の思い出となる品物が、欲しいからなあ」

旅行中に親しくなったチャーリー夫人とロバート氏は、しゃれた骨董品店に入り、じっくりと品定めをします。店内には書画や、壁掛け品、茶器やカップなどの商品が、壁や棚や台上に、溢れんばかりに並べられていました。

「この磁器製の皿は、絵柄や色がきれいで良さそうだわ」

「こっちの花器も、デザインがとても面白いよ」

二人はいくつか小物を買い求めて、包装袋に入れてもらって店を出ます。

「ワア、ワア、ワア」

扉を開けるや、外で待機していた四、五人の子供たちに取り囲まれました。

「おっ、おおう」

「あらら、なに、なに」

チャーリー夫人とロバート氏は、びっくりして立ち止まりました。子供たちは、それぞれが持ち寄った生活用品や、民族衣装の人形など、小物のみやげ物を差し出して、購入するように迫ります。

「ハアイ、ワンダラー、ワンダラー」

それは貧しい家の子らが、食事代の足しにするために、ろくに学校も行かずに働いているのでした。

「プリーズ、プリーズ」

幼い女の子が、小さな花を細布で束ねたものを、両手にかざして、ピョンピョン跳ねて見せています。

「それは、かわいい花だわね。だけど店の買い物で手がふさがっているし、花を生ける場所もないし、困ったわあ」

チャーリー夫人は、心でつぶやき、逃げるように、ロバート氏の背後に隠れます。

「オオウ、ノオ、ノオ」

ロバート氏は、顔を左右に振って、みやげ物を差し出す子供たちを押しのけるように歩きます。

「チープ、チープ」

少年が声を発して、チャーリー夫人に、しつこく追いすがり、顔近くに造花をかざします。その造花は、ありあわせの布で、花弁らしく雑に作られたものでした。困ったチャーリー夫人は、

「アア、そうだわ」

現地の案内人が、観光客に教えていた言葉を思い出しました。

「いらない、いらない、プヤオ！　プヤオ！」

それは断るための、当地の言葉でした。

「……」

チャーリー夫人の強い拒否（きょひ）の声に、少年はスッと造花を引いて立ち止まり、顔いっぱいに悲しそうな表情を残しておりました。

「いらないのよ、いらないのよ。本当にいらないんだから」

チャーリー夫人は、小さくつぶやいたあとで、置き去りにした子供たちに、ひどい仕打ちをしたと

悲しんでおりました。

　自由時間中に、ショッピングを終えたツアー客が、次々とバスに戻ってきます。

「ふうう、あちこち店を歩き回って、とっても疲れたよ」

「ほうら、ほら、これをごらん。すてきなシルクの生地でしょう」

「俺はテーブルクロスを買ってきたよ。山水画をシシュウしたものだよ。とっても、いいだろう」

　それぞれが買った物を見せ合って、はしゃいでいます。

「私は孫娘のおみやげに、チャイナドレスを買ったの。ほらあ、あざやかな模様で、すてきでしょう」

「うわあ、その服、かわいいわねえ。娘さん、きっと喜ぶわよ」

「あらっ、あなた、浮かぬ顔して、どうしたのお？」

「ハアア、私買い物を終えてね、少し疲れたから、通りの広場で休んでいたの。ベンチに座っていたら、男の子二人が、ボールけりをして遊びだしたの。コロコロとボールが、私のベンチまで転がってきたわ。それで私は立ち上がり、そのボールを拾って、男の子に投げ返したの」

「あらら、優しいわねえ」

「ところがベンチを振り返ると、置いていた買い物袋がなくなっていたのよ」

「ええっ、そばにはだれも、いなかったの」

「いたわ。ベンチの後ろに男性がいたわ。でもその人の両手には、何もなかったの」

「ほかに人は？」

「ううん、だれもいない。それでベンチの下も探したけど、見つからなかった。もしかしたら、店の中に置いてきたのかなあ。ふうう、がっかりしたわ」

「おい、おい、それは、チームプレーの置き引きだよ」

「ええっ！」

「もう一人、犯人がいてな、ベンチそばの男から投げられた買い物袋を、受け取って逃げていったんだよ」

「まああ、なんということを……」

「ははあ、あんたばかりじゃあないよ」

白髪の男性がため息をつき、苦い顔をして口を出します。

「俺が店のショーウインドーを見ながら、通りを歩いていたらな。ドンと通行人と、ぶっかったんだ。その際、俺は尻もちをついてしまったんだよ」

「まあ、危ないこと」

「ぶっかった男性がなあ、『アイム、ソーリイ』と、すぐに俺を抱き起こしてくれた」

「それは良かったね」

「いや、良くはないんだ。少し歩いて、後ろのポケットに手を入れたら、財布がなくなっていた」

「ええっ、それはスリだ、スリに見事、やられたんだなあ」

「すぐに通りを見回したけど、もう男の姿はなかったよ」

「年寄りの外国人はなあ、奴らにねらわれやすいんだよ」

「ハアア、パスポートとトラベラーズチェックは無事だったから、なんとかなるだろうけれど……」

「みんなも気をつけないと、ひどい目に、あっちゃうぞお」

「本当にねえ、ひとごとではないわ」

ツアー客が、おしゃべりしているうちに、バスはにぎやかな通りを走り抜けます。

バスの一行は今夕、海岸一帯の夜景を楽しむために、少し早めの夕食をとることになりました。その夜景は、香港島の観光目玉の一つでもあります。ツアーバスは、海岸に出て、島影の入り江に向かい、アバディーンの水上レストランへ行く、渡し場の近くで停車しました。バスから降りた観光客は、

「うへえ、外は蒸し暑いわあ」

太陽が傾きかけた入り江には、海からの風もありません。

「あら、船がたくさん停泊（ていはく）しているねえ」

せまい海岸には、中型以下の漁船や、小さな舟（ふね）がギッシリと、身動きできないほど、ひしめいていました。

「さあ、早く、早く」

チャーリー夫人やロバート氏たちは、ほかの遊覧客で混雑している渡し場に急ぎ、スタート直前のフェリーボートに、ぞろぞろと乗り込みました。それで満員となった船は、エンジン音を高めて動き出しました。

「ほら、ほらあ、あれが私たちが行く水上レストランらしいわ」

行く手前方の海上には、中国風で宮殿（きゅうでん）スタイルの豪華（ごうか）なレストランが待ち構えていました。

「とってもすてきだわねえ」

船べりに座ったチャーリー夫人は、レストランの外壁の華美な装飾と、それらを未点灯のたくさんな色電球で、ふちどられた建物に、目を奪われていました。

「タンタンタン」

フェリーボートは、古い漁船の間を、ゆっくりと波を立てて進み、すぐに少し開けた海上に出ました。

「わあ、わあ、わあ」

突然、漁船群の隙間から、たくさんの小舟が、一斉に飛び出してきました。それぞれのせまい小舟には、年配の女や子供が複数乗り込んでいます。

「うわあ！」

彼らは何やら叫びながら、手でザルを掲げ、懸命に櫓をこいで、われ先にと近づいてきます。

「まあ！　あれは何……」

チャーリー夫人はびっくりして、隣のロバート氏に叫びました。ほかの乗客も、急展開した海上の光景に目を丸めて注視します。

「ウム、彼らはね、タンミンと呼ばれる水上生活者だよ。みすぼらしいジャンク船を櫓で操り、小魚などの漁をしたり、小荷物を運んだり、あるいは船上で寝泊まりしている者もいるらしい。彼らは客から投げ込んでもらう硬貨などの金品を、あのザルや舟で受け取るんだろう」

ロバート氏が、パイプの煙をくゆらせながら説明しました。小舟の中には、へさきに幼い子が、ほとんど裸で寝かされていたり、海に落ちないように、ヒモでくくられた小さな子もいました。背に赤

ん坊の女が髪を乱し、片手で櫓をこぎ、もう一方の手には、ザルを差し出しています。小舟の集団は、

「急げ、急げ」

「だれよりも早く、早く」

「前へ前へ、どいて、どいてえ」

フェリーボートをめがけ、それぞれが、ほかの舟を押しのけるように突進します。そこにはタンミンの生活の貧しさが、まざまざと展開されていました。

「フワア……」

チャーリー夫人の胸には、急に憐れみの感情が湧き上がります。彼らに対して、自分たちが贅沢な旅行をしている、すまないという気持ちでいっぱいになりました。チャーリー夫人は、わずかばかりのお金でもあげたいと思ったけれど、すぐには行動に移すことをためらっています。お金を投げ与えることで、彼らを侮辱することになりはしないかというおそれと、皆の前でお金を投げる恥ずかしさの気持ちとが、チャーリー夫人の心を支配していました。

「ハッハア、ハッハア」

小舟群から遅れた舟があります。その舟には、左の足首に布を巻きつけた婦人が、一人乗り込んでいました。息を切らしながら、櫓をこいでいます。その布には、にじんでいた血が、すでに乾いていました。

「いけない、出遅れてしまったわ」

婦人はザルを持った手も櫓に添えて、もう片手でこぎますが、足首に踏んばりもきかず、皆の後方

に取り残されてしまいます。

「少しでも前に行かないと……」

集団のどんじりでは、客から硬貨が投げられたとしても、婦人の舟に届く距離ではありません。

「ギッギ、ギギギ」

それでも婦人は、わずかな幸運をあてに舟を動かします。フェリーボートのまわりは、すでに大勢の舟が壁となって囲んでいますから、婦人の舟は前に出られません。

「ヤアッ！」

フェリーボートの前方に乗った客の一人が、かけ声とともに、小舟の一隻に硬貨を投げ入れました。

「わあ、わあ、わあ」

とたんにほかの女子供たちは、わめき声を高めて、懸命にザルや手を差し出します。それをきっかけに、ほかの乗客も次々と硬貨を投げ始めました。

「そら、そらあ！」

「それっ、それえ！」

前方に出た舟の中で、半分ずり落ちたシャツのまま、よごれた手をめいっぱい、差し出している小さい子がいます。その子の真剣な瞳を見たチャーリー夫人は、たまらなくなって、ハンドバッグから財布を取り出そうとしました。その時、あらかじめフェリーボートの進行先で、待機していた老婆の小舟のサイド側が、

「ドドン！」

走っているフェリーボートのへさきにぶつかりました。一瞬老婆は舟とともに、大きくぐらりとよろめきましたが、櫓にしっかりとしがみついておりました。

「なんだあ！　どうしたんだあ！」

それをきっかけに、フェリーボートの船員が、その老婆やほかのタンミンに向かって、大声でどなりだしました。その声で近くまで寄っていた小舟が、一斉に離れましたが、少しの距離を保ちながら、前と同様にザルや手を差し出すことはやめません。さっきの老婆は、まだ盛んにどなっている船員に向かって、手を振り上げながら、負けずに何やら、ののしり返していました。チャーリー夫人は、彼らの怒声(どせい)にけおされて、取り出したお金を投げ与えることができなくなりました。

「ガヤガヤガヤ」

乗客が彼らを見ながら、しゃべり合っているうちに、水上レストランが目の前に近づき、小舟は一斉に追いかけるのを停止しました。

「フハアア」

大きく息を吐いて、フェリーボートを見送ったり、すぐに舟を回転させて岸へ戻り始めます。それは毎度繰り返される行動の中で、自然と定められた習慣のようでした。

「ふうう」

チャーリー夫人は、海上で繰り広げられた戦場のような喧噪(けんそう)から、ようやく解放されて、安堵(あんど)のため息をつきました。

小舟を降りた人々が、浜辺をぞろぞろ歩きます。

「やあれ、やれ、今回もむだ骨だったわ」

足首に布を巻いた婦人は、疲れた体で、わが家へ向かいます。浜の端の方にビッシリ建てられた粗末なバラック群の一軒に入りました。

「やあ、お帰り……」

薄暗い部屋から、おばあさんの弱々しい声が聞こえました。すみにへたり座ったおばあさんは、幼児を一人、だっこしておりました。

「フウウ、だめだめ、一セントさえ、手に入らなかったわ」

「しょうがないねえ。今日はねえ、坊や、ずうっと、おとなしくしていたよ」

おばあさんの言葉に安心した婦人は、睡眠中の幼児の頬を柔らかくなでました。

「はあ、母ちゃんかあ」

そばで横になっていた少年が、眠りから覚めて、小さく声をかけました。少年の額には、濡れた布がのせられています。

「熱はどんな具合なの」

「うん、だいぶ良くなったようだあ」

少年は心配をかけないように、少し笑顔をつくって答えました。実際のところ、少年は立ち上がるとふらついて、歩くのもまだ辛いのでした。

「あっちから、何か連絡でも来たかい」

「ええ、親方の家に寄ってみたけど、あの人、手紙の一つも寄こしていないわ」

婦人は寂しそうに答えました。

「ふうっ、いったい今、何をやってんだか」

おばあさんは、ため息をつきます。父親は出稼ぎに行ったまま、しばらく音信不通でした。婦人はこの小屋で、老婆と子供二人を養っているのです。

「しょうがない。今は私たちが、がんばらなければ……」

会話が切れて、部屋の中には、静寂が残ります。

昨日母親は、

「良かった、仕事が見つかったわ」

外海から帰港した船の荷を、陸へ運ぶ賃仕事を得ました。

「よいしょ、よいしょ」

海上に張り渡された板の橋を、母親は重い荷を頭にのせて、小さく上下に揺れながら運びます。

「バキッ」

突如、足もとの古い板の一枚が、折れて片足を突っ込み、板の切れ端で、足を怪我してしまいました。よろけた母親は、荷をかばった際に、足首をねんざしてしまいました。

「大事に至らなくて、まだましだったわ」

怪我して血が出た足首に、古い布を巻きつけて、応急手当をしました。

「オイラ、もっと稼ぎたいなあ」

それは数日前のことでした。少年も一家の働き手の一人です。

「皆より朝早く出かけないと、なくなってしまうよ」

海岸の岩に、はりついた貝をとって、家計を助けていました。

「最近は岸壁の端の方まで行かねば採集できない。今日はいやだなあ、朝からずうっと冷たい雨が降り続いている」

一日中、貝を探し回った少年は、雨の中無理をしたのでしょう。その夜、少年はひどい発熱で立ち上がれなくなり、数日間小屋に、横になっていました。

「安い賃仕事さえ、みんなと取り合いで、困ってしまうわ」

母親がぐちります。

「母ちゃん、フェリーボートが店から戻る時間には、オイラも舟に乗せてよ」

「まだ病気は、治っていないんでしょう。無理しちゃあだめよ」

「もう大丈夫(だいじょうぶ)だよ。以前なんかオイラは、一ドル硬貨を一度に三個もザルで受けとめたんだよ。オイラ、キャッチするのは、うまいんだからあ」

母親は苦笑いをします。

「ママ、ママ」

目を覚ました幼児が、母親に両手を差し上げます。

「少し水を飲ませましょう」

おばあさんから幼児を抱き上げ、あやしながら、水筒(すいとう)を手に取りました。

「ババン、バン、バン」

近隣（きんりん）のバラックから、毎度聞きなれた騒々（そうぞう）しい音がします。

「あんたあ、また大切なお金を使ってえ」

「なんだ、なんだ、少し酒を飲んだからって、ガミガミ言うなあ」

「まあ、まあ、もう少し落ち着いて」

夫婦が言い合う声と、それをなだめる声が聞こえてきます。収入のない人々は、漁師がとった小魚などの残り物をもらったり、流れ着いた海草などで食いつないでいます。バラック住民のだれもが、その日の暮らしで必死なのです。

少し時間が過ぎて、

「ザッザッ、ザワザワ」

海辺に人が、集まり始めたようです。戻りのフェリーボートの時間が近づいたのです。

「本当に大丈夫なのね」

ためらっていた母親は、少年を舟に乗せて、再び物乞（ものご）いに出かけることにしました。


水上レストランの内部は、派手な赤色や金色などで豪華に飾（かざ）られ、明るい照明が輝（かがや）いていました。

「どうぞ、こちらのお席へ、お座りください」

いくつもの大テーブルは、すでに客でいっぱいでした。彼らの中には、さまざまな顔立ちの外国人が大勢混じっています。チャーリー夫人たちが、予約済みの大テーブルに腰を落ち着けますと、すぐに料理が運ばれます。

「うわあ！　すてき！　おいしそう」

　新鮮な魚、カニ、エビなどをベースとした広東式の海鮮料理です。店員が次々とテーブルに並べる料理に、みんな目を開いて、拍手と歓声を上げます。

「さあ、さあ、お願いしますよ」

　皆に指名されたロバート氏が立ち上がり、

「旅の安全と、健康と幸せを祈りましてえ」

　乾杯の合図をして、グラスの酒が飲み干されました。

「うわあ、これはユニークな料理だわね。どんな味つけをしているのかしら」

「ウン、少しばかり辛いけれど、とってもおいしいねえ」

　一行は長い箸の使用に苦労しながら、中国料理を賞味し合い、ロバート氏の冗談に、笑いの渦は絶えません。

「オイオイ、そっちのグラスは、からのままだぞ。さあ、もっと飲めえ、飲めえ」

「待て、待てえ、つい先ほど酒樽一個、注文済みだあ」

　テーブルの向こう側とこちら側で、笑いのかけ合いが続きます。あちこちで中国式の、

「カンペイ！」

　が連発されます。記念写真のフラッシュが立ち、にぎやかな雰囲気で満ち溢れています。それは、さしも広いレストランの部屋が、食事の楽しさでゆらゆら揺れ動くようでした。

「フウウ、ちょっと飲みすぎたかしら」

食事を終えたチャーリー夫人は、レストランの外の渡り廊下（ろうか）に出てみました。手すりの外には、海を囲ったいくつものイケスが並んでいます。それぞれには、魚やカニやエビなどが、活発に泳いでいました。

「あれは、さっき食べたロブスターだよ」

「たくさん、かたまって泳いでいるわ」

「あれえ、あの変な姿は、何という魚かしら」

廊下には、ほかの客も数人出ていました。

「ああ、気持ちいい」

海から吹いてくる風は、酒に酔（よ）った体には心地（ここち）よいものです。辺りは、ぼんやり薄暗くなりかけていました。

「あらっ、あれは……」

海上に停泊した漁船のかげから、一隻の小舟が、ゆっくりと近づいてきます。小舟には、男の子が櫓を操り、へさきに小さな女の子が座っていました。男の子は、顔を左右に振り、レストランの様子を気にしながら、そうっと静かに進みます。

「ドル、ドル」

男の子は目の前に現われると、片手を差し出して、小声で言いました。チャーリー夫人は、素早くバッグからお金を取り出して、小舟がすぐそばまで寄ってくるのを待っていますと、

「オッラア！」

ちょうどイケスに顔を出した店員が、叫び声を発して、手にしていたバケツの水を、

「バッサアッ」

男の子と女の子に向かって、広くぶっかけました。

「ヒイッ」

水をかぶった男の子は、櫓を懸命にこいで、逃げていきます。チャーリー夫人は、小舟の中の二人を見送りながら、

「さっき、素早くお金をあげてやれば良かったのに」

自分がひどいことをした気分になり、ため息をついて、深く沈み込んでしまいました。


フェリーボートが、レストランのへりに横付けにされて待っていました。

「皆さん、乗り込む際は、足もとに注意してください」

まだほろ酔い客を心配して、一人ずつ手を差し伸べて、船に誘導（ゆうどう）します。フェリーボートが水上レストランを離れるとすぐに、

「うわあ、うわあ」

チャーリー夫人たちは、再び小舟の群れに取り囲まれました。

「やあ、来た、来た。またやってきたね」

彼らの出現になれた乗客たちは、行きの場合よりも、金を投げる人が多くなりました。レストラン

で支払ったあとの、じゃまになった小金を投げている人も大勢います。合わせて、おなかがおいしいもので満たされ、ほろ酔い気分の客にとって、その動作は、宴会の余興の一つでもありました。

「今度こそ……」

チャーリー夫人は、少しでも彼らの助けになるようにと、自分のこづかいもさいて、大きな金額を手にして投げようとしますと、

「ちょっと待ちなさい」

隣にいたロバート氏が止めました。

「そんなにやることはないでしょう。なにね、あのタンミンたちは、客の同情を引くために、ああして小さな子を裸で寝転がしていたり、子供にも物乞いをさせているんじゃあないのかね。お客なんて、あわれな女子供には弱いからなあ」

チャーリー夫人は、そういうこともあるかも知れないと思いますと、先ほどからの憐憫(れんびん)の感情が少しばかり薄れました。

「まあ、見ていてごらんよ。ヘエイ！　ヘイ！　ヘイ！」

ロバート氏は、一ドル硬貨を手に掲げて、彼らに見せました。

「わあ、うわあ！」

「そらあ！」

ロバート氏の手の中の金に、向かい寄る小舟群の一隻に向かって五、六個の硬貨を空中に投げました。硬貨は船べりから、せいいっぱいに差し出していた少年のザルの前で、バラバラに落下し出しま

した。それらの金が、海中に没しようとした時、

「サアッ」

少年はザルを差し出したままの格好で、

「ドップン！」

海に飛び込んでいました。それを見ていた乗客たちは、
一斉に笑いだします。手足を広げて、カエルのような格好で跳んだ姿に、チャーリー夫人も一緒に笑いだしていました。海に落ちた少年は、ザルだけは大事に水平に保っておりました。

「ワハア！　ウハハハ」

「さっき投げたお金は、六ドルだったの？」

チャーリー夫人は、確かめてみました。

「いいや、一ドル硬貨と見せて、十セントを五個ばかり投げたのさ」

ロバート氏は、皆の笑いのもとを作った自慢にニヤリと笑って、パイプをくわえ直しました。

「早く、早く、上がって、上がって」

左足首に布を巻いた母親は、海につかった少年を、あわてて舟に引き上げていました。

「母ちゃん、これ」

少年が差し出したザルの中には、十セント硬貨が一個入っていました。

「フハア、体がだるくなってきた」

少年は家に戻る途中から、

「ガタ、ガタ、ガタ」

全身の震えが、止まらなくなりました。

「あらら、いけない、ひどい熱だわ」

小屋に着いた少年は、ぐったりして、寝込んでしまいました。しかし、金がなくて医者に見せることも、薬を与えることもできません。それまで近所にいた善良な医者は、昨年亡くなってしまい、遠くの医者まで運ばなければなりません。今は動かすこともできない少年に、母親と老婆は、布の水をしきりに取り替えて、体を冷やすしか方法はありません。その少年は三日後、

「母ちゃん……」

ひと言残して、息を引き取りました。

「ああ、なんて悲しい、くやしい」

母親と老婆は、落胆(らくたん)の日々を過ごします。

「あの子を舟に乗せなければよかった……」

母親は繰り返し後悔(こうかい)します。その間、近所の仲間の手助けで、形だけの死の後始末はしてもらいました。

「私がしっかりしなければ」

母親は悲しんでばかりいられません。気を持ち直して、仕事を探し回りますが、簡単には見つかりません。あの日以来、少年を死なせた小舟に乗ることができなくなっていましたが、

「少しでも、お金が欲しい」

母親は再び小舟をこいで、フェリーボートの観光客に、わずかな運を求めます。

「わあ、わあ、わあ」

みんな、ひしめく隣の小舟と、

「ガッ、ガッ、ガッ」

こすらせながらも、フェリーボートに迫ります。

「ハッハア、ハッハア」

母親は必死に櫓をこいで、小舟群の前方へ出た時に、

「カッチン」

小舟の中に運よく、客からの硬貨が投げ込まれました。

「良かった、良かった……、ああっ、あああああ」

それが十セント硬貨であることを見知った母親は、数日前に亡くなった、わが子の顔が浮かびます。

母親はたちまち憤(いきどお)りを覚えて、それをフェリーボートに投げ返してやろうと、とっさに拾い上げました。

「ううう……」

しかし母親は、それを握りしめたまま、舟底にうずくまってしまいました。彼女らの今の暮らしには、その十セント硬貨でさえも、必要だったのです。

「ハアイ、皆さん、これよりバスで小山の頂上へ向かいます。そこで百万ドルの夜景と呼ばれる湾岸

一帯の展望を、お楽しみいただきましょう」

チャーリー夫人たちは、動き出したバスの窓から、たそがれの港を振り返りました。

「まあ！　きれい……」

乗客の間から、感嘆（かんたん）の声が上がりました。その時、水上レストランの華やかな外壁を飾ったさまざまな色の電球が、一斉に点灯（てんとう）していました。それが建物内部の照明とともに、そばの海面で、

「ユラ、ユラリ」

と鏡のごとく反射しています。

「まるで海に浮かんだ宮殿のようねえ」

そこには周辺の古い漁船など、殺伐としたものを、すべて闇の中に包み込んで、水上レストランだけが、くっきりと浮かび上がっておりました。その美しさは、貧しいタンミンの人々や、きたない小舟などを忘れさせるほどの、強い印象を与えていました。ましてや、十セントのために、病をおして、海に飛び込んだ少年のことなど、思い浮かべようはずはありません。辺りが暗くなるほど、あざやかに輝き出した水上レストランを、バスの一行は、うっとりとながめておりました。


（おしまい）

＊　＊　＊

男は読み終えたページに手を置き、顔を上げて深く呼吸をしました。

「へっへえ、海外旅行かあ。いいなあ、うらやましいねえ」

　男は小冊子から目を離し、小指を顔に近づけて、鼻クソをほじくり始めました。

「子育てが済んで、生活に余裕ができて、夫婦だけで旅行できるなんて、理想的だよなあ。俺なんか、結婚後の生活レベルなんて、ちっとも考えずに、ひたすら嫁さんを探し回ったよ。そのかいがあったのかなあ。俺の目の前に、一人の女性が現われてくれた。俺の女房となる女は、ちょっとしたきっかけで知り合ったなあ。俺はしつこく誘って、つき合い始めたよ。その頃だったかな。あいつはハネムーンは外国へ行きたいなんて、冗談で言ったっけなあ。無理もないや。結婚生活に夢を持っていた女だったからなあ。フハア、だがなあ、俺たちには、そんな贅沢は、夢の夢だったたあ。俺の薄給では、国内旅行だって無理だったよお。数少ない親戚と友人を集めて、形だけの結婚式を済ませてさあ。そのあと二人は、一番近い町に出かけて、映画館に入った。その後二人は、少しばかり高価な夕メシを食って、その夜コソコソと、家に戻ったもんだよなあ。チチッ……」

　男は爪でかき取った鼻クソを、小指と親指で丸めて、

「ピッ、ピピッ」

　と空へ向かって、はじき飛ばしました。

「フフウ」

　ついでに広く薄く浮かんだ雲をながめていますと、

「ファイト、ファイト」

　女性の高い声が流れてきました。

「へっ、なんだあ?」

遠くに見える女学校の塀沿いの道に、白いテニスウエア姿が現われました。

「ファイト、ファイト」

十名ほどの部員のかたまりが、向こうの角を曲がりますと、声が急に小さくなります。男の目は、そのまま白い後ろ姿を追いかけます。

「考えてみればなあ。俺は運よく臨時の小銭が手に入っても、これ幸いとばかりに飲んだくれ、一人でフラフラ遊び回っていたよなあ。だからさあ、気がついたら、女房子供には、ちっとも楽しい思い出は作ってやれなかったよ」

男は少しばかり後悔の念をいだいて、女学校の校舎をながめていますと、

「ぺェイホー、ぺェイホー」

住宅地の遠くを、救急車の音が、せわしく横切っていきます。

「さあ、さあ、どいて、どいてえ。大急ぎで病院に直行かあ。あの警報音には、悲しくて、哀れな記憶があらあなあ。フウッ、高校生の時分によお、俺とたった一人、気が合った友人がいてなあ。奴は俺たちの目の前で、バイクのサーカス走行をやって、粋がっていたんだよ。日頃から荒い運転をしていたからなあ。タイヤの表面の溝が、すり減っていたらしい。突然カーブで、タイヤが横スベリをして、奴は電柱に頭部を激突してしまったあ。俺たちは動転しつつ、救急車で病院へ運ばせたんだ。奴はなあ、奴はそのまま帰ってこなかった。フウウ、ぺーホー、ぺーホーかあ。のんびりとした音だがなあ。俺にはあの音は、いつも悲劇の幕開きを想起させるぜえ」

男は目をしばたたかせ、ようやくすっきりした鼻の穴を、口でモグモグ動かして、ゆっくり次のページをめくりました。

タイトルは「牛の尻とニワトリの頭」と読めました。

＊　＊　＊

丘(おか)の古い牧場に、父と母、男の子と女の子の四人家族が引っ越してきました。

「今日からここで、新しい生活を始めるんだよ」

「心配していたよりも、住み心地は、よさそうだわ」

「ふわあ、家の外は、高い草が海みたいに、はえているね」

「草を揺すると、虫や蝶(ちょう)がパラパラ飛び出してくるわ」

「さあ、さあ、忙しくなるぞ。子供たちにも、少しずつ手伝ってもらうよ」

「最初は、家の中の掃除(そうじ)から始めましょうね」

父親は長年つとめた会社をやめて、酪農家(らくのうか)として、ひとり立ちいたしました。その際に、あり金をはたいて、数頭の子牛と、数羽のニワトリを、買いました。

「ウモモ、ウモオオ」

「ココココ、コケエッ、コケエ」

「うわあ、同じ屋根の下で暮らす仲間がふえたよお」

「夜も昼も、にぎやかになったねえ」

父と母は、なれない仕事に、とまどいながらも、朝から夜おそくまで懸命に働きました。幼い子供たちも、小学校から帰ると、

「ほうら、ほら、たくさん食べな」

「糞がこんなにたまっているよ」

エサやりや、牧舎の掃除、外の草運びなどの手伝いをします。

「今日もよい天気だよ」

「さあ、さあ、外に出て、外だよ」

ニワトリは昼間、牧舎の外に出して、自由に運動させます。

「ホウラ、ホウラ、今日はもうおしまい」

夕方になると子供二人で、ニワトリを小屋の中に追い込みます。

「さあ、さあ、おうちへ帰ろうね」

「アッラア、そっちへ行ったら、だめだめ」

「自分たちのおうちの方だよ。ソウラ、ソラ」

「ヒャア、知らぬまに、ニワトリが草むらに卵を産んでいたあ」

「ぼくもうっかり、踏んづけるところだったよう」

牧場には、いつも一家の笑い声が、流れていました。

太陽が山の向こうに、姿を隠す頃になると、子供の高い声が牧場に響(ひび)きます。

「この仕事が終わったら、使わせてもらうからね」

「ああ、いつも、ありがとう」

薄暗くなった牧舎から、父母の声が返ってきます。

「お風呂の用意、できたよう」

「お母さあん！」

「お父さあん！」


牧場が朝日に輝き出すと、牧舎から数頭の牛が放たれて、思い思いの場所で草をはみだします。柵近くまで寄った子牛が、長く伸びた草を、広い口でひきちぎっています。

「フア、フワアア、青い空に白い雲、気持ちいいなあ」

その子牛の尻に、はえている若い毛が、そよ風に揺られながら、隣の若毛に話しかけました。

「いつも元気で、明るい家族だなあ」

「親子助け合って、よく働くよ」

「会社つとめと違って、休日のない、生き物相手の仕事だから、大変だろうね」

「父と母は毎夜、酪農経営の勉強も、おこたらないようだな」

「なにはともあれ、仕事は調子良さそうだ。牛毛のオイラたちも安心だね」

牧草は天候に恵まれて青く茂り、牛たちはあまり動かないうちに、おなかがいっぱいになりました。

あちらこちらで、腹ばった牛が、なかば眠りかけた目で、口だけはモグモグ動かしています。

「見ろよ。子供たちが帰ってきたぞ」

「やあぁ、元気のいいこと」

牛の尻の若毛が、のび上がって見守る中、ランドセル姿が小道を駆け上がってきます。牧舎に着くや、ランドセルから紙片を取り出して、両親の所へ飛んでいきました。

「ぼくは算数で、八十点取ったよ」

「わたしは国語で、八十五点だわ」

テスト用紙を、手に掲げて知らせます。

「ヘエ、すごいなあ。父さんだって、こんな点数は、取ったことないぞ」

「どちらも、今年の最高の点数だわねえ」

仕事の手を休めて、父と母は、うれしそうに何度も用紙を確かめて、子供たちの頭をなでていました。

「ここの生活にも、ようやく、なれてきたみたいだわ」

「そうだねえ。一日の仕事にも余裕ができたから、もう少し手を広げてみよう」

一家は銀行から、お金をたくさん借りて、牛とニワトリを数倍にふやしました。牧舎は新しい家畜(かちく)でまんぱいとなり、新たに数棟(すうとう)の小屋を建てました。

「ヒラ、ヒラ、ヒラリ」

草の上で寝そべった牛の上を、蝶が二匹、追いかけっこをしています。

「ホホウ、家の方がやけに、にぎやかだと思っていたら」

「子供たちが、大勢集まって、はしゃいでいるぞ」

牛の毛が、庭の方へ目を向けました。

「おたんじょう日、おめでとう!」

「おめでとう!」

「丘の上まで、わざわざ足を運んで、ぼくのたんじょう日を祝ってくれて、ありがとう」

牧場の男の子が、恥ずかしそうに頭を下げました。そこへ、白い三角巾(さんかくきん)をかぶったお母さんが、大皿を持って出てきました。

「皆さん、焼きたてのケーキですよ」

「うわあ! おいしそう」

「数日手をかけた料理や、しんせんなサラダ、バターやチーズもありますよ」

「おなかが、グウグウ鳴いているよお」

みんな急いで、テーブルを囲みます。

「ふわあ、ふわあのケーキ、とろけそう」

「この牛乳、とっても、おいしいわあ」

「あの元気な牛さんたちのお乳ですよ。たくさん飲んでね」

牛の集まっている方に目を向けると、その先の方に、お父さんが牧草を刈っている小さな姿がありました。

「ウッハア、びっくり。ここのゆで卵、でっかいなあ」

「私が今朝、拾い集めた卵なのよ」

牧場の女の子が、得意げに言いました。

「おいしいものを食べると、全身に力がみなぎってくるねえ」

「食事が済んだら、みんなでゲームやダンスをして遊ぼうよ」

そんな様子を、牛の毛が、一緒に楽しむように、ながめておりました。

牧舎に注いだ日差しが、壁一面に、窓枠などの小さな影模様を作っています。

「ココッ、コケエッ、ココココ」

小屋の外ではニワトリの集団が、地面をつつきながら、せかせかと歩き回っています。それはまるで地面に、さまざまな手まりをバラまいたみたいです。

「フア、フアア」

柵の入り口近くで、のんびり草をはんでいる牛の尻の若毛が、大きくあくびをして、いつもの通り、おしゃべりを始めました。

「あの四人家族の生活を見ていて、オイラは、つくづく考えたんだがな」

「ヘエエ、なにを考えたってえ?」

「近いうちになあ。オイラも、一念発起して、ニワトリの頭に飛びうつろうと、決心したんだけれど」

「エッ、何だってえ。やぶからぼうに。この牛の尻がいやになったのかい」

「いや、そういうわけではないんだがな。ここにいたんでは、前方がよく見えないし、ハエのやつが、うるさくまつわりついては、シッポでペタペタなぶられるのに、そろそろがまんができなくなったんだ」

「だけど、ニワトリよりも牛の方が大きくて強くて、長生きできそうだし、ここにいれば、ほかの牛に踏んづけられるおそれもないし、それに……」

「なんだあ、ニワトリの底力を知らないな。能あるニワトリは、いつかは自由に、大空を飛べるんだぜ。牛のツノに乗っかって糞をたれるぐらいの、いきごみでなくっちゃあいけない」

「たいした自信だな。ところで、その有望なるニワトリの、あてはあるんかい」

「それがなあ。なかなか手ごろなのが、見つからないんだよ。牛の頭上でがんばると口で言っても容易じゃあないや。一度牛のツノに乗れたとしても、そこにつかまっているのは、大変なことぐらいわからあな。そのたいせいを、保ち続けるためには、丈夫な足と、肉体と羽根を持っていなくっちゃあだめだな」

「なるほどな。オット、あそこを歩いている、大柄なニワトリなんかは、どうだろうか」

「体つきは、すこぶる良さそうだが、つんとすましていて、とっつきにくそうだ」

「その後ろでハネ色の目立つやつは、どうだあ」

「はぶりは良いが、ちょっときざだな」

「ふうん、なかなか条件が厳しいなあ。オオウ、群れのせんとうにいるのでは、どうだい」

「フフン、ヤツの大げさな歩き方が、わざとらしくて、鼻につくわい」

「ならば群れの中央で跳ねぎみに歩く、元気そうなやつは」

「ヘッ、まわりをチョロチョロ、さぐるような目つきが、気に入らねえや」

「ううむ、それじゃあ……」

おしゃべりは、とめどもなく続きます。


月日が過ぎて、秋から冬に入りかけた頃でした。この季節になると、大陸や北の国から飛んで来たさまざまな渡り鳥が、森や湖に見られるようになります。

「大変だ、大変だ」

「なんだか、おかしいぞ」

「早く獣医(じゅうい)に知らせろ」

いくつかの家畜場では、きっかいな重大事件が、発生していました。

「ニワトリが死んでいる。それも一羽や二羽ではない」

「ああ、ニワトリが、集団で死んでいる」

「ウウム、これは異常なことだ。ただの病気ではないぞ」

ある養鶏場(ようけいじょう)では、渡り鳥が運んできた鳥インフルエンザにかかって、ニワトリがバタバタと死んでいきます。

「うちの牛の体調が、見るからに変だな」

「悪い草でも食べたのか」

「どうしたんだ。牛がヨロヨロと、おかしな歩き方をしているぞ」

「ウム、どうやら家畜のエサに、問題があるらしい」

肉牛場では、牛の頭脳がおかされて、まともに歩けなくなるという伝染病が発生しておりました。

「こんな牛の病気は初めてだ」

「キョウギュウ病問題として、世界中でおおさわぎだあ」

「以前外国でも、牛のコウテイエキの伝染病が問題になったことがあったな」

「そんなむずかしい病気は、どのように対処(たいしょ)すればいいんだよ」

「もう俺たちには、お手上げだあ」

これらの事件は、新聞やテレビ、ラジオなどで、盛んに報道されます。

「家畜業者として、これは生きるか、死ぬかの問題だ」

「ニワトリにかかわったり、牛肉を食べた人間まで、病気になってしまうらしい」

「ある国では死者も何人か出ているらしい」

そのニュースが全国に伝わると、ニワトリの肉や卵、牛肉や牛乳の消費量が、いっぺんに激減してしまいました。

「当分の間、問題発生の地域から、家畜などの移動を禁止する」

「死んだ家畜は、その場で確実に処分するように」

ついに政府の役人から、厳しい指令がありました。

「少しも商売ができない。困った、ああ、困った」

「うちの家畜の健康が、心配だわ」

丘の牧場でも、家畜の病気調査のため、なにも売ることはできず、借金だけが、ふえていきます。

「いつになったら、元通りの生活に戻れるのかしら」

検査結果は、丘の牧場の家畜には、異常はなかったのですが、

「あれから何日も経っているのに、商品の出荷先が見つからない」

市場の売れゆきは回復しないまま、いたずらに月日が過ぎてゆきます。

「困ったな、困った。借金の返済期限が来たのに、お金が払えない。今のつなわたり状態を、なんとか乗りきらなければならない」

父親は銀行などを、いくつか渡り歩き、

「わたしどもは、必死にがんばっております。返済期限のえんちょうと、さらに少しの資金を貸してほしいのですが」

自分の親戚や、知り合いにも当たって、お金のくめんに走り回りましたが、ことごとくだめでした。


「オウライ、バック、バック、ストップ」

ある日、丘の牧場に、小型トラックがやってきました。

「苦労して改良を加えた牧場を、去らねばならないなんて、とても残念だなあ」

「もっともっと、がんばれたはずなのに、くやしいわ」

「本当に、もう、このうちには住むことができないの」

「かわいい牛やニワトリたちと別れたくはないよお」

「さあ、さあ、みんな泣くのはやめて、車に乗ろう」

少ない家財道具とともに、一家四人の姿は、その日から消えてしまいました。

「ここがオレたちの、新しい職場だよ」

入れ代わりに、作業用の制服を着た人間が、数人現われました。

「牧舎の中を、ひと通り点検しょう」

「電気と水道は、問題ないようだ」

新しい持ちぬしが現われたのです。

「わが社の事業発展ために、君たちに畜産業を任せる」

彼らは、大規模な会社の経営者に新しくやとわれた社員でした。

「運搬用の容器類は、この場所に集めよう」

「大型サイロの取り付けと調整が済んだら、そのさくにゅうきは、こちらの小屋に運んでくれ」

それまでの牧舎をかいそうして、最新の機械を入れます。家畜のエサの種類や、与える時間や数量、乳をしぼる時間なども、コンピューターで細かく区分され、ニワトリは、せまい仕切り小屋で飼われるようになりました。

「さあ、さあ、じゃまだ」

「ちょっと外に出ていろ」

牧舎の定期清掃で、ケツを叩かれ、一時的に外へ追い出された牛の尻の毛が、ぶつぶつ言い出しました。

「どうもこうも、きゅうくつな生活に、なっちまったなあ」

「これも時世だろう。文句を言っても、仕方ないやね」

年を経て、毛の色はいつしか、黒から白色に変わっていました。

「以前のように、子供たちの明るい声が、牧場に流れないって、寂しいもんだねえ」

「そうさなあ。希望ある日々の楽しみが、まったくないよ」

「個人の、あきないってものはなあ。十分なたくわえがないと、事故が重なったりしたら、たちまち、ゆきづまってしまうんだよ」

そのあと、彼らの話は、この土地の気候の変動や、牧草の生育状況（じょうきょう）や、牛の健康について、おしゃべりを続けます。そのうち、牛の尻を飛び出そうとしてはたせなかった、かの白毛は、ニワトリ小屋に目を置いたまま、

「ふうう」

ため息をついて、力なくつぶやいておりました。

「フン、そこいらに、すんでいるニワトリのトサカにゃ、毛のはえる余地なんか、ありゃあしないんだ」

「……」

どちらも、しばらく黙（だま）り込んだあとで、もう片方の白毛が、ゆっくりと口を開きました。

「あのなあ、もしもだよ。もしも若毛の時に、ニワトリの頭へ思い切って移っていたら、どうだったろうか」

その問いかけに、びっくりした白毛は、少しばかり考えてから、

「そうさなあ。フウム、たぶん大失敗をしていただろうよ。それでもな、一度くらいは、いい思いを味わいたいとがむしゃらにがんばった時期が、オイラにもあったと考えたいなあ。それは、あのまじめな四人家族から教えられたんだけれどもな。己を信じて、上を目指した結果、経験という宝物を得て、たとえその夢がかなえられなかったとしても、オイラたちの今よりは、ましな生き方だったんじゃあないかなあ」

「そうか、そう、そうだよなあ」

「フフウ……」

どちらも大きくため息をついて、遠くの山並みに目を向けました。


（おしまい）

＊　＊　＊

男は読み終えたページに手を置き、顔を上げて深く呼吸をしました。

「オレの社会人としての半生を振り返ってみればよお。人の尻にくっついて、上手にお世辞を使って、頭を低く保つことで、生きてきたんだぜ。会社を飛び出そうたって、オレにゃあ特別なアテも、どきょうも、能力だってありゃあしねえ。新入社員には、地位や成績も次々と追い抜かれてよお。せがれみたいなヤツに、こき使われてさあ。それでも、やとわれた会社に、うだうだしがみつくしか、能

はなかったぜ」

男は手の中の小冊子を、すべり落としそうになり、

「オオッ」

あわてて両手でつかみ直します。直後に足もとから、予期せぬ音がしました。

「ポッチャ」

その水音に、男は背中をびくつかせました。近くの岸から太ったトノサマガエルが、小川に飛び込んでいました。緑色の丸い背を見せて、向こう岸を目指して泳いでいきます。

「カエルかあ、カエルめ、驚かせやがってえ。フン、ヤツは水陸両用ときている。ジャンプもできるし、器用なもんだぜ。へヘン、オレはなあ。武器の一つすら、持っちゃあいねえや。金力、体力、知力、すべてありゃあしねえ。その上に人一倍の、めんどうくさがり屋ときている。はなからいやな役目は、逃げ回っていたからよう。いっこうに実力はつきゃあしねえ。毎日目の色を変えて、金を稼ぎまくるヤツらに、素手で戦ったって、勝てるはずがないや。オレは手足をもぎ取られたダルマさんだあ。叩かれても、こづかれても、無抵抗でよお。最後になんとか起き上がる力を、ひそかに残しとくだけだあ」

男は背筋をゆっくり伸ばし、数年前から痛みを覚えた腰回りを、片手でなで回し、小さく叩いて、次のページをめくりました。タイトルは「しぶ柿」と読めました。

＊　＊　＊

わが家の庭に、屋根まで伸びたしぶ柿があり、今年もたくさん実をつけました。

「大きな赤い実だけどねえ」

「あれが甘柿だったら、良かったのに」

子供たちは不平を言いますが、私は入居時に、しぶ柿の苗木(なえぎ)を植えたのであります。その理由は、幼い頃の記憶をとどめておきたい思いがあったのです。

それは私が、小学生の頃のことでした。学校のグラウンド脇に、かんがい用の大きな池がありました。

「オオイ、どこだあ、どこだあ」

「安！　そっちへ行った。逃がすな」

「オ、オッ、このやろ、やあ、押さえたぞ」

「ヘエエ、そいつ、でっかいなあ」

繁茂(はんも)した水草の中では、

「バサ、バサ、バサ」

草をかき分ける音とともに、坊主頭(ぼうずあたま)が二つ、三つ走り回っています。夏の渇水期(かっすいき)で、ところどころ、底の見える池の中です。

「キキキイ……」

突然の物音に驚いた野鳥が、数羽飛び立ちました。

「ヤアイ、遅れるぞお」

土手に這い上がった子供たちは、一目散に校舎に向かって駆け出しました。

「ジリリリリ」

始業の予鈴が、鳴りだしています。どんじりとなった安吉(やすきち)は、土手に置いていたランドセルの中に、今つかまえたものを押し込みながら、彼らの後を追いかけます。その時にはもう、先頭の子は、これかけた学校の垣根(かきね)を跳びこえていました。

「うちの庭の花、たくさん咲いたから、クラスの花ビンに入れておいたわ」

「ふわあ、優しい香りがするね」

「これはね、おばあちゃんが布切れで作ってくれた、小犬のアクセサリーなの」

「わあ、とっても、かわいい」

「ヤヤッ、しまったあ。勢いよく、しゃがんだら、ズボンの尻、破れちゃったあ」

「チチッ、また算数の教科書、持ってくるのを忘れたぞ」

「わあわあ、がやがや……」

その朝の教室は、授業時間になっても、先生はやってきません。もちろん遅くて困ることのない児童は、おしゃべりなどして、騒(さわ)いでいました。

「しいっ、来たぞ、来たぞ」

偵察隊（ていさつたい）の知らせで、今まで騒いでいましたとばかりに、教室は急に静まりました。廊下の窓を歩いてくる複数の人影を見て、

（えっ、おやあ？）

みんな目を見張りました。まるまると太って、少し腹の出た担任の後ろには、村では見たことのない美しい婦人と、一人の女の子が一緒でした。

「アレエ、しんまいだ、しんまいだ」

かんの良い子が、われ先にささやきます。赤ら顔で教室に足を、踏み入れた担任は、

「クホン……」

小さくせきばらいをして、おもむろに黒板に向かい、短いチョークで鈴木貴子と書いて、その名前に「すずきたかこ」とふりがなを添えました。女の子は入り口近くで、

「キョロ、キョロ」

教室の児童を、ながめ回しています。

「おおう」

担任はあわてぎみに、女の子の肩を抱いて皆の前に示し、ようやく口を開きました。

「今日から鈴木貴子さんが、皆さんの仲間に入って、一緒に勉強されます。鈴木さんは、病気で少し学校が遅れているけれど、みんな仲よく遊んでやるように。机はエエーと、うん、安吉の隣があいていたな」

安吉は急に、自分の名前が出たので、びっくりしました。担任に連れられて隣に座った女の子を、

入り口からながめていた婦人は、安心したように、安吉にもそっとほほ笑んで、もう一度担任に挨拶をして、帰っていきました。

「どんな子かしら」

「きれいな服、着ているね」

「お勉強、できそうだわ」

「へへえ、かわいい顔、しているぜ」

「オイラ、好きになりそう」

隣の子は、ひととき皆の関心の的でした。授業が始まっても、一人、二人と盗み見をします。安吉は逆に、つとめて知らんふりをしています。

「カタッ」

隣の女の子は、そっと自分の机のフタを開けるなり、

「ビクッ」

背筋を緊張させたあと、すぐに顔をゆがめて、

「しく、しく」

泣きだしました。

「安吉、どうしたんじゃあ」

担任が近づいてきた時に、

（オレ何もしない）

と言おうと隣を振り向いた安吉は、

（ややっ、しまった）

と思いました。女の子の机の中には、今朝つかまえたばかりのウシガエルが、きゅうくつそうに控えており、のぞき込む人間を、キョトンとながめています。

「あっ、おしっこだ」

とんきょうに叫んだ男の子の、指差す方向を見ますと、彼女の腰掛けの下に、しずくがポタリと落ちています。

「捨ててこい」

担任は言うと同時に、安吉の頭にゲンコツを落としました。安吉としては、痛い失策でした。今まであいていた隣の席は、安吉の所有物であり、占領品（せんりょうひん）の保管庫でもあったのです。午後になると、校庭の水そうに離されたウシガエルは、のんびりとした声で、

「ウオウ、ウオウ」

と鳴き出していました。

次の日から、クラス内の、たか子の見かたが変わりました。

「あの子は、なんにも知らない」

「聞いても、首をかしげるだけ」

「なんでもにぶい、にぶい」

「たか子でなくて、ばか子だ」

男子の間で、ばか子というあだ名で、呼ばれるようになりました。安吉は、動作も会話も反応の遅い、たか子の隣にいるのはいやでしたが、いつもおとなしく座っているだけなので、いつしか気にしなくなりました。

「算数はむずかしくて、頭が痛くなるよ」

「社会科の勉強なんて、ちっとも面白くないや」

学校は安吉にとって、たいくつな所でしたから、授業中でも教師の目をぬすんで、自分の一冊きりのノートには、動物の絵だとか、マンガを描いたりしていました。

「そうら……」

安吉は一度たか子に、そのノートを広げて見せたら、

「えへ、えへ」

と喜んだのに、気を良くしてしまいました。自分のノートがついに落書きで、いっぱいになりますと、

「ちょっと貸して」

かつて何も書かれたことのない、たか子の白いノートにも描き出しました。彼女は自分のノートが、それらでにぎやかに、うまっていくのを、うれしげに、ながめておりました。たか子のノートは、書きつくされますと、次の日には、新しいノートになっています。安吉は好きなマンガを、白い紙にぞんぶん描ける、楽しみを持ちました。

「用具室から、ボールを二つ取ってこい」

体育の授業で、男女混合のドッジボールを始めました。ジャンケンで、二チームに分けます。この時、安吉とたか子は、別のチームになりました。試合前に、担任は宣言します。

「このゲームは、男子の力は重要だぞ。だから、負けたチームの男子には、バツを与えるからな。かくごしてやれえ」

「ウヘエ、バツはいやだな」

「ウム、負けられんぞ」

両チームとも、しんけんにボールを投げ、ボールから逃げ回ります。

「ウヘエ、ボールが頭をかすめたあ」

「危ない！　素早く動けえ！」

普段(ふだん)から動きのにぶいたか子は、試合開始そうそうに、ねらわれて、

「ヒヤア」

軽く背中にボールを当てられ、アウトになってしまいました。

「そらあ、ゆくぞお」

運動の得意な安吉は、ボールをがっちり受けて、素早く投げ返し、何人かをアウトにさせます。

「そらあ、もっと、早く動けえ」

「胸よりも足だ、足をねらえ」

「ヤッ、ジャンプして、逃げられたあ」

「ウヘエッ、味方がだれも、いなくなったぞ」

ついに安吉は、ひとりっきりになってしまいました。それでも、必死に動き回っていましたが、

「しまったあ」

最後のボールを肩に当てられて、ついに負けてしまいました。

「ピュウ！」

体育授業の終了の笛が吹かれました。

「さあ、約束通り、負けチームの男子に、バツを与えるぞ。勝ったチームの女子を、それぞれおんぶして、校舎へ戻れえ」

「ヒエーイ」

「えらい災難だあ」

安吉たち負けチームの男子は、しぶしぶ女の子を背おい始めます。

「どうせ、おんぶするのなら」

皆われ先に、軽そうな女の子を選びます。安吉は、前から心に隠していた、好きな女の子に近づきかけますが、

「あれえ？」

たか子が安吉の背後に走り寄り、両肩に手をかけました。安吉はめんくらいます。

「どうしよう」

自分から近づいたたか子を、冷たく振り払うことはできません。

「まあ、いいかあ」

安吉はしゃがんで、たか子をおんぶします。

「それっ、それれえ！」

「みこしだ、みこしだ」

「ヒイイ、重たあい」

「ほれほれ、しっかり、かつげえ！」

残った児童が、まわりを囲んで、はやし立てながら、校舎に向かいます。

「ほらあ、もっと急いで、急いで」

「しっかり、おぶってよお」

「だんだんと、ずり落ちちゃうでしょう」

背おった女の子にも、文句を言われ続けます。たか子は、黙ったまま、安吉の首に回した手で、しっかり、しがみついておりました。

「ほう、あったかい」

安吉は背中に伝わるぬくもりで、たか子を今までよりも、身近に感じるという不思議さを味わっていました。

校舎二つに挟（はさ）まれた中庭に、レンガで囲まれた花壇があります。

「しばらく良い天気が続いたなあ」

「昨日はまだ、つぼみだったのに、たくさん花が開いているよ」

「あちこち蝶が飛んでいるぞ」

花壇の中には、クラスごとに札が立っていて、花の世話係がそれぞれ、わりあてられています。花壇の両端のヘイまわりには、クローバーが密に自生していました。

「痛いっ、こいつ、トゲのある草だよ」

児童は花壇の中の雑草とりなど、花の世話と観賞にあきると、

「さあ、運だめしをしよう」

四つ葉のクローバーを探して、時間をつぶします。

「さあ、競争だ」

安吉やクラスの男子数人は、

「四つ葉、四つ葉」

「ないかな、ないかな」

クローバーに被さって、腹ばいになっていました。

「四つ葉のクローバーを見つけたらな、お金がバンバン入って、幸せになれるんだぞ」

クラス委員長が、改めて理由を繰り返す言葉に煽(あお)られて、みんなしんけんに探し回ります。

「幸せな人生かあ」

「貧乏(びんぼう)はいやだね」

「幸福だ、幸福だあ」

「ふん、四つ葉で幸福か」

安吉はそれを見つけることに、みんなほど熱は入っていません。

もしも手に入ったならば、クラスで成績の良い副委員長の女の子に、ゆずってやっても良いと思っていました。

「オイラはな、前に一度、見つけたことがあるんだぞ」

端っこにいた男の子が得意そうに言いますと、ほかの者の目には真剣みが増します。

「あったあ！」

一人が手に持ち上げました。

「えれれ、違った。葉っぱが切れていただけだ」

「へっ、なんだあ」

「あわて者め」

気を取り直して、再びクローバーに覆い被さります。

「うん？　これ、四つ葉じゃ、ねえのかあ」

安吉が一本、茎をちぎって皆に示します。

「オッ、四つ葉……」

「四つ葉だ、四つ葉だ、すげえ」

「ついに見つけたか」

安吉のまわりに集まって、うらやましがります。委員長も確かめに来ました。

「へっ、ちっちぇなあ。その四つ葉じゃ、幸福度合いも、ほんのちょっぴりだあ」

委員長は、くやしさを隠して、安吉のものにケチをつけます。それは、いつものことだから、安吉は気にしません。

「この四つ葉、できれば、あの子がひとりっきりになった時に、手渡したいな」

午後の授業の休み時間に、安吉は昼間手に入れた四つ葉を副委員長にやるつもりでした。その子を探していたら、

「ええっ、本当？　おっかしい」

教室のすみで、クラス委員長と、楽しそうに話をしていました。

「はああ、ヤツはどの女の子にも人気があるからなあ。オイラがこれを副委員長にやっても、喜びそうもないか」

気落ちした安吉は、四つ葉に手を重ねて、隠しながら自分の席に戻りかけます。

「プッ、プッ、プウウ……」

「おやっ？」

窓辺に立ち、屋外をながめているたか子が、小さく声を出していました。安吉が、たか子の視線を追いますと、遠くの田んぼ道を、バスが一台通過していました。

「なあんだ。定期バスの警笛のまねをしていたのか」

たか子は、あのバスの一つに乗って、町からこの村に引っ越してきたのでしょう。

「以前住んでいた町中や、元の学校を思い出しているんかな」

村の親たちのヒソヒソ話で、たか子は、前の小学校で、ひどいいじめにあっていたと聞きました。

安吉には、詳しい事情はわかりませんし、知りたくもありません。

「あの事件も、そのせいだったのかなあ」

今から思えば、たか子が転校してすぐに、机の中のウシガエルを見て、びっくりしたあとで、ここでもいじめが始まったと考えて、悲しんだのかも知れません。

「たかちゃん、たかちゃん」

村育ちの女の子は、あけっぴろげで人なつっこいから、何人かは、おとなしいたか子に話しかけていました。そのせいでしょう。たか子の表情には、来たばかりの頃に比べて、柔らかさと明るさが見られます。

「ばか子とは、話が合わないや」

「調子くるっちゃうよ」

男子は相変わらず、たか子から遠ざかり、あまり話しかけません。それにつられて安吉も、必要なこと以外は、たか子に言葉をかけていません。

「プッ、プッ、プウウ」

一人きりで遠くをながめているたか子を見ていましたが、

「スタ、スタ、スタ」

安吉は、やおらたか子に近づいていきます。

「これ、やるよ。四つ葉のクローバー。これを持っていると、幸せになれるんだよ」

安吉はぶっきらぼうに言って、たか子の腕を取り、手のひらに四つ葉をのせてやりました。机に戻った安吉は、そのあと、たか子の方を気にしないふりをしておりました。

次の日の朝、たか子はいつもの通り、安吉の隣に座りますと、

「ニッコリ」

安吉にほほ笑みかけました。胸からお守り袋を取り出して、

「ほうら……」

お守り袋を開いて、安吉に近づけます。袋の中の透明紙（とうめいし）に、四つ葉のクローバーが挟んでありました。

「へへえ」

安吉は瞳を大きく広げます。その透明紙には、母親の達筆な字で、安吉の名前と年月がしるされていました。

「えへへ」

たか子はうれしそうに笑うと、それを大事そうにお守り袋におさめました。

「それは、たか子の宝物みたいだな」

お守り袋を首に下げて、安らかな表情をしているたか子を見ると、四つ葉のクローバーを見つけて良かったと思いました。

学校の絵の時間でした。安吉はいつも、いいかげんに描いて、出してしまいます。今日もクラスのだれよりも早く描き上げてしまって、絵筆を洗っているうちに、そのコップの水が、オレンジ色になったのに感心しました。

「ジュースだ、ジュースだ」

それをみんなに、ふれ回ります。

「ふわあ、しぼりたてみたい」

「うまそうだな」

「ばか子に飲ましてみろや」

数人の男の子の言葉に、勢いを得て、たか子を探します。

「うん、うん、その色がいいよ」

クラスの女の子に、絵筆の使い方を教わりながら、何やら描いているたか子の目の前に来てから、

「ジュースだ、うまいジュースだ」

そのコップを差し出しました。

「エッ、ヘッへ」

安吉の周辺に、男の子が数人、面白がって集まっています。

「ニッ」

と笑ったたか子は、絵筆を置いて、素直にコップを受け取ると、すぐにそのまま口へ運んでいきました。

「アッ……」

みんなが声を漏(も)らすと同時に、安吉の手は、たか子の腕を、

「パチッ」

と払っていました。コップの水は一瞬、たか子の服をサアッとオレンジ色に染めてしまい、

「わあ、わあ」

たか子は、泣きだしました。

その夜、安吉は夕飯時に、おっかあから小言を受けます。

「安吉め、今日学校で悪さをしたろ。隠したってだめじゃ。えろう恥(はじ)かいた」

「なんじゃ、また安が、何かやらかしたか」

「しかってくれや、あんた。野良の帰りに、先生に会っての。注意されたんじゃ。絵の具をジュースだとだまして、鈴木の嬢(じょう)さんに飲ませたそうじゃあ」

「飲んじゃ、いねえや」

「おんなじこった。どこの世界に、そんなあくどい子がいるかよ。先生にこっぴどく、しかられてしもうた」

「鈴木って、最近引っ越してきた人かい」

「そうさ、あんた。あたしゃすぐに、鈴木の奥さんちに、あやまりに行ったんじゃがの。『いえ、たか子が何もわからず、ご迷惑(めいわく)をおかけしております。安吉さんが悪いなんて、ありはしません』とおっしゃるもんで、ますます、恐縮してしもうた。あんなお人の子をいじめるたあ、まったく、しょうもない子じゃあ」

「あの嬢さんも、気のどくな子じゃからの」

あまりきつくしからぬ父を横目に見て、

「安！　聞いてんのか」

母親は再び声を高めました。

「オレ、知らねえや」

安吉はひとこと言って、茶わんの飯を、

「ガブッ」

とほおばると、こそこそ逃げ出します。

女の子の騒ぎで、駆けつけた担任は、安吉のほっぺたを、

「パシッ」

と平手でぶっていました。はれの残る頬に、こすれる飯粒は、その時の痛さを思い出させます。


村では新しく家を建てるということは、めったにあることではありません。たか子の新しい住居になることになっていた建築中の家を、安吉は珍しがって、見に来ていました。

「ツルツルで、ピカピカの柱だよ。みんな、かっこういいなあ」

まだ骨組みだけの高い所を、自由に動き回る大工の若い衆の動作を、あきずにながめていました。

「よおし、ここまでだ。道具をかたづけろ」

その日の仕事が終わると、大工たちは材木置き場に座って、お盆(ぼん)に出された夕飯を食べ始めました。

「今のうちに……」

安吉はそっと、建物に掛けられたはしごを登りだします。はしごを静かに、途中まで上がったとこ

ろで、

「こりゃあ！　ガキ、死ぬ気か」

大工のかしらに見つけられて、どなられてしまいました。

「へっちゃらさ」

きまり悪さを隠すように言います。

「ほーれ、足が震えているじゃないか」

「へへえだ、ここからだって、飛び降りることができるんだあ」

「ほほう、じゃあ、飛んでみろ」

というわけで、引っ込みがつかなくなりました。安吉は少し高いと思いましたが、グッと息を止めて、思い切って飛び降りました。

「ドサリ！」

地面に着いた時に、勢いよく、両手もつきましたが、どうやら無事でした。

「ほう、たいしたもんだな」

「うん、オイラは何でもできるんだよ」

腕を曲げて、いばって見せると、

「へええ、何でもできるのか。そうか、そうだな。それじゃ、あの子のスカートの前を、ちょっくら、めくってみな」

ニヤニヤ笑いながら、若い大工が、入り口の方を指差しました。そこには、たか子が一人、立っていました。自分に気づいた安吉に、たか子はニコニコと笑いかけています。安吉は、今までのたか子の、自分に対する従順さから、そんなことぐらい容易であると思いました。いくらか悪いかなという、感じはありましたが、何でもやれると自慢した手前、たか子に近づいて、行かねばなりませんでした。スカートに手を伸ばしすそをつかんだら、たか子の口から、

「ヤ……」

という声をかすかに、聞き取ったのであります。その声で反射的に、安吉はそのことを、やめてしまいました。それは明らかに拒否の声であると、感じられたからです。彼に示された、たか子の初めての拒否のたいどに、驚いていました。

「なんだ、弱虫なガキだな」

安吉に失望した若い大工は、先ほどからのふるまい酒を飲み直していました。

新学期になって、クラス全員の席がえがありました。安吉は別の席で、たか子ではない女の子と机を並べることになりました。

「そら、そら、急いで、急いで」

「少し気分が変わっていいや」

「ウッへ、一番前の席は、やりにくいな」

みんなとともに、教科書やノートを、決められた場所に、騒々しく引っ越し始めました。どうやらそれが、おさまりかけた頃、

「ウン？」

安吉の隣の席に、たか子が来て、座ったまま動かなくなりました。そこに座ることになっていた女の子が、

「あんたの席は、あっちよ」

指差して何度も教えるのですが、とうとうたか子は、机にしがみついて泣きだしてしまいました。

「しょうがない」

担任がつぶやいて、そのままになりました。次の日、安吉は校庭で上級生の男子が数人、たか子を囲んでいるのに出会いました。彼らの輪の地面には、二つの人形が描かれていて、その下に安吉とたか子の名前が、並べられています。

「オオウ」

安吉に気づいた男の子が、

「オイ、オイ、安、たか子がな、安の嫁さんになると言っとるぞ。たか子、そうじゃな、うん、そうじゃな」

うながすように言うと、たか子はうれしそうにニコニコしだしました。すると安吉は、その土の絵を、足でメチャメチャに消しだします。

「このやろう！」

怒った男の子が、安吉を突き飛ばしたので、安吉はかっとなり、その男の子につかみかかりました。しかし年上の子の力は強く、安吉をねじふせて、バン、バンとなぐりかかりました。それを見ていた

たか子は、急にびっくりするような大声で、

「ウワア！」

と泣きだしたのです。その声にろうばいした男の子らは、一目散に校舎へ逃げ込みました。

授業が終わり、クラスの女子が四、五人校門のそばで、かたまっていました。帰り遅れた友人を待っているんでしょう。安吉は通りすがりに、女の子たちの話し声が耳に入ります。

「たかちゃんのおうちね、部屋なんか、きれいで、すごいんだよ」

鈴木家の新居のことらしい。

「すてきな絵や写真、壁飾りなんか、かかっているし」

「お人形さんも、大小置いてあったわ」

先日女の子が二人、村の道路上で、たか子と母親に出会い、

「遊びにおいでよ」

母親のすすめで、家に立ち寄ったらしい。

「おいしいお菓子を、ごちそうになったわ」

「お人形に手を触れていたら、たかちゃんが、それをあげるって」

「でも上品で、高価そうな人形だったから、二人とも遠慮（えんりょ）しちゃった」

安吉は遠ざかりながら、優しそうな母親と、たか子との家庭内の暮らしぶりを、想像していました。

小学校のグラウンドのすみに、低鉄棒が低い順に備えつけてあります。その端には、上級生のために、砂場に沿って、高鉄棒が一つありました。器用な安吉は、しばしば高鉄棒に飛びつき、両足をか

けて、

「ブラリ」

とさかさまにぶらさがり、

「絶景かな、絶景かな」

上級生の口ぐせをまねて、つぶやくのです。そこから校舎や山が、さかさまに見えます。雲が目の下方に浮かび、児童らは、さかさまに歩き走ります。

「うふふ、宇宙人みたい」

その光景が面白くて、頭が痛くなるまで、ぶらさがった格好で、ながめていることがありました。

「そおれっ」

昼休み時間、安吉はしばらくぶりに高鉄棒に足をかけて、ぶら下がります。

「絶景かな、絶景かな。ハッ……」

その時グラウンドにいた、たか子が駆け寄ってきました。

「アブナイ、アブナイ」

たか子は両手を左右に振りながら、叫びだしました。安吉がそのままのしせいで、たか子の顔を見ていますと、さかさまの顔の目から、涙が頬を伝って、ポロポロ流れ出しました。

「ウグッ」

めんくらった安吉は、あわてて砂場に飛び降りてしまいました。安吉がポカンとした目で、たか子の顔を見ますと、あの涙の溢れは止まっています。

「フウウ」

たか子がどうして、あんなに涙を流したのか、安吉にはわかりませんでした。

山林の葉も色づき、朝晩はめっきり涼しくなりました。安吉と友達二人は、柿とりの相談をしています。

「そろそろ、しぶもボタになっている頃じゃ」

「あまーい、ボタ柿かあ」

「うん、行こう、行こう」

出かけたところが、大きな庭の柿の木でした。そこは毎年、しっけいしていた場所でしたが、今はたか子のうちの庭です。

「しっ、このうちに、植木屋の爺(じい)が、仕事に来ているかも知れんぞ。おっかねえから、見つからねえようにしろ」

三人は生け垣の隙間から、そっともぐり込み、目的の木の途中まで登ったところで、持ってきた青竹で、真っ赤にうれた柔らかい実を選んで、とり出しました。

「そらあ、ゆっくり、ゆっくり」

「チッ、まわりの枝が、じゃまだな」

「引っかけて落とさぬよう、気をつけろ」

最初の一つめは、手元までたぐり寄せた時に、熟柿(じゅくし)は竹の爪からポロリと落ちて、はるか下の土の上で、ペチャンコになってしまいました。

「えれー、惜(お)しいことした」

残念がりながら、次の二つ目を無事手に入れたら、

「チェッ、カラスが半分、食ってやがる」

これまた面白くない。その時三人は、木の下にだれかいることに気がついて、びっくりしました。

「あっ……」

たか子が一人、突っ立って、彼らを見上げており、

「えへへ、柿、欲しいか。赤い柿、欲しいんかあ」

笑顔で呼びかけたのです。

「しっ、しっ、しっ」

「あっちへ行け、あっちへ行け」

彼らがあわてていますと、

「このぬすっとめ、巡査(じゅんさ)に突き出すぞ」

玄関脇(げんかんわき)の松の木に、ハサミを入れていた植木屋の赤ら顔を見て三人は、

「ドタ、ドタ、ドタ」

と木からすべり下り、逃げ出しました。

「ビリリッ」

「ヒイッ、しもうたあ」

その時安吉は、生け垣の太枝にシャツを引っかけて、大きく破ってしまいました。

次の日、安吉のクラスでは、一大事が起きていました。担任から、しずんだ声で、

「夕べ、たか子が亡くなってしまった」

と知らされたからです。

「エェッ……」

突然の知らせに、みんなびっくりして、お互いに顔を見回します。

「亡くなったってえ」

「うっそお」

「とても素直で元気な、たかちゃんがあ」

「死んだなんて、信じられないわ」

しばらく小声で、担任の言葉を確かめ合います。次の日も女の子の間で、たか子の話をしていました。だけど、たか子は最初から、授業中でも、別の存在でしたから、いつしか彼女の死は、忘れられてしまいます。

「今日もからっぽかあ」

安吉は、あいたままの隣の席を見るたびに、心に隙間ができたように、感じておりました。

数日後、安吉は友達を誘って、村外れの川へ、魚とりに出かけることにしました。その途中の道で、たか子の家の前を通りかかりました。

「へえ、なんだろう?」

トラックが一台、玄関前に停まっていて、男たちが数人で、家財を積み込んでいる最中でした。安吉はその様子を見て、

(引っ越しだな)

と思いました。家から出てきた奥さんは、安吉たちを見つけると、すぐに寄ってきて、

「皆さん、たか子がいろいろとお世話になりました。あなた、安吉さんですね。たか子が毎日休まず、学校へ行くことができましたのも、あなたのおかげです。本当に、ありがとうございました」

涙を拭き拭き、ていねいに頭を下げるのに、みんなめんくらってしまい、そそくさと、そこを去りました。

途中もう一人、肉屋の友人を誘うために、彼の家に立ち寄りました。その店先で待っていますと、買い物中のおばさんたちが立ち話を始めました。

「鈴木の奥さんは、今日引っ越しじゃ」

「せっかくの新しい家も庭も、置いていくんじゃあ、もったいないことで」

「一人娘が、亡くなったんではねえ」

「ほんに、木から落ちて、頭を打ったそうな」

「それが落ちても、かたい渋柿(しぶがき)は、しっかり抱いとったそうな。まだ渋くて、食べられやせんものを……」

「やはり、ばかではしょうもない」

「あたしゃ、だんなの顔を見たことはないが、この村に一度も会いに来たことは、なかったんじゃろ

う」

「ふびんな娘じゃったが、早く死んでしまって、かえって、せいせいしたんじゃあないかの」

「それにまた、だんなの所に戻れるしねえ。えっへっへ」

それらを何気なく聞いていた安吉は、

「ハッ」

とあることに気づき、胸の中が急に熱くなりだしました。両こぶしを握りしめると、もと来た道を、いっさんに駆け出します。肉屋から飛び出した安吉は、おばさん連中の笑い声にさからうように、

(たか子はな、ばかじゃない、ばかじゃないんだぞ)

と何度も心の中で叫んでいました。あとに残った友達は、急に走り去った安吉を、ぽかんと見送っていました。

安吉はそのまま、たか子の家まで走りました。すでに雨戸はすべてしまっていて、きれいに掃き清められた庭には、だれもいません。柿の木のそばまで行って見ると、根元には数枚の枯れ葉が掃き寄せてありました。柿の実は、大半落ちてしまい、数えるほどしか残っていません。

「たか子は難儀して、登ったんだろうな」

柿の幹を下から目でたどりながら、安吉はある考えを、繰り返し繰り返し、確かめておりました。

(たか子は安吉に柿の実をとってやろうと、この木を登っていったのだと……)

現在、子を持つ親となった私は、赤い柿の実を見上げるたびに、思い出すのです。


(おしまい)

＊　＊　＊

男は読み終えたページに手を置き、顔を上げて深く呼吸をしました。

「幼い頃の思い出かあ。ううむ、おう、そうだ。あれはオレが、小学校の上級生の時だったなあ。同じクラスに、かわいい女の子がいたんだよ。名前はミッちゃんと言ってな、クルリとした目をしていて、おしゃべりな子だったよ。その頃のオレは、活発な方だったな。人気者のミッちゃんのまわりは、いつも友人が囲んでいたよ。オレは気を引こうと、ミッちゃんたちのおしゃべりに加わろうと苦心したな。ありふれた、だじゃれを加えてよお。オレが口を出したあとの、ミッちゃんの口ぐせさあ。

（ウッフフ、おかしな人）

（もう、ばかなんだからあ）

それがオレには、うれしくてよお。勉強の方？　そりゃあ、まるっきりだめだったあ。だけどよお、学級会では、とにかく発言して、ミッちゃんに、気に入られようとしていたよ。

（ハイ、ハイ、ハイ）

とオレは腰を浮かして、指名を迫ったな。司会者の学級委員長が、うるさそうな顔をするんだ。そりゃあ、そうだよ。つまらん意見を、並べるだけだもの。ある議題で、オレはいつものハイ、ハイを繰り返していた。学級会の時には、いつも担任は前の方で黙って見ている。その担任がなあ、

（ツカ、ツカ、ツカ）

とオレの所へ歩いてきて、

(バシッ!)

とオレの頬を、張りやがった。

(司会者が、ちょっと待てと、言っているじゃないか)

担任はオレをにらみつけて、元の椅子へ戻る。オレは熱くなった頬の痛さと、情けなさで顔をふせて、

(シック、シック)

涙を流していたよ。それ以来オレは、遊びでも何でも、いっぺんに元気をなくしてしまったぁ。ミッちゃんに近づくこともしなくなった。オレはいじけて、しょぼくれたまま、大人になったのさ」

当時のビンタの痛さを、まざまざと思い出したのか、あいている方の手で、頬をさすっています。

「フンギャア、フンギャア」

対岸に並んだ家屋群の方から、赤ん坊が泣きだしました。親があわてて、あやしだしたらしく、泣き声は、すぐにやみました。男の頭の中には、親が赤ん坊を抱いて、

「よおし、よし、よし」

軽くささやいて、再び眠らせている姿が目に浮かびます。

「ウッ、いってえ」

男は後ろの首筋を、素早くつかんでいました。目の前で広げた手の指の間に、蟻が一匹もがいています。さっき尻もちをついた時に、蟻が背中を通って這い上がり、首筋にかみついたのでしょう。男

は蟻に復讐するごとく、指で強く握りつぶして、次のページをめくりました。タイトルは「弱肉強食」と読めました。

＊　＊　＊

昼間からザワザワと、人々がつどう繁華街の周辺を、新旧の住宅が埋めています。その住宅地の外側は田んぼや畑が広がり、中央には大きな川が一筋、ゆるやかにうねって、流れていました。その川に寄り添いながら、小川が田んぼの中を縦横に走っています。

「チチン、ジャン、ジャラララ」

町中にあるパチンコ店の扉が開いて、中から店内の騒音とともに一人、無精ヒゲの顔が現われました。

「チチッ、やられたあ」

ヒゲ男は、パチンコゲームに完敗したらしく、不機嫌にタバコのすいがらを道に投げ捨てました。足どり弱く駐車場内の運送トラックに近づいて、

「よっこらせえ」

運転席へ上がり込み、

「ババン」

ハンドルを叩いて、大きく息を吐き出しました。ヒゲ男の運転は、ふだんからスピードの出しすぎ

で、しばしばトラブルを起こしております。そのたびに運送会社の幹部から、注意を受けていました。

「ヘン、上の奴らはなあ、トラックの現地到着が遅れれば、何やかんやと文句を言いやがるくせに」

そのたびに運転手仲間と、運送会社をののしります。本日は珍しく、幹線道路に渋滞がなくて、予定より早く現地での仕事が済んでいました。

「しめしめ、骨休みだあ」

ヒゲ男は浮いた時間を、ちょっとパチンコ屋で過ごして、会社に戻るつもりでした。

「ムムッ、もうちょっとで大当たりだったのに。クソッ」

玉を連打しているうちに、時間も忘れて興奮してしまい、ついになけなしの金を、はたいてしまいました。

「ヒイイッ、給料前の財布は、すっからかんだあ」

ヒゲ男は、出勤前の早朝の買い物で座席に置いていたスーパーマーケットのレジ袋から、小ビンを取り出しました。日本酒のビンのフタを開けて、

「ゴックン、ゴックン」

飲み干します。

「チクショウ」

再び袋の中から酒ビンを取り、口へ運びます。それらの酒は、会社寮に帰って、仲間たちと寝る前に楽しむつもりだったのに、用意していた酒ビンを、全部カラにしてしまいました。

「ウウ、ヒック」

ヒゲ男は、しゃっくりをして、トラックのエンジンキーを回します。

「ブッブブ、ブオー」

排気口から黒いガスが吐き出され、車体は重たそうに動き出しました。

それより少し前のことです。

「ジャンケンポン」

住宅地の外れにある児童公園では、女の子が数人、鬼（おに）ごっこをして遊んでいました。

「来た、来たあ。逃げろお」

「わあっ、いやだ、私をねらっているう」

「キャッ、キャッ、キャア！」

その遊びの輪の中に、髪を左右に分け、赤い細布でリボン状に束ねた少女が元気に走っています。

「キィコ、キィコ」

ブランコに乗った野球帽の少年が、赤いリボンの少女を目で追いかけていました。

「あの子と仲よくなりたいなあ」

ポツリとつぶやいた少年の顔の前に、

「フララ、フラリ」

モンキチョウが横切り、花壇の方へゆっくり近づきます。

「オッ、とまったな、よおし」

少年は野球帽を手にして、花にすがった蝶に、呼吸を止めて、そろりと近づきます。

「そらあ」

少年は横に振った帽子の中に、蝶をうまく捕(とら)えました。

「そうだ、これをあの子に……」

少年は蝶のハネをつまんで、さっきの少女に駆け寄りました。

「モンキチョウだ、これ、やるよ」

少年は少女に、蝶を指にはさんだまま、差し出します。

「あらあ、きれいな黄色だわ。だけど、せっかく飛んで来たんだから、放して自由にしてやって」

少女はすぐに、鬼ごっこのグループに戻ります。

「へへっ」

少年はがっかりして、モンキチョウを振り放します。指に残ったハネの鱗粉(りんぷん)を、両指でこすり除きながら、

「スタスタスタ」

児童公園から少年は、しぶい顔をして、出ていきました。

それより少し前のことです。

「チロ、チロ、チロ」

田畑の中を流れる小川から、心地よい音が聞こえます。小川の土手を、しっかりかためた石積みの間を、

「スル、スル、スル」

ヘビが器用に体を曲げて、動いています。

「少し体をあたためるかな」

ヘビは土手の上方へ、ゆっくり進んで、小川沿いの道路上に這い上がります。

「ウウム、ひと月前のことだったな。この道で休んでいた仲間の奴が、ハイスピードで走ってきたオートバイに、頭部をひきつぶされてしまったっけ。まずは用心、用心」

ヘビは道路の前後を見回します。そのあとヘビは、体を伸ばして、太陽熱を全身に浴びます。体温の上昇とともに、ウトウトしかけて数分後、

「オットウ、頭上に敵が現われたあ」

ヘビは上空に鳥の影を見つけて、すぐさま土手の草の中に隠れました。

それより少し前のことです。

「サワサワサワ」

小川の浅瀬で、ヒキガエルが一匹、水面に目玉を出していました。ヒキガエルは、その姿勢のまま、頭上に近寄る虫でも、待っているのでしょうか。

「いってえ!」

後ろ足に痛みを覚えて、ヒキガエルは、足をばたつかせました。

「チチッ、しまったあ」

赤いザリガニが、大きな両ハサミを、水中ですぐさま構え直します。ザリガニは、ヒキガエルの足を、ハサミでつかみそこねたようです。

「危ない、危ない」

ヒキガエルは、後ろ足を力強く蹴って、

「スッ、スッ、スッ」

小川の反対岸へ逃げます。真ん中の早い流れで、ななめに押されつつ、対岸に無事たどり着きました。

「さあて、だいぶ腹が減ってきたな。もう食事の時間だよ。さてえ、奴らは今日も、集まっているかしら」

ヒキガエルは、いつも手に入れるエサの期待をいだいて、土手を這い上がります。

それより少し前のことです。

「ペチャ、ペチャ」

小川のそばの野菜畑では、緑色の大玉で、広く畑地をおおったキャベツたちが、隣同士、楽しげにおしゃべりをしていました。

「穏やかな気候が続いて、十分に生長できたわねえ」

「栄養満点のわしの球体は、今にもはちきれそうだぜ」

「農夫が畑に肥料を、たっぷりほどこしてくれたおかげだな」

「昨年は大雨続きで、葉が腐ってしまったからなあ」

「ほうら、葉がこんなに、ふくらんじゃってるう。私はとっくに、食べ頃でしょう」

「この時期になると、いつも収穫にやってくる農夫の姿が見えないようだが」

「春先に姿を見せた時には、あの人、足や腰が痛そうだったわ」

「ふうむ、そのせいで、畑に出られないのかも知れない」

「グズグズしていたら、羽虫の奴らに食われてしまうぞ」

「俺なんか奴らのせいで、すでに葉が穴だらけだぜ」

「こっちはなあ、大食漢の青虫に食われっぱなしだ。なんとかしてくれい」

「ややっ、虫の群れがやってくる。うっへえ、助けてくれえ」

畑のあちこちでキャベツが悲鳴を上げて、仲間に危険信号を発しています。

「うまい、うまい。新鮮で良い味だぜ」

あちこちで羽虫が群がり、へばりついて葉をかじっています。

「チュ、チュル、チュウ」

上方に伸びた菜畑では、茎や葉っぱに、びっしりはりついた油虫が汁（しる）を吸っています。

「今だ、今だ。チャンスだよ」

その下方から、テントウ虫がやってきて、

「こりゃ、ごちそうだあ」

動きのにぶい油虫を、かたっぱしから食べ始めました。

「それっ、急げ、急げ」

蟻が数匹、テントウ虫を追って、急いで這い上がります。

「俺たちは油虫の尻から、甘いミツをもらっているんだ。じゃまする奴をやっつけろ」

蟻の攻撃に対して、テントウ虫は、丸くてかたいよろいで防戦しようとし、蟻はテントウ虫の足をねらい、かみついて引き下ろそうとします。

近くの空中では、ブユの群れが、地上スレスレまで飛び回っています。

「ブン、ブブン、ブン」

「オイラは幼虫の時は、この小川で水中生活をしていたんだが、空中へ飛び出したら、ずいぶんと行動範囲(はんい)が広くなったぜ」

飛び始めたばかりのブユが軽やかに動き、小さいハネでクルリと回転しました。今はブユや羽虫にとっても快適な季節でした。

「そろそろ畑に人間か家畜が、やってこないかなあ」

「そうそう、とっても待ち遠しいわ」

ブユのメスたちが、空中に浮かんで、小さな吸い口を揺らして、待ち構えています。

「幼い人の子の血は、格別おいしいもの」

「ライバルの蚊(か)に、先をこされたくないわ」

「私たちは蚊のメスには、えらいとばっちりを受けているんだから」

「そうなのよ。私たちが動物の皮膚に刺す時の痛さは、何ほどのこともないのにさあ。激しいかゆみだの、ウイルスの媒介(ばいかい)だのと、人間に血を吸われる恐怖(きょうふ)を与えたのは、蚊の連中だからね」

「そのせいで、人間に強烈(きょうれつ)な殺虫剤を開発されてしまい、おとなしい私たちまで生活しにくくなったわ」

「まったく、その通りだわ」

そのあとブユは、丸くかたまりながら、互いに気分を高め合うための空中ダンスを始めました。

「オッ、いた、いた。そおっと、そっとだ」

土手道に這い上がったヒキガエルは、ゆっくりとブユの舞踏(ぶとう)の下方へ進みました。

「グッ、グッ、グッ」

ヒキガエルはブユを見つめながら、広いアゴを小刻みに動かしています。

「ブ、ブ、ブ」

ブユの踊りの輪が右にずれたのにも、ヒキガエルは従います。

「あわてるな。好機はかならずやってくる」

ヒキガエルは、眼の上をフラフラ近づいたり、遠ざかるブユの一つに照準を合わせようとします。

「来い、来い、もっと近くへ」

そのヒキガエルに照りつける太陽熱は、すでに背中の水分を蒸発させ、皮膚のあぶら分も乾きだしていました。

「チッ、陽光をまともに受け続けて、体がむずがゆくなってきやがった。そろそろ日陰か水中へと避(ひ)難(なん)せねばならぬのだが」

背中の皮膚を、

「ムニムニ」

ねじって、かゆみを和(やわ)らげます。

「ビビビ」

ブユたちはこの時刻となると、土手の上に集まって黒い粒となり、乱れ回ります。

「うん？」

「スッス、ススウ」

活発な輪から一匹のブユが、疲れたように下方へ離れ出します。

「オオッ、今だ！」

そのブユが射程内に入った瞬間(しゅんかん)、

「カアッ！　ツツッ」

ヒキガエルは、小さくジャンプして、口を大きく開け、

「ペタッ」

伸ばしたねばっこい舌でブユを捕えるや、舌は口の中におさめられていました。目玉を閉じて、おもむろにブユを胃へ押しやってから、再び開けた両眼は、別のブユを探し、ねらいをつけようとします。

「スルリ、スル、スル」

そこへ土手の草の葉をすべって、長い胴(どう)の持ち主が現われました。

「ゲッ……」

ヘビの姿と鋭い眼光に、ヒキガエルはがくぜんとし、体がかたまってしまいました。ヘビは数十センチの距離を置いて、静かに停止します。

「ペロッ、ペロ、ペロ」

ヘビは細い舌を出し入れして、ヒキガエルに攻撃の的を合わせたのであります。その動作は、肉食動物がエモノを手にした時にやる舌なめずりに似ています。ヘビのギラついたにらみと真っ赤な舌に、全身がしびれたヒキガエルは、死んだも同じとなってしまいました。

「ああ、オイラの命も、これでおしまいか」

彼自慢の泳法と脚力も、ヘビの魔術と速攻の前には、もはや役に立たぬことを知らされました。

「……」

ヘビとヒキガエルは、しばらくの間、その距離をへだてて、対向しております。それはヘビにとっては、かいらくの前奏曲であり、ヒキガエルにとっては、ごうもんの恐怖であります。ヒキガエルは、次第に消え行く思考力の中から、自分のしょうがいを、ぼんやりと、思い浮かべておりました。

彼がオタマジャクシとしてよちよち泳ぎを開始したのは、春の穏やかな小川の中でした。生まれながらの大家族で、水中の藻をエサとして、仲間と競泳し、たわむれた日々をなつかしく思います。やがて体の一部にかゆみを覚えてから、後ろ足が成長しだし、それが陸地へと進出可能な特権を授けられていることを知り、仲間とともに喜びました。ある日の小川の洪水で、仲間の大半と離れ離れとなります。陸へ引き上げられたものは、太陽の火あぶりに死んでいき、残った仲間も、ゲンゴロウやザリガニ、大食らいの魚のしゅうげきに数を減らしていきました。ようやく四本の足を得て、陸地へ上がり、空気呼吸をするカエルとなった感激を味わったものは、わずかでありました。やがて水を一面に満たした田んぼに移り住み、月夜の田園狂騒曲の大合唱が思い浮かんでまいりました。その大集会で知り合った彼女との、短いながらも楽しい時間がありました。しかしながら、天空の一角より、電光のごとく飛んで来た鳥の脚に、彼女を奪われてしまいました。彼女と約束を交わした、彼の子孫の夢を絶たれてしまい、くやし涙を流さねばなりませんでした。今や彼自身も、飢えと恐怖と冒険のはてに、大勢の仲間がたどった、ひそうな運命の崖っぷちに立たされたのであります。その冬には、彼に与えられたであろう冬眠の安堵も知らずして。

　ヘビはじわりと鎌首を少し、後方へ反らしました。この時すでに、ヒキガエルの肉体も精神も、完全にヘビの意中にありました。ヘビはとぐろを巻いた胴に瞬時に力をため込むや、

「グワアッ！」

ヒキガエルの頭部をめがけて、襲いかかりました。ヘビの口のきせき的拡大の瞬間に、ヒキガエルは、鋭利な歯圧と毒気を感じる暇は、ありませんでした。ここにヒキガエルの一命は、あえなく散ったのであります。

「よおし、よし、よし」

　ヘビは重たげに鎌首を振りながら、カエルの体を口の奥へ送りこみます。そのたびにヘビのあご骨が順次に外れます。数秒後、カエルの体がヘビの胃袋に移されたのが、そのふくらみの位置で確認されました。

「ひさかたぶりに、まとまったエサだった」

　土手の細道に横たわったヘビは、己の強力な消化力によって、胃の中のふくらみが少しずつ小さくなっていくのに、満足しておりました。食後の休息になかば、眼を細めていた時でした。

「うっひゃあ！」

ヘビは人間の悲鳴を聞きました。

「クソッ、ヘビかあ、びっくりしたあ」

声の主は、児童公園から小川沿いの小道を歩いてきた、野球帽の少年でした。

「ウウッ、いけねえ」

危険を感じたヘビは逃走を開始しましたが、未消化のカエルのふくらみで、体は思うように動けません。すぐに少年は、そばの畑に捨てられていた竹の棒を拾いに走り、ヘビの所へ戻ってきます。

「逃がすものか」

キモをつぶされた腹いせに、少年は数歩追いかけて、竹の棒の先でヘビを叩き出しました。

「ウグッ、グッ、グッ、グッ」

「このやろう。このお、このお」

少年は、かん声を上げながら、ヘビのずがい骨をねらって強打します。

「ピリッ、ピリリ」

繰り返し打ち下ろされるうちに、ヘビはけいれんを起こして、死んでしまいました。

「どうだあ」

勝どきをあげた少年は、最後に伸び切ったヘビの胴の先のシッポを、

「トン、トン」

何度か叩き、無反応な体に、完全にヘビが死んでしまったのを確かめて、勝利者の優越感を味わい

ます。

「フン、何を食ったのかな」

少年は竹の棒を使って、ヘビの胃のふくらみを、

「ゴロ、ゴロ」

口の方へ、しごき出します。そのふくらみは逆戻りして、ヘビの口から、

「ズズ、ポロリ」

もはやカエルの姿をうせた、白いかたまりが出てきただけでした。

「なあんだ」

少年は、そのかたまりにがっかりして、

「ポオン」

と川の流れに、靴でけり落としました。

「この死がい、何か役に立たないかな」

伸びたヘビの死がいの中央部に竹の棒を、ていねいに差し入れてのせ、ゆっくりと歩きだしました。

「ヘッ、まずい。ズルズルすべっちゃう」

再度竹の棒を、落下した死がいの下へ入れ直します。

「ゆっくり、ゆっくり」

橋を渡ってから、車が頻繁(ひんぱん)に通る広い道路に出た時に、

「おやあ？」

少年は、反対側の歩道に目をとめました。そこには赤いリボンの少女が帰宅している途中でした。

「エヘヘッ、ちょっと、驚かしてやろう」

とっさにいたずらを思いついた少年は、両手で再度、竹の棒を握り直し、

「そらあ！　蝶の代わりに、これをプレゼントだあ」

大声で叫んで、竹の棒のヘビを、少女に向けてかざしました。

「ヒッ……」

それを見た少女は、息をつまらせ、顔を青ざめて逃げ出します。

「ヒヤッホウ」

少年は竹の棒からヘビを落とさぬよう目を注いで、道路を突き抜けようとします。

「うあっ！」

突然、真横から運送トラックが接近したのに気づき、道路上で停止して、身をかたくさせました。

「ウッヘエ」

酒の酔いでフゥワ、フワと運転していたヒゲ男は、ハンドル操作の反応がにぶったまま、

「ガッツン！　バアーン！」

車の前面にぶちあてた少年を、にぶい音とともに、さらに大きく跳ね飛ばしていました。

「キャアア！」

歩道に突っ立った少女の悲鳴が終わらぬうちに、

「ウッワワ……」

ろうばいしたヒゲ男は、ブレーキとアクセルを踏み間違えたまま、眼前の急カーブを勢いよく直進し、

「ドン！」

低い歩道を乗り越えて、

「ズッシーン！」

運送トラックは、がんじょうな岩の斜面に激突しておりました。すさまじいしょうげき音と、砂ぼこりのあとには、少年と運転手の血にまみれた死がいと、ヘビの白い裏腹が、真夏のきょうれつな光線を受けて、静かに横たわっていました。

「なんだ、なんだあ」

「どうした、どうした」

ものすごい物音に驚いた近所の住人が、あわてて道路に飛び出してきました。

「ウウッ……」

「これは、ひどい」

ひと目で、大惨事（だいさんじ）発生を悟（さと）り、

「……」

皆突っ立ったまま言葉を、なくしておりました。ただトラックの、ひしゃげたボンネットからのぞく、エンジンのみが、

「シュウ！　シュウ！　シュウ！」

勢いよく、白い気えんを空中にまき上げているばかりでした。

（おしまい）

＊　＊　＊

男は読み終えたページに手を置き、顔を上げて深く呼吸をしました。

「ハハア、地球上で、のさばっている人間が、やらかすことって、しょせんこんなもんさあ。自分で自分の首をしめてやがる。ヘヘン、そうかも知れねえや。人類はなあ、てめえが作った武器で殺され、放射能でおびやかされ、医術の進歩とうそぶいちゃあ、遺伝子操作なんかで肉体改造までされっちまう。ケケッ、オレなんかなあ、弱肉強食の人間社会で、一番先に食われちまった男だあ」

男は過去の上司や社長の顔を思い出して、口をゆがめました。

「フウウ、世間の不公平に輪をかけてさあ、金のあるヤツほど貧乏人をこき使いやがる。さらによお、排外（はいがい）的な権力者なんか、多様な人種や、心のよりどころである宗教さえも、平気で差別しやがる。なにい、神様？　ヘヘン、こんなふうになっちまったオレに、何神様を信じればいいんだよお」

男は急に己がみじめになって、

「フハア！」

空を仰（あお）いで、ため息をつきました。

「クッソオ、仕事に限らず、だれからも命令されるんじゃあ、どこか逃げ場所が欲しくてよお。酒場の女に、なけなしの金を注ぎ込んだ一人だあ。日がな一日、仕事で文句を言われ、ばかにされていりゃあよお。ちょっとでも、他人に優しくされたくてなあ。毎夜その女の所に、いりびたりよ。そりゃあ、商売上の親切だとは、わかっちゃいたさあ。女のずるい下心は、わかっちゃいたんだよお。だけどよお、これが、仕方ないんだよなあ。フフウ、ほとんど毎日が午前様よ。それでもわが運をかけて、競輪競馬に首を突っ込んでいるうちによお。サラリーマン金融に手を出してしまい、すべての財産を失ってしまったあ。なおも不足分の請求に、ヤクザ風なヤツが、毎晩家でどなり散らすんでよお。みっともない自己破産となっちまったあ。それで、それで、ハハアア、とうとう女房子供にまで、あいそうをつかされ、逃げられちゃあ、オレはもうおしまいだあ」

「ウップ」

男はゲップをしながら、先ほど酒のさかなで食ったもつ煮が、やけにしょっぱかったことを思い出していました。

「キッ、あのオカミめ。料理を手抜きしやがってえ。もう行ってやらねえからなあ」

口の中のものを、唾液とともに吐き出しました。

「それでもありがたいことによ。幼なじみで、事業に成功した友人の口ききでな、やっと次の会社に入れたさ。だがなあ、初日から能なしと罵倒され、白い目で見られ、しつように、いやがらせを受けてよお。ついに自分から早々と、やめざるを得なくなってさあ。ろくに退職金も、ありゃあしねえ。チクショウメエ、あの会社の思うツボに、はまってしまったよう」

男は鼻水をすすって、次のページをめくってみました。残りの紙面は、破れていたり、よごれがひどくて、ほとんど判読できません。

「どいつも、こいつも貧乏くせえ」

男は小冊子をむぞうさに、元の草の斜面へ投げ捨てました。男は投げたあとで、かつて幼いわが子に、童話を読み聞かせたことがあったのを思い出し、

「子供かあ、子供ねえ。だいぶ大きくなったろうなあ。ハハア、子供に会いてえなあ」

かたわらの雑草の小花に目を置いて、漏らしておりました。

「フッフウ、オレはなあ、ヒック、オレは亀だよ。亀さんだあ」

乱れたテンポで歌いだしながら、おぼつかない足取りで、

「ユラリ、フラリ」

と歩きだしました。繁茂した草の上にのった小冊子は、自重で草の茎(くき)がたわみだし、

「スススッ」

ついに土手の斜面をすべりだし、

「ドボッ」

勢いをつけて、流れに突入しました。

**著者プロフィール**

**帆足 正明**（ほあし まさあき）

1944年生まれ
福岡県出身
福岡県立福岡工業高等学校卒業
株式会社日立製作所等勤務
群馬県在住

**夢の扉**（とびら）

2024年６月15日　初版第１刷発行

著　者　帆足 正明
発行者　瓜谷 綱延
発行所　株式会社文芸社
〒160-0022　東京都新宿区新宿1－10－1
電話　03-5369-3060（代表）
03-5369-2299（販売）

印刷所　図書印刷株式会社


ISBN978-4-286-25360-2